LES SOUFFRANCES DU JEUNE WERTHER

Paru dans Le Livre de Poche :

FAUST

Collection dirigée par Michel Zink et Michel Jarrety

GOETHE

Les Souffrances du jeune Werther

TRADUCTION DE PIERRE LEROUX REVUE PAR CHRISTIAN HELMREICH

Introduction et notes par Christian Helmreich

LE LIVRE DE POCHE
Classiques

Ancien élève de l'École normale supérieure, Christian Helmreich est maître de conférences à l'université Paris VIII. En collaboration avec Elisabeth Décultot, il a édité *Le Paysage en France et en Allemagne autour de 1800* (*Revue germanique internationale* n° 7, PUF, 1997) et publié *Jean Paul et le métier littéraire. Théorie et pratique du roman à la fin du XVIIIe siècle allemand* (éditions du Lérot, 1999).

ISBN : 978-2-253-09640-5 – 1re publication – LGF

INTRODUCTION

En 1774 paraît à Leipzig le premier roman d'un auteur presque inconnu, âgé de 25 ans : *Les Souffrances du jeune Werther*[1]. Cette œuvre, qui se distingue des romans volumineux de l'époque par sa taille relativement modeste, rencontre en Allemagne un succès immédiat. Les revues discutent de la moralité ou de l'immoralité des deux petits volumes, les lecteurs se les arrachent, certains voient dans le destin de Werther un modèle à suivre, quelques suicides, dit-on, sont à déplorer. Plusieurs rééditions paraissent dès 1775. La célébrité de Johann Wolfgang Goethe est faite, et son nom restera longtemps attaché à cet événement littéraire, au premier roman allemand qui franchit véritablement les frontières de l'Allemagne. Deux traductions françaises paraissent en 1776. Lorsque, trente-deux ans plus tard, le 2 octobre 1808, Napoléon traversant l'Allemagne en conquérant se trouve à Erfurt, il demande à voir Goethe : c'est pour parler avec l'auteur de *Werther*, un livre qu'il a lu sept fois et qui l'a accompagné lors de sa campagne d'Egypte.

Un roman épistolaire

Comme souvent, le succès de *Werther* tient à deux causes à première vue contradictoires : sa facture tout à fait traditionnelle d'un certain côté et sa modernité radicale d'un autre. Ainsi, l'emploi de la forme épisto-

1. Pour les circonstances biographiques qui entourent la publication, nous renvoyons à notre chronologie de la vie et des œuvres de Goethe.

laire n'a en soi rien de révolutionnaire. Le roman par lettres est l'une des formes romanesques les plus fréquentes dans la littérature du XVIIIe siècle. Les *Lettres portugaises* de 1669, une suite de lettres d'amour censément composées par une religieuse portugaise, ont servi de modèle à ce genre romanesque [1]. Le succès des grands romans de Richardson (*Pamela*, 1740, *Clarissa*, 1747-1748, *The History of Sir Charles Grandison*, 1753-1754) a encore accentué la mode du roman épistolaire qui, à partir de 1750, se répand dans tous les pays européens. L'essor de la lettre comme genre littéraire va de pair avec une valorisation forte de la subjectivité et de l'espace privé. Ce qui nous est raconté dans la plupart des narrations épistolaires, ce ne sont pas des événements « extérieurs », des aventures extravagantes ; on nous présente l'histoire « intérieure » du ou des personnages, leur caractère et leur évolution. Dans les romans par lettres, le siècle des Lumières cherche à cerner les soubresauts de l'émotion. S'il y a des aventures, des coups de théâtre, des rebondissements, ils sont psychologiques plutôt que proprement factuels [2]. Le lecteur d'un roman épistolaire appréhende l'intrigue romanesque par l'intermédiaire du (ou des) épistolier(s), c'est-à-dire qu'il en apprend moins, en fin de compte, sur les événements eux-mêmes que sur les réactions subjectives de celui qui écrit. « Une lettre est le portrait de l'âme », écrit Danceny dans *Les Liaisons dangereuses*, « [...] elle se prête à tous nos mouvements [3]. » Plus que nulle autre forme, le genre épistolaire permet d'élaborer une sorte de psychogramme des personnages principaux. En écrivant, ils se décrivent.

---

1. Ainsi, lorsqu'en 1721, Montesquieu publie les *Lettres persanes*, le titre apparaît comme une référence explicite aux *Lettres portugaises*. **2.** En ce sens, les *Lettres persanes* constituent d'une certaine façon une exception parmi les romans par lettres. Montesquieu utilise la forme épistolaire à des fins satiriques. Chez lui, la lettre n'est pas le miroir de l'âme, elle est narrative. **3.** Cf. Jean Rousset, « Une forme littéraire : le roman par lettres », in J. Rousset, *Forme et signification*, Paris, 1962, p. 65-108, ici p. 69.

Si la lettre est si propre à peindre l'âme de l'épistolier, c'est qu'elle est presque contemporaine des événements qu'il relate. Ainsi s'explique la faveur dont jouit le genre épistolaire au XVIIIe siècle : le lecteur lit des témoignages à vif ; toute distance temporelle semble abolie. En effet, l'épistolier ne se contente pas de relater des événements : en les racontant, il les fait revivre. Aux choses passées, il rend la couleur et l'apparente authenticité du présent. *Les Souffrances du jeune Werther* illustrent parfaitement ce parti pris propre à la plupart des romans épistolaires : l'absence de distance se lit dans une forme d'écriture immédiate, spontanée, proche de l'expression orale, avec ses hésitations et ses contradictions. Prenons un passage de la première lettre du roman : « La pauvre Léonore ! Et pourtant j'étais innocent. Etait-ce ma faute, à moi, si, pendant que je ne songeais qu'à m'amuser des attraits piquants de sa sœur, une funeste passion s'allumait dans son sein ? Et pourtant suis-je bien innocent ? », etc. Ou encore la lettre où Werther raconte sa première rencontre avec Charlotte (lettre du 16 juin 1771, p. 57) : « J'ai fait une connaissance qui touche de plus près à mon cœur », écrit-il. « J'ai... je n'en sais rien. Te raconter par ordre comment il s'est fait que j'ai appris à connaître une des plus aimables créatures, cela serait difficile. Je suis content et heureux, par conséquent mauvais historien. » Presque toutes les lettres de Werther se caractérisent par cette forme d'immédiateté ou de contemporanéité extrême, par les allers-retours incessants d'une plume qui s'avoue et se revendique mauvaise historienne.

Puisque le roman épistolaire permet de donner une image fidèle des moindres mouvements intérieurs, il se prête plus que nul autre à la description précise de tous les accidents de la passion. D'une certaine façon, Goethe pousse à bout la logique qui préside au genre même du roman épistolaire : il suit la passion de son protagoniste jusqu'à son paroxysme, jusqu'au moment où elle devient si importante qu'elle efface et fait disparaître le personnage. Cette hypertrophie de la passion est déjà inscrite dans le titre : l'histoire sera centrée non pas sur les actions de Werther, mais sur ce qu'il endure, sur les sentiments qui l'agitent. Le protagoniste du roman de Goethe y apparaît moins comme un élément actif que comme un personnage passif. Le premier substantif du titre allemand (*Die Leiden des jungen Werther*) indique tout cela : les souffrances, la peine, la passion (car *Leiden* est le substantif à partir duquel l'allemand forme *Leidenschaft*, la passion), mais aussi la passivité. De ce point de vue, le roman n'échappe pas à un certain paradoxe : d'une certaine façon, Werther est le seul véritable acteur que le lecteur apprenne à connaître. Nous lisons quatre-vingt-douze lettres rédigées par lui entre le 4 mai 1771 et le 22 décembre 1772 ; s'il semble passif par bien des côtés, il n'en est pas moins un épistolier très actif. Second paradoxe : l'action la plus éclatante de Werther (la seule d'ailleurs à laquelle nous n'assistons pas *en direct*, de l'intérieur, mais dans le récit volontairement neutre et objectif de l'éditeur, dans une narration *en différé*) est celle qui lui ôte définitivement toute possibilité d'agir, celle qui signe en fin de compte le triomphe de la passivité : le suicide.

Il n'est pas rare que le roman épistolaire présente la fin abrupte de la passion. Il arrive que les personnages (et notamment les femmes) se retirent du monde. Certains sombrent dans la maladie, d'autres encore meurent de mort naturelle. Après l'étonnante prolixité de toutes ces lettres enflammées, une forme de silence s'impose progressivement. Le désordre de la passion s'efface, l'ordre retrouve ses droits. Le suicide du jeune Werther marque en revanche un retrait plus violent et explique en partie le bruit que fit l'ouvrage lors de sa parution. La passion est présentée dans sa violence absolue, de façon presque scandaleuse, et dans la perspective de celui qui en apparaissait comme une victime consentante. La passion de Werther ne respecte aucune limite : ni celles de la bienséance ou de la morale, ni les bornes imposées par la religion (le respect de la vie), par la société ou par la nature. Fin tragique, mais surtout fin brutale — et cela d'autant plus qu'elle condamne au silence la parole de celui qui, depuis le début de l'ouvrage, avait guidé le lecteur dans la narration. Il faut voir là comme un suicide de la parole. Après la fin, il n'y a rien à dire. Ou plutôt : ce qu'il y aurait à dire reste indicible. « De la consternation d'Albert, du désespoir de Charlotte, permettez-moi de ne rien dire. » Le désordre reste entier, à peine masqué par les propos apparemment froids et laconiques de l'éditeur. Après l'exubérance de la passion, la sécheresse et la concision consternées du procès-verbal : « Du vin, il n'avait bu qu'un verre. *Emilia Galotti* était ouvert sur le pupitre. [...] Le vieillard suivit la dépouille, de même ses fils, Albert n'en eut pas la force. On craignit pour la vie de Charlotte. Des artisans le portèrent. Aucun ecclésiastique ne l'accompagna. » Le suicide du protagoniste est une atteinte à l'ensemble des règles sociales et religieuses.

Questions de chronologie werthérienne

Telle qu'elle nous est présentée, « l'histoire du malheureux Werther » dont l'éditeur, dans le court préambule au lecteur, déclare avoir rassemblé tous les documents, se déroule en un an et demi. Nous lisons quatre-vingt-douze lettres rédigées par Werther. La première date du 4 mai 1771 ; le dernier document, la longue confession à Charlotte, est achevé à minuit, le 22 décembre 1772 ; l'épistolier meurt douze heures plus tard, le 23, et il est enterré le soir même, « vers les onze heures ». Les trois premiers quarts du roman se composent exclusivement de lettres écrites par le protagoniste ; puis, au milieu de la seconde partie du roman, c'est une personne tierce, « l'éditeur », qui intervient pour assurer la fin de la narration, non sans communiquer, là encore, des papiers et des lettres rédigés par Werther[1]. A cette première division (lettres de Werther à la première personne et récit de l'éditeur à la troisième personne), Goethe en superpose une autre, et sépare son roman en deux livres de longueur sensiblement égale. Ces deux parties n'en diffèrent pas moins d'un point de vue strictement chronologique : tandis que l'histoire représentée dans le premier livre s'étend sur quatre mois, le second livre en retrace quatorze.

Dans cette économie temporelle, le cycle des saisons joue un rôle fondamental. Le récit s'ouvre au printemps et le soleil frais de cette saison vivifiante illumine le début du roman : « Il règne dans mon âme une merveilleuse sérénité, semblable aux douces matinées de printemps que je savoure avec délices », écrit Werther au commencement de la célèbre lettre du 10 mai, p. 43. A plusieurs reprises, il fait l'éloge de la région dans laquelle il réside. Il ne cesse d'en souligner l'aspect « paradisiaque ». Le paradis naturel si souvent évoqué[2] se présente simultanément sous la forme d'un paradis social. Car le printemps n'est pas seulement la saison qui correspond au réveil de la nature ; il devient également une métaphore de ces époques primitives et pures, proches encore de l'âge édénique, où les hommes étaient ignorants de toutes les complexités et dépravations qui accableront les sociétés civilisées. L'éloge que Werther ne cesse de réserver à l'enfance entre également dans ce contexte[3]. Dans un mouvement rousseauiste, l'épistolier transforme la province allemande en reflet des premiers temps de l'humanité, des temps bibliques ou homériques, où « les filles mêmes des rois » venaient puiser l'eau à la fontaine.

---

1. Dans le dernier quart du roman, l'éditeur assume ainsi en son nom propre un peu plus de la moitié du récit, tandis que les papiers de Werther et sa traduction d'Ossian fournissent chacun de leur côté environ un quart du texte. **2.** Cf. déjà la première lettre : « Dans cette contrée paradisiaque... » Et, un peu plus loin (12 mai) : « Tout ce qui m'environne a un air de paradis ». **3.** Nous reviendrons sur ce point un peu plus tard.

La simplicité revendiquée par Werther se cristallise dans la description de *Wahlheim*, lieu de prédilection du protagoniste (de par son étymologie, Wahlheim se donne d'emblée comme le lieu choisi par excellence — *die Wahl* : le choix). Werther est un jeune homme issu d'une famille plutôt aisée et qui, grâce à ses relations avec certaines personnalités de l'aristocratie régnante, pourrait prétendre à d'importantes fonctions dans l'une des innombrables principautés allemandes du Saint-Empire germanique. Lorsqu'il se rend à Wahlheim, Werther préfère au contraire se déprendre de tout ce qui fait son rang social pour goûter aux joies simples de l'idylle :

> Le plus agréable, ce sont deux tilleuls dont les branches touffues couvrent la petite place devant l'église ; des fermes, des granges, des chaumières forment l'enceinte de cette place. Il est impossible de découvrir un coin plus paisible, plus intime, et qui me convienne autant. J'y fais porter de l'auberge une petite table, une chaise ; et là je prends mon café, je lis mon Homère. (Lettre du 26 mai, p. 51.)

La notation finale et l'évocation de la lecture prouvent, s'il le fallait encore, le caractère « construit » de l'idylle et la contradiction qu'il y a à vouloir partager la vie des gens de peu lorsqu'on fait partie de l'élite de ceux qui savent lire, peu nombreuse en 1770, et que l'on peut se permettre de rester oisif. Mais, ce qui importe ici, c'est le désir d'idylle qui fait que, un peu plus tard, et toujours à Wahlheim, on verra Werther lire Homère en écossant des petits pois cueillis dans le jardin de son hôtesse (lettre du 21 juin, p. 69). Après le printemps de la nature et celui de la société, l'éveil du sentiment constitue le troisième volet « printanier » auquel assiste le lecteur du roman goethéen : en juin, à l'occasion d'un bal organisé à la campagne, Werther rencontre Charlotte. C'est le début immédiat de la passion amoureuse du « malheureux Werther ». Un début qui, là encore, n'a rien de véritablement extraordinaire : au printemps, un jeune homme se prend de passion pour une jeune fille. D'une certaine façon, c'est l'absence même de complexité qui, dans cette histoire amoureuse, lui confère son statut éminemment romanesque.

Par la suite, Goethe ne manque pas d'inscrire dans son texte tout ce qui concourt à souligner le parallélisme entre l'histoire de son protagoniste et le cycle des saisons[1]. Les célèbres lettres du 10 mai, p. 43, et du 18 août 1771, p. 99, avec leurs descriptions paysagères quasi cosmiques montrent l'inextinguible désir de fusion qui pousse Werther vers le monde alentour :

> Comme j'embrassais cela dans mon cœur, comme je me sentais pour ainsi dire divinisé par ce torrent qui me traversait, et les majestueuses formes du monde infini vivaient et se mouvaient dans mon âme. Je me voyais environné d'énormes montagnes ; des précipices étaient devant moi, et des rivières d'orage s'y plongeaient ; des fleuves coulaient sous mes pieds, la clameur de la forêt et de la montagne se levait, et je voyais, dans les profondeurs de la terre, agir et réagir toutes les forces insondables qui créent, et fourmiller sur terre et sous le ciel les innombrables races des êtres vivants. (Lettre du 18 août 1771, p. 99.)

Cette identification entre le protagoniste et une nature élargie à des dimensions cosmiques est une thématique extrêmement importante dans l'économie du roman. Au printemps, l'écriture de Werther se fait lumineuse ; en été, elle montre l'ardeur de la passion, avec tout ce que la chaleur excessive peut comporter de douloureux. A l'approche de l'automne, Werther devient, lui aussi, automnal : « De même que la nature s'incline vers l'automne, l'automne commence en moi

---

1. Cf. par exemple la lettre du 28 août 1771, p. 103 : « L'été est magnifique. Je m'établis souvent sur les arbres du verger de Charlotte. Au moyen d'une longue perche, j'abats les poires les plus élevées... »

et autour de moi. Mes feuilles jaunissent, et déjà les feuilles des arbres voisins sont tombées » (lettre du 4 septembre 1772, p. 130). En hiver, quelques jours avant l'issue fatale de sa carrière, il décrit un autre paysage. L'inondation de la vallée qu'il aimait lui inspire des sentiments contradictoires :

> Voir de la cime d'un roc, à la clarté de la lune, les torrents rouler sur les champs, les prés, les haies, inonder tout, le vallon bouleversé, et à sa place une mer houleuse livrée aux sifflements aigus du vent ! Et lorsque la lune reparaissait et reposait sur la nuée obscure, et qu'un reflet superbe et terrible me montrait de nouveau les flots roulant et résonnant à mes pieds, alors il me prenait un frissonnement, et puis un désir ! Ah ! les bras étendus, j'étais là devant l'abîme, et je brûlais de m'y jeter ! de m'y jeter ! Je me perdais dans l'idée délicieuse d'y précipiter mes tourments, mes souffrances ! de déferler et de mugir comme les vagues ! (Lettre du 12 décembre 1772, p. 159-160.)

L'été, l'automne, l'hiver ont succédé au printemps de Werther, et le texte suit le cycle des saisons, épouse pour ainsi dire les changements intervenus dans la nature, devient hivernal. Et si, comme nous l'avons vu, pendant le printemps et l'été 1771, le premier Werther aime à lire Homère, auteur tout illuminé de la clarté et du soleil méditerranéens, il se tourne dorénavant vers Ossian, c'est-à-dire vers ce barde écossais dont les chants « découverts » (en vérité créés) par James Macpherson firent tant de bruit dans la seconde moitié du XVIIIe siècle européen. Ce changement dans les goûts de Werther, clairement indiqué dans le texte, intervient de façon caractéristique en automne : Ossian, écrit Werther le 12 octobre 1772, p. 137, « Ossian a supplanté Homère dans mon cœur ». En ce sens, le désir de fusion qui inspire Werther dans son contact avec le monde alentour n'est pas sans danger. Car si la Nature est bien continuellement créatrice, elle se présente simultanément sous la forme d'une gigantesque force destructrice qui, tel un Léviathan, ne cesse d'engendrer la mort : « Ciel, terre, forces actives qui m'environnent, je ne vois rien dans tout cela qu'un monstre affairé à tout dévorer dans d'éternelles ruminations » (lettre du 18 août 1771, p. 101).

C'est devant ce cadre que se détache l'intrigue romanesque du jeune Goethe. Là encore, il convient d'examiner de plus près la chronologie de l'histoire. Chacune des deux parties semble avoir une certaine autonomie. Le premier livre présente déjà une séquence narrative complète : arrivée du protagoniste sur les lieux de l'action (il s'agit d'une petite ville dont le nom ne nous est pas donné dans le roman), amour impossible pour Charlotte, départ. La dernière lettre du premier livre, datée du 10 septembre 1771, p. 104 et s., réunit tous les éléments d'une fin romanesque. Les chevaux, nous dit-on, sont commandés, le protagoniste prêt à quitter les lieux. Werther raconte sa dernière entrevue avec Albert et Charlotte. L'évocation de la silhouette féminine qui s'éloigne dans le parc, le soir, au fond d'une longue allée de tilleuls, termine une lettre tout entière placée sous le signe de l'adieu :

> Ils descendirent l'allée ; je les suivis de l'œil au clair de la lune. Je me jetai à terre en sanglotant. Je me relevai, je courus sur la terrasse ; je regardai en bas, et je vis encore, dans l'ombre des grands tilleuls, sa robe blanche jeter de pâles reflets en s'éloignant vers la porte du jardin ; j'étendis les bras, et tout disparut.

Même si Werther quitte effectivement la ville où habite Charlotte après avoir rédigé cette lettre, son départ n'est cependant qu'une fausse sortie. De l'ensemble de cette séquence narrative, la seconde partie du roman offre une reprise amplifiée. Tout se passe comme si l'intrigue amoureuse, loin d'être close, hibernait pendant l'automne et l'hiver pour se répéter presque à l'identique au printemps de l'année suivante. Mais, on le sait, l'histoire n'aime pas à se répéter, et le cycle des saisons de l'année 1772 se présente pour

Werther comme une reprise en tout point négative de celui de l'année précédente. Impossible, surtout, de conserver la sérénité qui semble caractériser le Werther des débuts. Au début de la première partie, Werther cherche à faire de Wahlheim un lieu de stabilité, à créer des liens solides, à forger autour de Charlotte et de ses frères et sœurs une espèce de famille : l'idylle, on le sait, est avant tout un univers qui proscrit l'excès de mouvement. Dans la seconde partie du roman, Werther se caractérise au contraire par son instabilité spatiale : « Je ne suis qu'un voyageur, un pèlerin sur la terre ! Et vous, qu'êtes-vous donc ? » (16 juin 1772, p. 128). A partir du moment où il doit quitter une première fois la région qu'habite Charlotte, il semble pris dans un mouvement continuel. A plusieurs reprises, il fuit les lieux où il pourrait rester sédentaire. Contradiction du caractère de Werther : un nomade qui désire la stabilité. En vérité, même dans la première partie, Goethe ne nous avait pas caché la propension au nomadisme qui caractérise son protagoniste[1]. Tandis qu'Albert incarne la placidité sédentaire du père de famille, Werther « cour[t] les forêts » (30 juillet 1771, p. 87) ; le 30 août, nous le voyons errer dans les campagnes, gravir des montagnes escarpées, traverser des forêts impénétrables, franchir des haies qui le blessent (p. 104). De cette instabilité, on peut également trouver la trace dans la configuration familiale du personnage. Loin de sa terre natale, privé de père, il laisse se distendre sa relation avec sa mère. Mais c'est à la fin de la seconde partie que cette intranquillité s'accentue de façon dramatique. Lorsqu'il est chez lui, il « parcour[t] la chambre à grands pas ». Il ne se promène pas, il court. Sa marche, nous dit l'éditeur de la fin du roman, est « précipitée », ses longues promenades se transforment en errances nocturnes : après sa mort, on trouve son chapeau « sur un rocher qui se détache de la montagne et plonge sur la vallée. On ne conçoit pas

1. Cf. plus loin nos analyses sur l'*incipit* du roman.

comment il a pu, par une nuit obscure et pluvieuse, y monter sans tomber dans le précipice » (p. 178). L'impossibilité de retrouver le fragile bonheur de l'année précédente paraît encore dans d'autres indices. Lorsqu'il retourne dans la ville de Charlotte, en juin ou en juillet 1772 (la date exacte de son retour se situe entre la lettre du 18 juin et celle du 29 juillet), Werther ne peut pas revivre l'épisode printanier de l'année 1771. Il est obligé de continuer une histoire qui a déjà commencé (qui a déjà *mal* commencé), une histoire qu'il avait déjà poursuivie jusqu'au seuil de l'automne. L'année précédente, il avait déjà éprouvé le sentiment élégiaque que provoquent les pertes irrémédiables[1]. Cela explique pourquoi le livre second des *Souffrances du jeune Werther* est, plus encore que le livre premier, placé sous le signe de l'impossibilité, comme le prouve notamment l'impressionnante image du château « brûlé et démoli » placée à la fin de la lettre du 21 août 1772, p. 130[2]. Dans la première lettre qu'écrit le protagoniste après avoir revu Charlotte, il donne à entendre un souhait exprimé au conditionnel, qui est ici une forme de l'*irréel* : « Wilhelm, elle *eût* été plus heureuse avec moi qu'avec lui » (lettre du 29 juillet 1772, p. 128)[3]. Charlotte elle-même soulignera devant Werther le rôle éminent de tout ce qui est hors de portée, insaisissable, irréalisable : « Pourquoi faut-il que ce soit moi, Werther ? précisément moi, moi qui appartiens à un autre ? précisément cela ? Je crains bien, oui, je crains que ce

---

1. Cf. surtout la lettre du 28 août, p. 103, où cette prise de conscience élégiaque est clairement formulée : « Je savoure le souvenir des délices dont me comblèrent ces jours si peu nombreux, si rapides, si irréparables ! Cher Wilhelm, il n'est que trop vrai, et je n'en murmure pas, oui, les fleurs de la vie ne sont que des fantômes. » **2.** « Lorsque je sors de la ville et que je me retrouve sur cette route que je parcourus en voiture la première fois que j'allai prendre Charlotte pour la conduire au bal, quel changement ! Tout, tout a disparu. [...] Je suis comme un esprit qui, revenant dans le château qu'il bâtit autrefois lorsqu'il était un puissant prince, qu'il décora de tous les dons de la magnificence, et qu'il laissa en mourant à un fils plein d'espérance, le trouverait brûlé et démoli. » **3.** C'est nous qui soulignons.

ne soit cette impossibilité même de m'obtenir qui fait que vous attachiez tant de prix à ce souhait » (p. 163).

L'individu face à la société

Charlotte est la figure par excellence de l'insaisissable. A plusieurs reprises, nous voyons Werther tendre son bras vers elle, mais en vain[1] : traduction corporelle de la déception amoureuse. La femme aimée apparaît comme la figure du manque, figure de ce « vide affreux » décrit par Werther dans la lettre du 19 octobre 1772, p. 139. La description minutieuse de cette situation fait sans aucun doute la modernité du roman de Goethe. L'individu paraît isolé face à l'adversité qui l'entoure. Cette impression de solitude est encore renforcée par la forme narrative. Le genre épistolaire se prête plus que nul autre à la démultiplication des points de vue et des effets de perspective : ainsi, dans *Humphry Clinker*, de Smollett, un même événement est raconté à travers le prisme des différents personnages[2]. D'autres romans épistolaires donnent à voir de réels échanges entre les différents acteurs de l'histoire, et les lettres servent alors de véritable moteur dramatique à l'action. Dans *Les Souffrances du jeune Werther*, rien de tout cela. Le protagoniste signe toutes les lettres que nous lisons. La plupart d'entre elles sont adressées à un personnage situé *en dehors* du champ de l'action, Wilhelm. Comme ses réponses ne nous sont pas communiquées, l'isolement de Werther en paraît d'autant plus important. Tout se passe comme si lui-même cherchait la solitude. A plusieurs reprises, nous le voyons s'arracher d'un lieu qui lui était familier pour trouver ailleurs une nouvelle solitude. Il suffit de relire encore l'*incipit* du roman : « Que je suis aise

---

1. A côté de la fin de la lettre du 10 septembre 1771, citée ci-dessus, cf. déjà de façon paradigmatique la lettre du 21 août 1771, p. 101.
2. Le même procédé polyphonique est également utilisé par Laclos dans *Les Liaisons dangereuses*.

d'être parti ! Ah ! mon ami, qu'est-ce que le cœur de l'homme ? Te quitter, toi que j'aime, toi dont j'étais inséparable ; te quitter et être content ! » Au début du second livre, l'important épisode des mésaventures de Werther auprès de l'ambassadeur s'achève lui aussi sur le constat d'un nécessaire départ (cf. les lettres des 15, 16 et 24 mars 1772, ou encore les deux lettres suivantes, pp. 119 à 125). Et, un peu plus loin : « Dis ce que tu voudras, je ne puis demeurer ici plus longtemps » (11 juin 1772, p. 127). Si la société est, la plupart du temps, perçue de façon négative, Werther ne manque pas, dès la première lettre, de faire l'éloge de la solitude : « Dans cette contrée paradisiaque, la solitude constitue un baume précieux pour mon âme » (une évocation semblable de la solitude se trouve également dans la lettre à Charlotte du 20 janvier 1772, p. 116). Ce désir d'être seul n'est pas exempt d'un certain égotisme, d'une volonté de se retrouver, de jouir de sa propre personne : « Je rentre en moi-même », écrit Werther, « et j'y trouve un monde » (22 mai 1771, p. 49).

Le roman de Goethe témoigne à sa façon de la « découverte » de l'individu qui s'effectue pendant le siècle des Lumières. Le sujet n'est plus uniquement une figure sociale, mais aussi un être qui possède une certaine autonomie, un espace privé, une forme d'intériorité. Cette découverte fait apparaître par contrecoup tout ce qui oppose l'individu à la société. D'une certaine façon, l'individu moderne ne se saisit qu'à travers toutes les barrières imposées par le monde extérieur. Ce sentiment douloureux des limitations est proprement constitutif du caractère werthérien. « Je n'aime pas la dépendance », écrit-il le 20 juillet 1771, p. 84, pour s'opposer au désir exprimé par son ami Wilhelm et par sa mère de le voir prendre un poste dans le corps diplomatique. Plus tard, il se résignera à accepter ce même poste. Mais c'est pour se plaindre peu après de ce « joug » auquel on l'a soumis, de cette « galère » où il se trouve enchaîné (24 décembre 1771, p. 113). Dans le même ordre d'idées, Werther recourt à l'image du cheval « qui, las de sa liberté, se laisse seller et brider, et que l'on épuise » (22 août 1771, p. 102 ; cf. aussi la fin de la lettre du 16 mars 1772, p. 123). Le thème de l'*humiliation* occupe dans le roman une place centrale. Werther regimbe devant les contraintes sociales, qui peuvent prendre des formes extrêmement concrètes. Ainsi, nous le voyons devenir la victime de la discrimination sociale que la société aristocratique pratique envers les bourgeois. Werther est exclu et chassé du salon aristocratique du comte de C... (lettres du 15 et du 16 mars 1772, pp. 119 à 123). Rien d'étonnant à ce qu'il rejette avec une certaine violence l'ordre social de l'Ancien Régime[1]. Dans cette perspective, la critique de la société prend chez lui une coloration très fortement prérévolutionnaire. Cette position politique concrètement ancrée dans la réalité sociale de la fin du XVIIIe siècle n'est cependant que l'expression d'un sentiment plus vaste d'inadéquation fondamentale entre l'individu et la société. Le protagoniste donne dès les premières lettres du roman une image forte de ce conflit en évoquant le « cachot » dans lequel les humains sont emprisonnés (22 mai 1771, p. 50) : de cette prison, la « cage » (20 janvier 1772, p. 117) que constitue l'existence sociale n'est finalement qu'une forme particulièrement tangible. Les obstacles que rencontre Werther sont donc omniprésents dans le roman. La passion amoureuse et le désir trouvent la figure d'Albert sur leur chemin, la volonté de reconnaissance sociale bute sur les barrières d'une société dont les stratifications hiérarchiques ne peuvent être bousculées. Il faut y insister : contrairement à une interprétation trop courante, *Les Souffrances du jeune Werther* ne sont pas uniquement l'histoire d'un amour contrarié, d'un amoureux éconduit ; la blessure d'amour-propre

1. Pour éclairer le rapport relativement complexe que Werther entretient avec l'aristocratie, on se reportera notamment à la lettre du 24 décembre 1771, p. 112 et s., et aux notes correspondantes.

et la blessure d'amour se rejoignent. Partout, les objets désirés fuient, tandis que l'adversité, dans toute sa présence matérielle, demeure. Pour Werther, ce mouvement répressif structure de façon fondamentale toute la vie sociale : les mères soustraient aux enfants les sucreries qu'ils convoitent (cf. la lettre du 22 mai 1771, p. 50). Lui-même exprime au contraire le besoin de saisir, de posséder, de s'approprier, de s'incorporer (d'ingérer) l'objet de ses désirs. *Werther* est en quelque sorte le roman de la contrariété, roman exemplaire de l'opposition entre la « poésie du cœur » et « la prose des conditions réelles » qui, selon Hegel, définit le roman moderne[1].

Le sentiment de la nécessaire opposition entre l'individu et la société explique par ailleurs l'une des apories qui caractérisent la pensée de Werther : en décrivant ce clivage comme une donnée existentielle inéluctable, il refuse de combattre véritablement les obstacles qu'on lui oppose, d'œuvrer dans le sens d'un changement social. Il n'est pas un rebelle prométhéen[2], et se contente, pour ainsi dire, d'opposer au monde cruel qui l'entoure l'image de l'innocence enfantine[3]. Lui-même se décrit parfois comme un enfant (lettre du 8 juillet 1771, p. 79). Le plaisir manifeste qu'il prend à jouer avec les enfants, courant par terre, pincé par certains, chatouillé par les autres (29 juin 1771, p. 71), constitue à ses yeux un défi suffisant à cette société qui lui déplaît.

---

1. *Esthétique*, 3e partie, 3e section, chap. 3, C, I, 2, c. **2** L'un des plus célèbres poèmes de jeunesse de Goethe retrace, on le sait, la révolte inconditionnelle de Prométhée contre les dieux. De façon caractéristique, le Prométhée de Goethe critique âprement l'ignorance, l'innocence et la naïveté des enfants. On ne saurait imaginer d'opposition plus forte à la position de Werther. **3.** Illustration parfaitement exemplaire de cet éloge de l'enfance dans la lettre du 29 juin 1771, p. 71 : « Oui, mon ami, c'est aux enfants que mon cœur s'intéresse le plus sur la terre. » Les enfants sont omniprésents dans le discours et dans l'univers de Werther, et plus particulièrement les « enfants » de Charlotte (en fait, ses jeunes frères et sœurs) auxquels il sert parfois de père (cf. à ce propos la lettre du 15 août, p. 98).

Violence de Werther

Le conflit entre la « poésie du cœur » et « la prose des conditions réelles » n'est pas dépourvu d'une certaine violence. Il est inutile de revenir ici sur la violence psychologique des diverses humiliations subies par Werther. Dans la partie proprement passionnelle de son histoire, la violence s'exprime souvent de façon concrète. Le désir inassouvi crée une véritable souffrance physique. « Tout désir se tait en sa présence », proteste-t-il le 16 juillet 1771, p. 82. Affirmation qu'il s'agit de goûter avec une certaine prudence, tant elle contredit le début de la même lettre : « Oh ! quel feu court dans toutes mes veines lorsque par hasard mon doigt touche le sien, lorsque nos pieds se rencontrent sous la table ! » Plus généralement, et malgré les dénégations de Werther lui-même, la part du corps, dans le roman de Goethe, est loin d'être négligeable. Mais c'est un corps parcouru de frissons et de blessures, meurtri par la passion, par le « vide affreux » que laisse cet objet qui ne cesse de se dérober : « Un frisson parcourt tout mon corps », écrit Werther, « lorsque Albert met ses bras autour de sa taille si fine » (lettre du 29 juillet 1772, p. 128). La séduction charnelle de la femme aimée apparaît de façon particulièrement obsédante à la fin du roman : une scène relativement légère est relatée le 12 septembre 1772, p. 134, où l'on voit le canari de Charlotte embrasser la jeune femme. Un peu plus loin, Werther revient sur son désir de saisir Charlotte :

> Dieu sait ce qu'il en coûte de voir tant de charmes passer et repasser devant vous sans pouvoir vous en emparer ! S'emparer des choses est pourtant le penchant le plus naturel de l'humanité. Les enfants ne tâchent-ils pas de saisir tout ce qu'ils aperçoivent ? — Et moi ? (30 octobre 1772, p. 141.)

La violence du désir le conduit à prendre conscience

de son *impuissance* : il lui est impossible de fixer l'insaisissable, de lui ôter son agaçante capacité à se dérober sans cesse. Même présente, Charlotte lui manque. Cette douloureuse présence de l'absence s'exprime très tôt dans le roman, et en termes ouverts à toute interprétation psychanalytique : « Lorsqu'elle parle de son prétendu avec tant de chaleur, avec tant d'affection, je suis comme celui à qui l'on enlève ses titres et ses honneurs, et qui est forcé de rendre son épée. » (p. 81) Les plaisirs de l'amour ne s'offrent guère à Werther que dans les rêves, tel celui qu'il raconte le 14 décembre 1772, p. 160, à quelques jours de sa mort. La violence physique du désir apparaît de façon plus transparente encore dans l'histoire du valet de ferme (lettres du 30 mai 1771, p. 56, du 4 septembre 1772, p. 131, début du récit de l'éditeur) qui s'inscrit en parallèle à celle du protagoniste[1]. L'identification de Werther au valet de ferme est à la mesure de la violence qui se déploie dans cette effrayante histoire. Ainsi, lorsqu'il raconte à Wilhelm la tentative de viol du valet, il ne manque pas d'ajouter : « Comme tu connais aussi mon sort, comme tu me connais aussi, tu ne dois que trop bien savoir ce qui m'attire vers tous les malheureux, et surtout vers celui-ci » (4 septembre 1772, p. 132). Lorsqu'en décembre, ce « malheureux » tue son rival, Werther manifeste encore une compassion extrême, un intérêt « irrésistible ». Condamner ce criminel, c'est en effet le condamner lui-même : « Rien ne peut te sauver, malheureux ! Je le vois bien : rien ne peut nous sauver » (billet de Werther, p. 157). Il n'y a là rien d'étonnant : Werther lui-même n'a-t-il pas songé à la disparition (au meurtre) d'Albert ? Ne l'a-t-il pas désirée ? Est-ce ce désir, cette pulsion de mort qui le fait trembler :

---

1. On sait que cet épisode a été ajouté par Goethe dans la seconde édition de son roman. Mais, dès la première édition, il avait déjà inscrit dans son texte une histoire « en miroir » : celle de la jeune fille suicidée, narrée le 12 août 1771, p. 96.

Quand je me perds aussi dans des rêves, je ne puis me défendre de penser : Et si Albert mourait ? Tu deviendrais ! oui, elle deviendrait — et alors, je poursuis cette chimère jusqu'à ce qu'elle me conduise à des abîmes sur le bord desquels je m'arrête et recule en tremblant. (21 août 1772, p. 129-130)[1] ?

Sensibilité et subjectivité dans Les Souffrances du jeune Werther

On est frappé, à la lecture du roman de Goethe, de la fréquence avec laquelle il est question du cœur. Dans la première lettre du recueil, le mot apparaît six fois. Dans la suite du texte, la présence obsédante du cœur ne se démentira pas. En vérité, l'inflation de ce terme n'est pas propre à Werther. Elle s'inscrit dans cette culture de la sensibilité qui se répand dans toute l'Europe au milieu du XVIIIe siècle et se manifeste notamment dans les romans de Richardson, dans les théories pédagogiques et morales de Rousseau, mais aussi dans les options esthétiques de Diderot[2]. La sensibilité est une qualité positive. C'est une réceptivité, une perméabilité particulière au monde extérieur. Parallèlement, la valorisation du cœur et de la sensibilité se substitue aux modes de reconnaissance établis par la société ; elle permet à l'individu de se replier sur lui-même, sur ce qui apparaît comme sa propriété inaliénable, sur ce cœur qui, comme le dit Werther, « fait ma seule fierté et qui est seul la source de tout, de toute force, de tout bonheur et de toute misère. Ah ! ce que je sais, tout le monde peut le savoir — mais mon cœur n'est qu'à moi » (9 mai 1772, p. 127).

Cette position explique elle aussi le choix fait par Goethe de raconter les événements presque exclusive-

---

1. Cf. aussi, de façon plus explicite : « Une idée furieuse s'est insinuée dans mon cœur déchiré, souvent — de tuer ton époux ! — toi ! — moi ! » (p. 166). **2.** Sur ce point, cf. Gerhard Sauder, « Sensibilité », in *Dictionnaire européen des Lumières*, édité par Michel Delon, Paris, PUF, 1997, p. 985-990.

ment à travers les lettres rédigées par le protagoniste de l'histoire. Ce faisant, l'écrivain souligne de façon nette la subjectivité qui imprègne l'ensemble de la narration. Nul besoin d'avoir un autre narrateur, un autre point de vue à côté du regard que Werther porte sur le monde pour sentir la « partialité » de sa perspective. Bien qu'elles procèdent d'un seul auteur, les lettres comportent entre elles des différences importantes. Werther varie. Les changements qui interviennent dans sa vision du monde extérieur ne se manifestent pas seulement dans le temps long. Les lettres de l'automne 1772 ont, nous l'avons vu, une tonalité bien distinctes de celles du printemps 1771. Même des lettres écrites à peu de temps d'intervalle manifestent la grande variabilité de leur auteur : il suffit, pour s'en convaincre, de relire les lettres du 22 et du 26 mai, pp. 49 à 53, dans la première partie, ou encore celles du 28 et du 30 août, pp. 102 à 104. Par ailleurs, force est de constater la prégnance du thème du regard. La lettre qui relate la première rencontre entre Werther et Charlotte se termine de façon significative par la contemplation de la campagne, après l'orage :

> Nous nous approchâmes de la fenêtre. Le tonnerre se faisait encore entendre dans le lointain ; une pluie bienfaisante tombait avec un doux bruit sur la terre ; l'air était rafraîchi et nous apportait par bouffées les parfums qui s'exhalaient des plantes. Charlotte était appuyée sur son coude ; elle promena ses regards sur la campagne, elle les porta vers le ciel, elle les ramena sur moi, et je vis ses yeux remplis de larmes. Elle posa sa main sur la mienne et dit : *Klopstock !* Je me rappelai aussitôt l'ode sublime qui occupait sa pensée, et je me sentis abîmé dans le torrent de sentiments qu'elle versait sur moi en cet instant. (p. 67)

Pour Werther, le fait de regarder un même objet semble indiquer une convergence et une unité parfaite des individus. L'homme et la femme qui contemplent la pluie ne disent (presque) rien ; tout se passe, apparemment, en dehors des discours, dans le monde extérieur de la nature, mais aussi dans une intériorité que l'auteur de la lettre retrace avec précision : « Je me sentis abîmé dans le torrent de sentiments qu'elle versait sur moi en cet instant. » Werther se défie de la parole : les sentiments dont il parle dans la lettre paraissent inexprimables. Ce culte de l'indicible qui apparaît également à d'autres moments du livre n'est pas sans danger. Car si Werther peut parler en connaissance de cause de tout ce qu'il éprouvait lui-même tandis qu'il gardait le silence, il est obligé d'*interpréter* la signification des silences et des regards des autres : « Je lis dans ses yeux noirs le sincère intérêt qu'elle prend à moi et à mon sort », écrit-il le 13 juillet 1771, p. 81, à propos de Charlotte. Le non-dit devient source de malentendus. Le moi de l'épistolier *prête* aux autres acteurs de l'histoire (et évidemment à Charlotte) des sentiments qui leur sont peut-être étrangers. Werther vit la parole et plus encore l'écriture comme un véritable obstacle à la communication parfaite[1]. « Je soupire », écrit-il déjà dans la seconde lettre, « et m'écrie en moi-même : "Ah ! si tu pouvais exprimer ce que tu éprouves !" » Souvent, dans ses lettres, il revient sur ce point. Le 10 septembre 1771, p. 107, il va même jusqu'à se reconnaître incapable de répéter ce que Charlotte lui a dit : « Ô Wilhelm, qui peut répéter ce qu'elle a dit ? Comment les caractères froids et inanimés peuvent-ils rendre l'efflorescence divine de l'esprit ? » Certes, il y a quelque chose de paradoxal dans cet éloge de l'indicible fait par celui-là même qui supporte l'essentiel du récit que nous lisons : pour quelqu'un qui se défie à ce

1. Dans la présentation de sa traduction du roman de Goethe, Philippe Forget montre avec force l'opposition paradoxale de Werther à tout ce qui dissipe de façon trop nette l'indistinction fondamentale des objets du monde, des opinions et des sentiments : « On se rend compte que, pour Werther, un supplément d'exactitude ne fait en réalité que perdre ce qu'on veut sauver, qu'accentuer la distance ou le discord au lieu de les réduire » (Ph. Forget, « Présentation », in Goethe, *Les Passions du jeune Werther*, trad. par Ph. Forget, Imprimerie nationale, 1994, p. 7-48, ici p. 17).

point du discours, Werther se montre en fin de compte bien disert dans ses lettres, retraçant avec une certaine complaisance les mouvements les plus infimes de son âme, les moindres accidents et méandres de sa vie intérieure. Mais, de façon évidente, il y a chez lui une attention extrême à tous les signes non verbaux de la communication. Les larmes constituent dans ce schéma des indicateurs précieux : les larmes de Charlotte dans le passage que nous avons cité un peu plus tôt par exemple, mais aussi les larmes de l'émotion, les larmes de bonheur et les larmes de souffrance que Werther lui-même ne manque pas de répandre tout au long du roman. Souvent, il se décrit lui-même « les yeux mouillés de larmes »[1]. Les larmes témoignent d'une forme de trop-plein du cœur qui, par un système de vases communicants, fait déborder les yeux : « Un torrent de larmes s'échappe de mon cœur », écrit le héros dans la lettre du 21 août 1771, p. 101. De façon significative, l'un des moments paroxystiques du roman, vers la fin, nous présentera la communion de Werther et de Charlotte dans les pleurs, à la suite de la lecture d'Ossian[2]. Si cette omniprésence des pleurs nous est aujourd'hui assez largement étrangère, le personnage et toute son époque semblent plutôt considérer comme anormaux les moments où les larmes sont absentes, comme dans la lettre du 3 novembre 1772, p. 141 où il se décrit comme une source tarie : « Mes yeux sont secs ; et mes sens, que ne soulagent plus des larmes rafraîchissantes, contractent anxieusement mon front ». Semblables à la pluie, les larmes apparaissent comme le témoignage de la grâce divine, comme un don pour lequel il convient de prier le Ciel : « Je me suis souvent jeté à terre pour demander à Dieu des larmes, comme un laboureur prie pour de la pluie, lorsqu'il voit sur sa tête un ciel d'airain et la terre mourir de soif autour de

---

1. Cf. par exemple dans la lettre du 10 septembre 1771, p. 104, mais aussi dans celle du 14 décembre 1772, p. 161. **2.** Nous reviendrons sur cette scène à la fin de l'Introduction.

lui. » Les larmes sont simultanément le témoignage de la sensibilité de celui qui pleure et une manifestation de la grâce divine (« Ô Dieu », s'écrie Werther le 30 novembre 1772 (p. 149), « tu vois mes larmes »).

Puisque l'œil est une manifestation visible du cœur, le siège de sentiments que la parole ne saurait exprimer, il importe de capter le regard des autres, et plus particulièrement celui de Charlotte. Cette tentative de fixer son regard est là encore vouée à l'échec :

> Je cherchais les *yeux* de Charlotte. Ah ! ils allaient de l'un à l'autre ; mais moi, moi qui étais entièrement, uniquement occupé d'elle, ils ne tombaient pas sur moi ! Mon cœur lui disait mille adieux, et elle ne me *voyait* point ! La voiture partit, et une larme vint mouiller ma *paupière*. Je la suivis des *yeux*, et je vis sortir par la portière la coiffure de Charlotte ; elle se penchait pour *regarder*. Hélas ! était-ce moi ? Mon ami, je flotte dans cette incertitude : c'est là ma consolation. Peut-être me cherchait-elle du *regard* ! (Lettre du 8 juillet 1771, p. 79 ; c'est nous qui soulignons.)

Il faut prêter attention aux yeux noirs de Charlotte[1] qui, dès la première entrevue, donnent tant de plaisir à Werther : « Comme je dévorais ses yeux noirs pendant cet entretien ! » (le texte français de Pierre Leroux, il est vrai, prête au héros des appétits anthropophages un peu forts par rapport à l'original allemand où Werther se contente de se « délecter » des yeux noirs de la jeune fille). Les yeux de Charlotte, si parfaitement insondables, ont la couleur d'une grotte dans laquelle Werther aime à se perdre : « Il me suffit de voir ses yeux noirs, et je suis content », écrit-il moins de deux mois et demi avant son suicide (10 octobre 1772, p. 137). Leur obscurité ne permet aucune élucidation, aucune

1. Ce détail contribue à donner une certaine complexité à cette figure féminine souvent — et à tort — interprétée comme archétype de la jeune fille simple, de la bonne ménagère, de l'Allemande solide et pleine de bon sens.

certitude, et laisse la porte ouverte à toutes les interprétations et à tous les rêves. Car, si le protagoniste est incapable de saisir le regard de Charlotte, celle-ci, par l'intermédiaire de ses yeux noirs, happe littéralement le regard et l'esprit de Werther :

> Ici, quand je ferme à demi les paupières, ici, dans mon front, à l'endroit où se concentre la force visuelle, je trouve ses yeux noirs. Ici ! je ne saurais te l'exprimer. Lorsque je ferme mes yeux, ils sont là ; comme une mer, comme un abîme, ils reposent devant moi, en moi-même, ils remplissent les sens de mon front (6 décembre 1772, p. 152).

Le regard ne donne aucune certitude. Cette incertitude envahit plus fondamentalement la narration même de Werther qui ne représente jamais, on le voit bien, qu'un point de vue subjectif sur l'histoire que nous lisons. Lorsque, dans le dernier quart du roman, la voix apparemment impartiale de « l'éditeur » remplace celle, engagée, du héros, nous pourrions nous attendre à une plus grande objectivité. L'éditeur semble bénéficier de conditions privilégiées pour fournir une narration certaine. Il affirme avoir collecté tous les documents qu'il a pu trouver sur les derniers moments de la vie de Werther, mais il ne nous donne pas pour autant un récit omniscient et neutre des événements qui se sont déroulés pendant le mois de décembre 1772. Il met bien plutôt en scène le caractère construit de la narration, les différentes hypothèses qui la sous-tendent ainsi que la multiplicité des interprétations possibles. « Nous *voyons* », écrit-il par exemple (p. 157), « combien il fut frappé de ces paroles dans un petit billet que l'on trouva parmi ses papiers, et qui fut *certainement* écrit ce jour-là » (c'est nous qui soulignons). Il lui arrive aussi de renvoyer à d'autres la responsabilité de ce qu'il avance : « C'est du moins ce que disent les amis d'Albert. Ils soutiennent », etc. (p. 154).

L'univers livresque de Werther

L'incertitude qui affecte la réalité tient à la place prépondérante de la subjectivité et de l'imagination dans l'univers du jeune Werther. Il est difficile de dire que le héros décrit les paysages, les personnes, les événements : en les écrivant, c'est toujours lui qui les produit. En ce sens, la forme du soliloque épistolaire choisie par Goethe est parfaitement adaptée au caractère même de son personnage. D'une certaine façon, Werther n'a pas besoin d'interlocuteurs extérieurs pour construire le monde. Il n'est pas juste pour autant d'affirmer que le discours du protagoniste est étranger à toute influence extérieure : ce serait oublier l'importance que joue l'univers des livres dans la constitution de l'imagination werthérienne. Il faut se méfier, en d'autres termes, du mépris du livre ouvertement affiché au début du roman : « Tu me demandes si tu dois m'envoyer mes livres ?... Au nom du ciel ! mon ami, épargne-moi cela ! » (13 mai 1771, p. 45). On le sait : la volonté de se déprendre des charmes superflus de la civilisation est un réflexe d'homme cultivé. Il faut avoir beaucoup lu (et peut-être faut-il avoir lu Rousseau) pour pouvoir être dégoûté des livres. A y regarder de plus près, il convient de noter à quel point les livres alimentent la vie et le texte de Werther. On n'a pas assez souligné ce fait : la première conversation avec Charlotte est une discussion littéraire. Charlotte, apprenons-nous, est une grande lectrice. Elle goûte les romans dans le style « sentimental » anglais, notamment, semble-t-il, l'*Histoire de Miss Jenny Glanville* de Mme Riccoboni. L'évocation du *Vicaire de Wakefield*, de Goldsmith, au cours de cette conversation, provoque chez Werther la première manifestation de sa passion : « Je fus transporté hors de moi, et me mis à lui dire tout ce que je devais dire » (16 juin 1771, p. 62). Un peu plus tard dans la même soirée, c'est la citation de Klopstock, nous l'avons vu, qui scelle aux yeux de Werther la communion entre lui-même et cette charmante lectrice. L'harmonie des cœurs se révèle dans l'émotion que provoquent les lectures communes. La réceptivité à la littérature devient un test de sensibilité, d'ouverture, de grandeur d'âme. Dans la suite du roman, cette idée permet au héros de déprécier son rival, Albert. En effet, son cœur « ne bat pas à l'unisson » de celui de Charlotte « lors — oh ! — lors de la lecture d'un livre aimé » (29 juillet 1772, p. 128-129). Tout se passe comme si Werther déléguait à la lecture tous les efforts faits pour séduire Charlotte. C'est encore dans ce schéma qu'il convient d'interpréter la dernière entrevue avec la jeune femme qui a lieu le soir du 21 décembre. Albert est absent, et Werther lit à Charlotte la traduction qu'il a faite de certains des chants d'Ossian [1]. L'*efficacité* de cette longue lecture est étonnante. Nous voyons d'abord « un torrent de larmes » s'échapper des yeux de Charlotte, puis, par contagion, Werther lui-même se met à verser « les pleurs les plus amers ». La lecture débouche sur une véritable communion dans les larmes — larmes douloureuses, certes, mais simultanément effusion érotique, mélange d'eau et de feu : « Leur agitation à l'un et à l'autre était terrible : ils sentaient leur propre infortune dans la destinée des héros d'Ossian ; ils la sentaient ensemble, et leurs larmes se confondaient. Les lèvres et les yeux de Werther se collèrent sur le bras de Charlotte, et le brûlaient. » (pp. 176 et s.) Cet attendrissement est le prélude à un moment de réelle confusion sentimentale. L'amour passe par les livres, a besoin du livre pour s'exprimer. On ne sera pas étonné que Goethe ait pu lui-même trouver la matrice de cette scène d'érotisme livresque dans un texte fondateur de la littérature européenne : la *Divine Comédie*. Au

---

1. Goethe prête à Werther des traductions qu'il avait lui-même composées, quelques années avant la rédaction du roman, et qu'il remanie à cette occasion pour leur donner une grande fluidité langagière. Le ton élégiaque propre aux chants ossianiques (il s'agit en vérité d'une suite de complaintes et de déplorations des défunts) convient exactement au Werther des derniers jours.

livre V de l'*Enfer*, Francesca da Rimini relate l'origine de ses amours interdites avec Paolo Malatesta :

Nous lisions un jour, par agrément,
comment Amour étreignit Lancelot ;
nous étions seuls et sans aucun soupçon.
Cette lecture, à plus d'une reprise,
nous fit lever les yeux, devenir pâles :
mais un seul point du roman nous vainquit.
Quand nous lûmes le rire désiré
recevant le baiser d'un tel amant,
lui, que jamais on ne m'arrachera,
me baisa sur la bouche, tout tremblant.
Un Galehaut, ce livre — et son auteur !
Ce jour-là, nous n'y lûmes pas plus loin.
(vers 127-138 [1])

Dans le texte de Goethe, d'autres livres encore ont une fonction essentielle ; l'interaction entre les livres et la lecture qu'en fait Werther mériterait de plus amples développements. C'est en lecteur qu'il meurt (p. 190) : « *Emilia Galotti* était ouvert sur le pupitre. » Dans le drame de Lessing, publié en 1772, l'auteur nous présente le destin tragique d'Emilia qui exhorte son père à la tuer plutôt que de la voir devenir la maîtresse du prince. Il importe peu de savoir, finalement, si Werther est un « bon » ou un « mauvais » lecteur : est-il légitime de se référer à la pièce de Lessing pour justifier un suicide ? Est-ce d'ailleurs là ce que le héros a voulu signifier en laissant ce livre ostensiblement sur le pupitre ? Il est difficile de le dire.

Ces quelques exemples n'épuisent pas, loin s'en faut, la question des lectures de Werther [2]. *Werther* est

---

1. Traduction de Marc Scialom, Le Livre de Poche, La Pochothèque, 1996. **2.** Il faudrait notamment étudier dans le détail l'importance des tournures stylistiques et des références narratives que Werther emprunte à la Bible. Par bien des côtés, elle est le texte matriciel à partir duquel le protagoniste pense et écrit son propre destin. Le fait que Werther place son suicide la veille du 24 décembre pointe de toute évidence dans la même direction. Voilà pourquoi, dans les notes

un texte traversé par d'autres textes. Goethe écrit (inscrit) son personnage dans un système de repères familiers aux hommes cultivés du siècle des Lumières. Cependant, l'ensemble de ces références constituent également un signe de la modernité de Goethe. Pour lui, Werther est un homme qui, à la lumière de ses propres lectures, *écrit* lui-même son existence — un lecteur qui se transforme en écrivain de lui-même[1]. La vie se modèle sur les livres : une expérience dont Werther donne, quelques jours avant sa disparition, une description mi-découragée, mi-réconfortante : « Quelquefois je me dis : "Ta destinée est unique : tu peux estimer tous les autres heureux ; jamais mortel ne fut tourmenté comme toi." Et puis je lis quelque ancien poète ; et c'est comme si je lisais dans mon propre cœur » (26 novembre 1772, p. 146). Ainsi, le texte de Goethe met en lumière le rapport problématique de l'individu moderne à l'écrit, à la lecture et à tout un ensemble d'images culturelles qui, quand bien même nous manifestons notre dégoût des livres ou des images, n'en impriment pas moins, et souvent de façon ironique, une marque décisive à notre existence.

Christian HELMREICH

---

qui accompagnent cette édition, nous avons essayé de présenter au lecteur français l'ensemble des références bibliques qui nourrissent le texte de Werther. Toutes ces citations ou allusions étaient en effet assez transparentes dans une Allemagne davantage imprégnée de culture biblique (notamment dans les régions protestantes) que la France.

1. Il faut attirer l'attention du lecteur sur le statut particulier qu'occupe dans ce contexte la traduction d'Ossian entreprise par Werther : dans l'acte de la traduction, la lecture et l'écriture (la réécriture) sont des gestes particulièrement proches.

NOTE SUR LA PRÉSENTE TRADUCTION

Il existe deux versions allemandes des *Souffrances du jeune Werther* : celle de la première édition, de 1774, et celle, légèrement remaniée et augmentée, que Goethe fit paraître en 1787 dans le cadre d'une édition de ses œuvres complètes. La plupart des éditions modernes reprennent cette deuxième version[1]. La présente traduction, comme l'ensemble de celles publiées en France depuis 1804, s'appuie sur ce texte-là. Si le texte original pose lui-même des problèmes d'édition qu'il serait trop long de retracer ici[2], l'histoire de la traduction que le lecteur trouvera ci-après offre elle-même de multiples rebondissements dont il convient cependant de rendre compte.

Pour cette édition des *Souffrances du jeune Werther*, nous avons repris la traduction française la plus célèbre, due au socialiste Pierre Leroux (1797-1871). Elle fut publiée sans nom de traducteur en 1829. Une seconde édition, signée cette fois-ci, parut en 1839, une troisième en 1845, popularisée par les eaux-fortes de Tony Johannot dont quelques-unes sont reproduites dans la présente édition. Exemplaire aux dires de George Sand, la traduction de Pierre Leroux connut des rééditions constantes tout au long du XIXe siècle ;

---

1. Dans l'édition publiée en 1994 par Waltraud Wiethölter au Deutscher Klassiker Verlag, les deux versions de 1774 et 1787 sont présentées en vis-à-vis. L'édition de référence du texte de la première édition est celle de Hanna Fischer-Lambert, *Der junge Goethe*, t. IV, Berlin, 1968, p. 105-187. **2.** Sur ce point, on pourra consulter la note d'Erich Trunz dans l'édition dite de Hambourg, *Goethes Werke*, t. VI, Munich, Beck, 1981, p. 602 ss.

la plupart des autres traductions du XIXe et du début du XXe siècle s'en inspirent largement. Ainsi, l'une des traductions les plus répandues actuellement (notamment dans l'édition des *Romans* de Goethe de la Bibliothèque de la Pléiade), signée par Bernard Groethuysen en 1928, n'est guère qu'une reprise, presque dépourvue de retouches, du texte de Leroux — un plagiat dont les lecteurs, d'ailleurs, ne sont pas avertis. En fait, il faut dire que Leroux lui-même n'avait pas fait œuvre originale. Ne connaissant guère l'allemand, il s'était contenté de corriger et d'améliorer stylistiquement la première traduction française de la seconde édition de *Werther* (version de 1787) : *Werther*, trad. par Charles-Louis de Sévelinges, Paris, Démonville, 1804. Pierre Leroux n'a jamais signalé cet emprunt, et personne, apparemment, ne s'est avisé de ce plagiat avant la parution, en 1938, d'un bref article consacré à cette affaire [1]. Il n'en reste pas moins que la « collaboration » de Sévelinges et de Leroux constitue une rencontre particulièrement heureuse. Alors que les traducteurs du XVIIIe et du XIXe siècle n'hésitaient pas à transformer radicalement le texte original, à le raccourcir ou à l'adapter au public visé, Sévelinges avait donné une traduction très fidèle à laquelle vingt-cinq ans plus tard, Pierre Leroux conférait une certaine fluidité et un surcroît d'élégance.

La traduction que le lecteur lira ici est donc une descendante directe de ce texte, devenu célèbre sous le nom de Leroux [2], souvent imité et, de façon avouée ou

---

1. David Owen Evans, « Une supercherie littéraire : le *Werther* français de Pierre Leroux », in *Revue de littérature comparée* 18, 1938, p. 312-325. L'article n'eut guère de retentissement. On imagine bien qu'en 1938, les esprits étaient trop occupés pour s'intéresser à des turpitudes aussi pardonnables. Pendant ce temps, la traduction « de Leroux » avait elle-même fait l'objet d'un plagiat passé inaperçu.

2. S'il avait dû justifier l'omission du nom de Charles-Louis de Sévelinges en tête de la traduction de *Werther*, Pierre Leroux aurait éventuellement pu se défendre en soulignant l'importance de ses modifications stylistiques. En revanche, la substitution du nom de Groethuysen à celui de Leroux apparaît bien plus difficile à légitimer.

non, maintes fois copié. Pour la présente édition, la traduction a été relue et comparée avec l'original allemand. Les rares lacunes du texte français ont été comblées, les inexactitudes lexicales ont été corrigées, de même que les nombreux passages dans lesquels Sévelinges et Leroux ont atténué les audaces stylistiques, les anacoluthes et le phrasé irrégulier du jeune Goethe. Les traducteurs du XIXe siècle ont souvent segmenté les phrases amples de Werther, de même qu'ils ont cherché à l'inverse à effacer l'inachèvement grammatical et logique de telle ou telle phrase. Nous nous sommes efforcé d'épouser le rythme dynamique, parfois saccadé, parfois au contraire extrêmement fluide, du texte allemand. Il fallait simultanément veiller à conserver l'aspect propre de la traduction Sévelinges/Leroux : un texte qui, outre son indéniable élégance, possède un certain poids historique et constitue à tous points de vue un témoignage précieux de ce que sont, en France, *Les Souffrances du jeune Werther*.

C. H.

LES SOUFFRANCES DU JEUNE WERTHER

Die Leiden des jungen Werthers.

Erster Theil.

Leipzig,
in der Weygandschen Buchhandlung.
1774.

AU LECTEUR

J'ai rassemblé avec soin tout ce que j'ai pu recueillir de l'histoire du malheureux Werther, et je vous l'offre ici. Je sais que vous m'en remercierez. Vous ne pouvez refuser votre admiration, votre amour à son esprit et à son caractère, ni vos larmes à son sort.

Et toi, bonne âme qui ressens la même aspiration que lui, puise de la consolation dans ses douleurs, et fais de ce petit livre un ami, si par le destin ou par ta propre faute tu n'en peux trouver de plus proche.

LIVRE PREMIER

4 mai 1771.

Que je suis aise d'être parti ! Ah ! mon ami, qu'est-ce que le cœur de l'homme ? Te quitter, toi que j'aime, toi dont j'étais inséparable ; te quitter et être content ! Mais je sais que tu me le pardonnes. Mes autres liaisons ne semblaient-elles pas tout exprès choisies par le sort pour tourmenter un cœur comme le mien ? La pauvre Léonore ! Et pourtant j'étais innocent. Était-ce ma faute, à moi, si, pendant que je ne songeais qu'à m'amuser des attraits piquants de sa sœur, une funeste passion s'allumait dans son sein ? Et pourtant suis-je bien innocent ? N'ai-je pas nourri moi-même ses sentiments ? Ne me suis-je pas souvent plu à ses transports naïfs qui, si peu risibles qu'ils fussent, nous ont si souvent fait rire ? N'ai-je pas... Oh ! qu'est-ce que l'homme, pour qu'il ose se plaindre de lui-même ! Cher ami, je te le promets, je me corrigerai ; je ne veux plus, comme je l'ai toujours fait, ruminer sans cesse le moindre malheur que nous envoie le sort. Je jouirai du présent, et le passé sera passé pour moi. Oui, sans doute, mon ami, tu as raison ; les hommes auraient des peines bien moins vives si... (Dieu sait pourquoi ils sont ainsi faits...), s'ils n'appliquaient pas toutes les forces de leur imagination à renouveler sans cesse le souvenir de leurs maux, au lieu de supporter la pauvreté du présent.

Dis à ma mère que je m'occupe de ses affaires, et que je lui en donnerai sous peu des nouvelles. J'ai parlé à ma tante, cette femme que l'on dit si méchante ; il s'en faut bien que je l'aie trouvée telle : elle est vive, irascible même, mais son cœur est excellent. Je lui ai exposé les plaintes de ma mère sur cette retenue d'une part d'héritage ; de son côté, elle m'a fait connaître ses droits, ses motifs, et les conditions auxquelles elle est prête à nous rendre ce que nous demandons, et même plus que nous ne demandons. Je ne puis aujourd'hui t'en écrire davantage sur ce point : dis à ma mère que tout ira bien. J'ai vu encore une fois, mon ami, dans cette chétive affaire, que les malentendus et l'indolence causent peut-être plus de désordres dans le monde que la ruse et la méchanceté. Ces deux dernières au moins sont assurément plus rares.

Je me trouve très bien ici. Dans cette contrée paradisiaque, la solitude constitue un baume précieux pour mon âme, et cette saison pleine de jeunesse réchauffe de son abondance un cœur souvent parcouru de frissons. Chaque arbre, chaque haie est un bouquet de fleurs ; on voudrait se voir changé en papillon pour nager dans cette mer de parfums et y puiser sa nourriture.

La ville elle-même est désagréable ; mais les environs sont d'une beauté ravissante. C'est ce qui engagea le feu comte de M... à planter un jardin sur une de ces collines qui se succèdent avec tant de variété et forment des vallons délicieux. Ce jardin est fort simple [1] ; on sent dès l'entrée que ce n'est pas l'ouvrage d'un dessinateur savant, mais que le plan en a été tracé par une âme sensible désireuse d'y jouir de son reflet. J'ai déjà donné plus d'une fois des larmes à sa mémoire, dans un pavillon en ruines, jadis sa retraite favorite, et maintenant la mienne. Bientôt je serai maître du jardin. Depuis deux jours que je suis ici, le jardinier m'est déjà dévoué, et il ne s'en trouvera pas mal.

---

1. La description que Werther donne du jardin « fort simple » indique qu'il s'agit d'un jardin à l'anglaise. Le goût du jardin paysager (*landscape garden*) commence en effet à se répandre sur le continent à partir de 1760. L'apparente liberté de ce type de jardin, réputé plus naturel, s'oppose à la construction géométrique (Werther se défie des « dessinateurs savants ») du jardin classique, à la française.

Nicolas Poussin, *Eliézer et Rébecca* (1649).

La rencontre d'Eliézer et de Rébecca était une scène très prisée des peintres. Le tableau de Nicolas Poussin donne une idée parfaite de la « merveilleuse sérénité » et de la nostalgie des temps primitifs de l'humanité qui animent Werther au début du roman.

10 mai.

Il règne dans mon âme une merveilleuse sérénité[1], semblable aux douces matinées de printemps que je savoure avec délices. Je suis seul, et je goûte le charme de vivre dans une contrée qui fut créée pour des âmes comme la mienne. Je suis si heureux, mon ami, si abîmé dans le sentiment de ma tranquille existence, que mon talent en souffre. Je ne pourrais pas dessiner un trait, et cependant je ne fus jamais plus grand peintre. Quand les vapeurs de la vallée s'élèvent devant

1. On pourra comparer cette lettre (et son célèbre paysage) à celle du 18 août 1771, lorsque la « merveilleuse sérénité » dont Werther parle ici se sera dissipée.

moi, qu'au-dessus de ma tête le soleil lance d'aplomb ses feux sur l'impénétrable voûte de l'obscure forêt, et que seulement quelques rayons épars se glissent au fond du sanctuaire ; que, allongé dans les herbes hautes, près d'un ruisseau bouillonnant, je découvre plus près de la terre mille petites herbes diverses ; que mon cœur sent de plus près l'existence de ce petit monde qui fourmille parmi les herbes, de cette multitude innombrable de vermisseaux et d'insectes de toutes les formes ; que je sens la présence du Tout-Puissant qui nous a créés à son image, et le souffle du Tout-Aimant qui nous porte et nous soutient flottants sur une mer d'éternelles délices : mon ami, quand mes yeux sont entourés de crépuscule, et que le monde autour de moi et le ciel reposent entièrement dans mon âme, tels l'image d'une femme aimée, alors je soupire et m'écrie en moi-même : « Ah ! si tu pouvais exprimer ce que tu éprouves ! si tu pouvais insuffler et fixer sur le papier cette vie qui coule en toi avec tant d'abondance et de chaleur, en sorte que le papier devienne le miroir de ton âme, comme ton âme est le miroir d'un Dieu infini !... » Mon ami... Mais je sens que je succombe sous la puissance et la majesté de ces apparitions.

---

12 mai.

Je ne sais si des génies trompeurs errent dans cette contrée, ou si le prestige vient d'un délire céleste qui s'est emparé de mon cœur ; mais tout ce qui m'environne a un air de paradis. A l'entrée du bourg est une fontaine, une fontaine où je suis enchaîné par un charme, comme Mélusine et ses sœurs[1]. Au bas d'une

1. Allusion assez libre à une légende médiévale française : l'ondine Mélusine avait épousé le comte Raymond de Poitiers. Elle dut le quitter le jour où il la surprit dans son bain sous sa forme de poisson, et retourna dans son royaume aquatique. Dans la version allemande de la légende, Mélusine et ses sœurs sont enchaînées à une fontaine.

petite colline se présente une grotte ; on descend vingt marches, et l'on voit l'eau la plus pure filtrer à travers le marbre. Le petit mur qui forme l'enceinte, les grands arbres qui la couvrent de leur ombre, la fraîcheur du lieu, tout cela vous captive, et en même temps vous cause un certain frémissement. Il ne se passe point de jour que je ne me repose là pendant une heure. Les jeunes filles de la ville viennent y puiser de l'eau, occupation paisible et utile que ne dédaignaient pas jadis les filles mêmes des rois[1]. Quand je suis assis là, la vie patriarcale se retrace vivement à ma mémoire[2] : c'était au bord des fontaines que les jeunes gens faisaient connaissance et qu'on arrangeait les mariages ; autour des puits et des sources erraient des génies bienfaisants. Oh ! jamais il ne s'est rafraîchi au bord d'une fontaine après une route pénible sous un soleil ardent, celui qui ne sent pas cela comme je le sens !

---

13 mai.

Tu me demandes si tu dois m'envoyer mes livres ?... Au nom du ciel ! mon ami, épargne-moi cela ! Je ne veux plus être guidé, encouragé, exhorté ; ce cœur fermente assez de lui-même : j'ai bien plutôt besoin d'un chant qui me berce, et de ceux-là, j'en ai trouvé en abondance dans mon Homère[3]. Combien de fois ne dois-je

---

1. Cf. Genèse 24, 11-14, et 29, 1-6. Abraham décide de marier son fils Isaac à une fille de son pays natal. A cette fin, il envoie Eliézer, son fidèle serviteur, à Nakhor. Aidé par Dieu, Eliézer choisit de demander en mariage Rébecca qui, « à l'heure du soir, lorsque les femmes sortent pour puiser », lui avait offert de l'eau. L'allusion biblique préfigure la rencontre de Werther et de Charlotte. **2.** Les patriarches sont les chefs de famille des premiers temps qui, dans l'Ancien Testament, jouissent d'une longévité exceptionnelle. L'éloge de la « vie patriarcale » (cf. Introduction) va de pair avec une valorisation de la vie simple, non dépravée et ignorante des rigides divisions sociales qui mortifient Werther (cf. notamment le début du second livre). **3.** Première évocation de cette référence centrale pour Werther (cf. aussi 26 mai, 21 juin, 28 août 1771, 15 mars, 9 mai 1772). L'allusion à Homère va dans le même sens que celle à la Genèse, dans la lettre précédente :

pas apaiser mon sang qui bouillonne ! car tu n'as rien vu de si inégal, de si inquiet que mon cœur. Ai-je besoin de te le dire, à toi qui as souffert si souvent de me voir passer de la tristesse à une joie extravagante, de la douce mélancolie à une passion furieuse ? Aussi je traite mon cœur comme un petit enfant malade. Ne le dis à personne, il y a des gens qui m'en feraient un crime.

---

15 mai.

Les gens modestes du pays me connaissent déjà ; ils m'aiment beaucoup, surtout les enfants. Il y a peu de jours encore, quand je m'approchais d'eux, et que d'un ton amical je leur adressais quelque question, ils s'imaginaient que je voulais me moquer d'eux, et me quittaient brusquement. Je ne m'en offensai point ; mais je sentis plus vivement la vérité d'une observation que j'avais déjà faite. Les hommes d'un certain rang se tiennent toujours à une froide distance de leurs inférieurs [1], comme s'ils craignaient de perdre beaucoup en s'approchant d'eux, et il se trouve des étourdis et des mauvais plaisants qui n'ont l'air de descendre jusqu'au pauvre peuple qu'afin de le blesser encore davantage.

Je sais bien que nous ne sommes pas tous égaux, que nous ne pouvons l'être ; mais je soutiens que celui qui se croit obligé de se tenir éloigné de ce qu'on nomme le peuple, pour s'en faire respecter, ne vaut pas mieux que le poltron qui, de peur de succomber, se cache devant son ennemi.

Dernièrement je me rendis à la fontaine, j'y trouvai

---

l'éloge des temps primitifs de l'humanité. La mise en parallèle des temps homériques et des temps bibliques est fort courante au XVIIIe siècle. Dans son *Essay on the Original Genius of Homer* qui fit grand bruit à sa parution en 1769 et qui fut rapidement traduit en allemand, Robert Wood compare les mœurs des héros homériques à ceux des Bédouins (qu'il a pu observer lors de ses voyages au Proche-Orient).

1. Critique transparente que Werther, homme d'extraction bourgeoise, adresse à la noblesse et à la morgue aristocratique.

une jeune servante qui avait posé sa cruche sur la dernière marche de l'escalier ; elle cherchait des yeux une compagne qui l'aidât à mettre le vase sur sa tête. Je descendis, et la regardai. « Voulez-vous que je vous aide, mademoiselle ? », lui dis-je. Elle devint rouge comme le feu. « Oh ! monsieur, répondit-elle... — Allons, sans façon... » Elle arrangea son coussinet, et j'y posai la cruche. Elle me remercia, et partit aussitôt.

---

17 mai.

J'ai fait des connaissances de tout genre, mais je n'ai pas encore trouvé de société. Je ne sais ce que je puis avoir d'attrayant aux yeux des hommes ; ils me recherchent, ils s'attachent à moi, et j'éprouve toujours de la peine quand notre chemin nous fait aller ensemble, ne fût-ce que pour quelques instants. Si tu me demandes comment sont les gens de ce pays-ci, je te répondrai : Comme partout. L'espèce humaine est singulièrement uniforme. La plupart travaillent une grande partie du temps pour vivre, et le peu de liberté qui leur reste les effraie à ce point qu'ils s'efforcent par tous les moyens de s'en débarrasser. O destinée de l'homme !

Après tout, ce sont de bonnes gens. Quand je m'oublie quelquefois à jouir avec eux des plaisirs qui restent encore aux hommes — plaisanter avec franchise et cordialité autour d'une table bien composée, arranger à bon escient une partie de promenade en voiture, ou un petit bal —, tout cela produit sur moi le meilleur effet. Mais il ne faut pas qu'il me souvienne alors qu'il y a en moi d'autres facultés qui pourrissent faute d'être employées, et que je dois cacher avec soin. Cette idée serre le cœur. — Et cependant n'être pas compris, voilà notre destin !

Ah ! pourquoi l'amie de ma jeunesse n'est-elle plus ! et pourquoi l'ai-je connue ! Je me dirais : Tu es un fou, tu cherches ce qui ne se trouve point ici-bas... Mais je l'ai possédée, cette amie ; j'ai senti ce cœur, cette grande âme, en présence de laquelle je croyais être plus que je n'étais, parce que j'étais tout ce que je pouvais être. Grand Dieu ! une seule faculté de mon âme restait-elle alors inactive ? Ne pouvais-je pas devant elle développer en entier cette puissance admirable avec laquelle mon cœur embrasse la nature ? Notre commerce était un échange continuel des mouvements les plus profonds du cœur, des traits les plus vifs de l'esprit. Avec elle, tout, jusqu'à la plaisanterie mordante, était empreint de génie. Et maintenant... Hélas ! les années qu'elle avait de plus que moi l'ont précipitée avant moi dans la tombe. Jamais je ne l'oublierai ; jamais je n'oublierai sa fermeté d'âme et sa divine indulgence.

Je rencontrai, il y a quelques jours, le jeune V... Il a l'air franc et ouvert, sa physionomie est fort heureuse. Il sort de l'université ; il ne se croit pas précisément un génie, mais il est au moins bien persuadé qu'il en sait plus qu'un autre. On voit, en effet, qu'il a travaillé ; en un mot, il possède un certain fonds de connaissances. Comme il avait appris que je dessine et que je sais le grec (deux phénomènes dans ce pays), il est venu me voir, et m'a étalé tout son savoir depuis Batteux jusqu'à Wood, depuis de Piles jusqu'à Winckelmann ; il m'assura qu'il avait lu en entier le premier volume de la théorie de Sulzer, et qu'il possédait un manuscrit de Heyne sur l'étude de l'antique [1]. Je l'ai laissé dire.

---

1. Werther évoque une suite d'auteurs français, anglais et allemands qui, au XVIIIe siècle, servent de référence dans le domaine de la réflexion esthétique : Charles Batteux (1713-1780 ; cf. notamment *Les Beaux-Arts réduits à un même principe*, 1746), Robert Wood (1716-1771 ; *Essai sur le génie original d'Homère*, 1769), Roger de Piles (1635-1709 ; *Cours de peinture par principes*, 1708), Johann Joachim Winckelmann (1717-1768 ; *Réflexions sur l'imitation des œuvres grecques*, 1755 ; *Histoire de l'art de l'Antiquité*, 1764). La première partie de la *Théorie générale des Beaux-Arts* de Johann Georg Sulzer (1720-1779) venait de paraître en 1771. Christian Gottlob Heyne (1729-1812) était un célèbre professeur de philologie à l'université de Göttingen ; ses cours circulaient sous forme de notes d'étudiants (c'est là très certainement le manuscrit de Heyne évoqué par Werther) dans les cercles cultivés d'Europe.

Encore un bien brave homme dont j'ai fait la connaissance, c'est le bailli du prince, personnage franc et loyal. On dit que c'est un plaisir de le voir au milieu de ses enfants : il en a neuf ; on fait surtout grand bruit de sa fille aînée. Il m'a invité à l'aller voir ; j'irai au premier jour. Il habite à une lieue et demie d'ici, dans un pavillon de chasse du prince ; il obtint la permission de s'y retirer après la mort de sa femme, le séjour de la ville et de sa maison lui étant devenu trop pénible.

Du reste, j'ai trouvé sur mon chemin plusieurs figures excentriques. Tout en elles est insupportable, surtout leurs marques d'amitié.

Adieu. Cette lettre te plaira ; elle est tout historique.

---

22 mai.

La vie humaine est un songe : d'autres l'ont dit avant moi, mais cette idée me suit partout. Quand je considère les bornes étroites [1] dans lesquelles sont circonscrites les facultés de l'homme, son activité et son intelligence ; quand je vois que nous épuisons toutes nos forces à satisfaire des besoins, et que ces besoins ne tendent qu'à prolonger notre misérable existence ; que notre tranquillité sur bien des questions n'est qu'une résignation fondée sur des chimères, semblable à celle de prisonniers qui auraient couvert de peintures variées et de riantes perspectives les murs de leur cachot ; tout cela, mon ami, me rend muet. Je rentre en moi-même, et j'y trouve un monde, mais plutôt en pressentiments et en sombres désirs qu'en réalité et en action ; et alors tout s'embrouille devant moi, et, perdu

---

1. Première apparition de la thématique des limites de l'activité humaine appelée à jouer un rôle important dans le roman. Dans la suite de la lettre, Werther évoque encore le « cachot » et la « prison » : pour lui, l'homme, et tout particulièrement l'homme social, est avant tout un « prisonnier ».

dans mes rêves, je poursuis en souriant ma route dans le monde.

Que les enfants ne connaissent pas les causes de leurs désirs, c'est ce que tous les pédagogues ne cessent de répéter ; mais que les hommes faits soient de grands enfants qui se traînent en chancelant sur ce globe, sans savoir non plus d'où ils viennent et où ils vont ; qu'ils n'aient point de but plus certain dans leurs actions, et qu'on les gouverne de même avec du biscuit, des gâteaux et des coups de bâton, c'est ce que personne ne voudra croire ; et, à mon avis, il n'est point de vérité plus palpable.

Je t'accorde bien volontiers (car je sais ce que tu vas me dire) que ceux-là sont les plus heureux qui, comme les enfants, vivent au jour la journée, promènent leur poupée, l'habillent, la déshabillent, tournent avec respect devant le tiroir où la maman renferme les sucreries, et, quand elle leur en donne, les dévorent avec avidité, et se mettent à crier : *Encore !...* Oui, voilà de fortunées créatures ! Heureux aussi ceux qui donnent un titre imposant à leurs futiles travaux ou même à leurs extravagances, et les passent en compte au genre humain comme des œuvres gigantesques entreprises pour son salut et sa prospérité ! Grand bien leur fasse, à ceux qui peuvent penser et agir ainsi ! Mais celui qui reconnaît avec humilité où tout cela vient aboutir ; qui voit comment ce petit bourgeois élague son petit jardin pour en faire un paradis, et comment ce malheureux, sous le fardeau qui l'accable, se traîne sur le chemin sans se rebuter, et que tous sont également intéressés à contempler une minute de plus la lumière du ciel ; celui-là, dis-je, est tranquille : il bâtit aussi un monde en lui-même ; il est heureux aussi d'être homme ; quelque bornée que soit sa puissance, il entretient dans son cœur le doux sentiment de la liberté ; il sait qu'il peut quitter ce cachot quand il lui plaira.

---

26 mai.

Tu connais d'ancienne date ma manière de m'établir ; tu sais comment, quand je rencontre un lieu qui me convient, je plante ma tente et j'y séjourne dans un certain dépouillement. Eh bien ! j'ai encore trouvé ici un coin qui m'a séduit et fixé.

A une lieue de la ville est un village nommé *Wahlheim*[a 1]. Sa situation sur une colline est très belle ; depuis le sentier qui part du village, on embrasse toute la vallée d'un coup d'œil. Une bonne femme, serviable, et vive encore pour son âge, y tient un petit cabaret où elle vend du vin, de la bière et du café. Mais le plus agréable, ce sont deux tilleuls dont les branches touffues couvrent la petite place devant l'église ; des fermes, des granges, des chaumières forment l'enceinte de cette place. Il est impossible de découvrir un coin plus paisible, plus intime, et qui me convienne autant. J'y fais porter de l'auberge une petite table, une chaise ; et là je prends mon café, je lis mon Homère[2]. La première fois que le hasard me conduisit sous ces tilleuls, l'après-midi d'une belle journée, je trouvai la place entièrement solitaire ; tout le monde était aux champs ; il n'y avait qu'un petit garçon de quatre ans assis à terre, ayant entre ses jambes un enfant de six mois, assis de même, qu'il soutenait de ses petits bras contre sa poitrine, de manière à lui servir de siège. Malgré la vivacité de ses yeux noirs, qui jetaient partout de rapides regards, il se tenait fort tranquille. Ce spectacle me fit plaisir ; je m'assis sur une charrue placée vis-à-vis, et me mis avec délices à dessiner cette attitude fraternelle. J'y ajoutai un bout de haie, une porte de grange, quelques roues brisées, pêle-mêle, comme tout

---

a. Nous prions le lecteur de ne point se donner de peine pour chercher les lieux ici nommés. On s'est vu obligé de changer les véritables noms qui se trouvaient dans l'original. **1.** Sur la signification de ce nom de lieu, cf. Introduction. **2.** L'insistance à s'approprier Homère (« *mon* Homère ») a agacé plus d'un contemporain, notamment Lichtenberg : « C'est une forme subtile de forfanterie que de montrer cet homme capable de lire le grec alors que d'autres sont obligés de lire de l'allemand. »

cela se rencontrait ; et au bout d'une heure, je me trouvai avoir fait un dessin bien composé, vraiment intéressant, sans y avoir rien mis du mien. Cela me confirme dans ma résolution de m'en tenir désormais uniquement à la nature : elle seule est d'une richesse inépuisable, elle seule fait les grands artistes. Il y a beaucoup à dire en faveur des règles, comme à la louange des lois de la société. Un homme qui observe les règles ne produira jamais rien d'absurde ou d'absolument mauvais ; de même que celui qui se laissera guider par les lois et les bienséances ne deviendra jamais un voisin insupportable ni un insigne malfaiteur. Mais, en revanche, toute règle, quoi qu'on en dise, étouffera le vrai sentiment de la nature et sa véritable expression. « Cela est trop fort, t'écries-tu ; la règle ne fait que limiter, qu'élaguer les branches gourmandes. » Mon ami, faut-il que je te présente une parabole ? Il en est de ceci comme de l'amour. Un jeune homme se passionne pour une belle ; il coule auprès d'elle toutes les heures de la journée, et dépense toutes ses facultés, tout ce qu'il possède, pour lui prouver sans cesse qu'il s'est donné entièrement à elle. Survient quelque bon bourgeois, quelque homme en place, qui lui dit : « Jeune homme, il est humain d'aimer, mais il vous faut aimer de façon humaine. Réglez bien l'emploi de vos instants ; consacrez-en une partie à votre travail et les heures de loisir à votre maîtresse. Consultez l'état de votre fortune : sur votre superflu, je ne vous défends pas de faire à votre amie quelques petits présents ; mais pas trop souvent, tout au plus le jour de sa fête, l'anniversaire de sa naissance, etc. » Notre jeune homme, s'il suit ces conseils, deviendra fort utilisable, et tout prince fera bien de l'employer dans sa chancellerie ; mais c'en est fait alors de son amour, et, s'il est artiste, adieu son talent. O mes amis ! pourquoi le torrent du génie déborde-t-il si rarement ? pourquoi si rarement soulève-t-il ses flots et vient-il secouer vos âmes surprises ? Mes chers amis, c'est que sur ses deux rives habitent des hommes graves et réfléchis dont les maisonnettes, les parterres de tulipes et les potagers seraient inondés ; et à force d'opposer des digues au torrent et de lui faire des saignées, ils savent prévenir le danger qui les menace.

---

27 mai.

Je me suis perdu, à ce que je vois, dans l'enthousiasme, les comparaisons, la déclamation, et, au milieu de tout cela, je n'ai pas achevé de te raconter ce que devinrent les deux enfants. Absorbé dans le sentiment d'artiste que je t'ai décrit hier de façon assez décousue, je restai bien deux heures assis sur ma charrue. Vers le soir, une jeune femme tenant un panier à son bras vient droit aux enfants, qui n'avaient pas bougé, et crie de loin : « Philippe, tu es un bon garçon ! » Elle me fait un salut, que je lui rends. Je me lève, m'approche, et lui demande si elle est la mère de ces enfants. Elle me répond que oui, donne un demi-pain blanc à l'aîné, prend le plus jeune, et l'embrasse avec toute la tendresse d'une mère. « J'ai demandé à Philippe de garder le petit, me dit-elle, et j'ai été à la ville, avec mon aîné, chercher du pain blanc, du sucre et un poêlon de terre. » Je vis tout cela dans son panier, dont le couvercle était tombé. « Je ferai ce soir une panade à mon petit Jean (c'était le nom du plus jeune). Hier mon espiègle d'aîné a cassé le poêlon en se battant avec Philippe pour le gratin de la bouillie. » Je demandai où était l'aîné ; à peine m'avait-elle répondu qu'il courait après les oies dans le pré, qu'il revint en sautant, et apportant une baguette de noisetier à son frère cadet. Je continuai à m'entretenir avec cette femme ; j'appris qu'elle était fille du maître d'école, et que son mari était allé en Suisse pour recueillir la succession d'un cousin. « Ils ont voulu le tromper, me dit-elle ; ils ne répondaient pas à ses lettres. Eh bien ! il y est allé lui-même. Pourvu qu'il ne lui soit point arrivé d'accident ! Je n'en reçois point de nouvelles. » J'eus de la peine à me séparer de cette femme ; je donnai un kreutzer à chacun des deux enfants, et un autre à la mère, pour ache-

« Je continuai à m'entretenir avec cette femme. »

ter un pain blanc au petit quand elle irait à la ville, et nous nous quittâmes ainsi.

Mon ami, quand mon sang s'agite et bouillonne, il n'y a rien qui fasse mieux taire tout ce tapage que la vue d'une créature comme celle-ci, qui dans une heureuse paix parcourt le cercle étroit de son existence, vit au jour la journée, et voit tomber les feuilles sans penser à autre chose, sinon que l'hiver approche.

Depuis ce temps, je m'y rends très souvent. Les enfants se sont tout à fait familiarisés avec moi. Je leur donne du sucre en prenant mon café ; le soir, nous partageons les tartines et le lait caillé. Tous les dimanches, ils ont leur kreutzer ; et si je n'y suis pas, après l'office, l'aubergiste a ordre de faire la distribution.

Ils ne sont pas farouches, et ils me racontent toutes sortes d'histoires : je m'amuse surtout de leurs petites passions et de la naïveté de leurs emportements, lorsqu'un plus grand nombre d'enfants sont réunis.

J'ai eu beaucoup de peine à rassurer la mère, toujours inquiète de l'idée « qu'ils incommoderaient monsieur ».

---

30 mai.

Ce que je te disais dernièrement de la peinture peut certainement s'appliquer aussi à la poésie. Il ne s'agit que de reconnaître le beau, et d'oser l'exprimer : c'est, à la vérité, demander beaucoup en peu de mots. J'ai été aujourd'hui témoin d'une scène qui, bien rendue, ferait la plus belle idylle du monde. Mais pourquoi ces mots de poésie, de scène et d'idylle ? pourquoi toujours raffiner, quand il ne s'agit que de se laisser aller et de prendre intérêt à une manifestation de la nature ?

Si, après ce début, tu espères une envolée sublime et magnifique, ton attente sera trompée. Ce n'est qu'un simple paysan qui a produit toute mon émotion. Selon ma coutume, je raconterai mal ; et je pense que, selon la tienne, tu trouveras mes paroles excessives. C'est encore Wahlheim, et toujours Wahlheim, qui enfante ces merveilles.

Une société s'était réunie sous les tilleuls pour prendre le café ; comme elle ne me plaisait pas, je trouvai un prétexte pour ne point lier conversation.

Un jeune paysan sortit d'une maison voisine, et vint raccommoder quelque chose à la charrue que j'ai dernièrement dessinée. Son air me plut ; je l'accostai ; je lui adressai quelques questions sur sa situation, et en un moment la connaissance fut faite d'une manière assez intime, comme il m'arrive ordinairement avec ces bonnes gens. Il me raconta qu'il était au service d'une veuve qui le traitait avec bonté. Il m'en parla tant, et en fit tellement l'éloge, que je découvris bientôt qu'il s'était attaché à elle de corps et d'âme. « Elle n'est plus jeune, me dit-il ; elle a été malheureuse avec son premier mari, et ne veut point se remarier. » Tout son récit montrait si vivement combien à ses yeux elle était belle, ravissante, à quel point il souhaitait qu'elle voulût faire choix de lui pour effacer le souvenir des torts du défunt, qu'il faudrait te répéter ses paroles mot pour mot, si je voulais te peindre la pure inclination, l'amour et la fidélité de cet homme. Il faudrait posséder le talent du plus grand poète pour rendre l'expression de ses gestes, l'harmonie de sa voix et le feu de ses regards. Non, aucun langage ne représenterait la tendresse qui animait ses yeux et son maintien ; je ne ferais rien que de gauche et de lourd. Je fus particulièrement touché des craintes qu'il avait que je ne vinsse à concevoir des idées injustes sur ses rapports avec elle, ou à la soupçonner d'une conduite qui ne fût pas irréprochable. Ce n'est que dans le plus profond de mon cœur que je goûte bien le plaisir que j'avais à l'entendre parler des attraits de cette femme qui, sans charmes de jeunesse, le séduisait et l'enchaînait irrésistiblement. De ma vie je n'ai vu désirs plus ardents, accompagnés de tant de pureté ; je puis même le dire, je n'avais jamais imaginé, rêvé cette pureté. Ne me gronde pas si je t'avoue qu'au souvenir de tant d'innocence et d'amour vrai, je me sens consumer, que l'image de cette tendresse me poursuit partout, et que, comme embrasé des mêmes feux, je languis, je me meurs.

Je vais chercher à voir au plus tôt cette femme. Mais non, en y pensant bien, je ferai mieux de l'éviter. Il vaut mieux ne la voir que par les yeux de celui qui l'aime ; peut-être aux miens ne paraîtrait-elle pas telle qu'elle est à présent devant moi ; et pourquoi me gâter une si belle image ?

---

16 juin.

Pourquoi je ne t'écris pas ? tu peux me demander cela, toi qui es si savant ! Tu devais deviner que je me trouve bien, et même... Bref, j'ai fait une connaissance qui touche de plus près à mon cœur. J'ai... je n'en sais rien.

Te raconter par ordre comment il s'est fait que j'ai appris à connaître une des plus aimables créatures, cela serait difficile. Je suis content et heureux, par conséquent mauvais historien.

Un ange ! Bah ! chacun en dit autant de la sienne, n'est-ce pas ? Et pourtant je ne suis pas en état de t'expliquer combien elle est parfaite, pourquoi elle est parfaite. Il suffit, elle asservit tout mon être.

Tant d'ingénuité avec tant d'esprit ! tant de bonté avec tant de force de caractère ! et le repos de l'âme au milieu de la vie la plus active !

Tout ce que je dis là d'elle n'est que du verbiage, de pitoyables abstractions qui ne rendent pas un seul de ses traits. J'y reviendrai... Non, c'est immédiatement, tout de suite que je vais te le raconter. Si je ne le fais pas à l'instant, cela ne se fera jamais : car, entre nous, depuis que j'ai commencé ma lettre, j'ai déjà été tenté trois fois de jeter ma plume et de faire seller mon cheval pour sortir. Cependant je m'étais promis ce matin que je ne sortirais point. A tout moment, je vais voir à la fenêtre si le soleil est encore bien haut...

Je n'ai pu résister, il a fallu aller chez elle. Me voilà de retour. Mon ami, je ne me coucherai pas sans t'écrire. Je vais t'écrire tout en mangeant ma tartine de beurre. Quelles délices pour mon âme que de la contempler au milieu du cercle de ses frères et sœurs, ces huit enfants si vifs, si aimables !

Si je continue sur ce ton, tu ne seras guère plus instruit à la fin qu'au commencement. Écoute donc ; je vais essayer d'entrer dans les détails.

Je te racontai l'autre jour que j'avais fait la connaissance du bailli S..., et qu'il m'avait prié de l'aller voir bientôt dans son ermitage, ou plutôt dans son petit royaume. Je négligeai son invitation, et je n'aurais peut-être jamais été lui rendre visite, si le hasard ne m'eût découvert le trésor enfoui dans cette tranquille retraite.

Nos jeunes gens avaient arrangé un bal à la campagne, je consentis à être de la partie. J'offris la main à une jeune personne de cette ville, douce, jolie, mais du reste assez insignifiante. Il fut réglé que je conduirais ma danseuse et sa cousine en voiture au lieu de la réunion, et que nous prendrions en chemin Charlotte S... « Vous allez voir une bien jolie personne », me dit ma compagne quand nous traversâmes la longue forêt éclaircie qui conduit au pavillon de chasse. « Prenez garde de devenir amoureux ! ajouta la cousine. — Pourquoi donc ? — Elle est déjà promise à un galant homme que la mort de son père a obligé de s'absenter pour ses affaires, et qui est allé solliciter un emploi important. » J'appris ces détails avec assez d'indifférence.

Le soleil allait bientôt se cacher derrière les collines, quand notre voiture s'arrêta devant la porte de la cour. L'air était lourd ; les dames témoignèrent leur crainte d'un orage que semblaient annoncer les nuages grisâtres et sombres amoncelés sur nos têtes. Je dissipai leur inquiétude en affectant une grande connaissance du temps, quoique je commençasse moi-même à me douter que la fête serait troublée.

J'avais mis pied à terre : une servante qui parut à la porte nous pria d'attendre un instant mademoiselle Charlotte, qui allait descendre. Je traversai la cour pour m'approcher de cette jolie maison ; je montai l'escalier, et en entrant dans la première chambre j'eus le plus ravissant spectacle que j'aie vu de ma vie. Six enfants, de deux ans jusqu'à onze, se pressaient autour d'une jeune fille avenante, de taille moyenne, vêtue d'une simple robe blanche, avec des nœuds couleur de rose pâle aux bras et sur la poitrine. Elle tenait un pain bis, dont elle distribuait des morceaux à chacun, en proportion de son âge et de son appétit[1]. Elle donnait avec tant de douceur, et chacun disait *merci* avec tant de naïveté ! Toutes les petites mains étaient en l'air avant que le morceau fût coupé. A mesure qu'ils recevaient leur souper, les uns s'en allaient en gambadant ; les autres, plus posés, se rendaient à la porte de la cour pour voir les belles dames et la voiture qui devait emmener leur chère Charlotte. « Je vous demande pardon, me dit-elle, de vous avoir donné la peine de monter, et je suis fâchée de faire attendre ces dames. Ma toilette et les petits soins du ménage pour le temps de mon absence m'ont fait oublier de donner à goûter aux enfants, et ils ne veulent pas que d'autres que moi leur coupent du pain. » Je lui fis un compliment insignifiant, et mon âme tout entière s'attachait à sa figure, à sa voix, à son maintien. J'eus à peine le temps de me remettre de ma surprise qu'elle courut dans une chambre voisine prendre ses gants et son éventail. Les enfants me regardaient à quelque distance et de côté. J'avançai vers le plus jeune, qui avait une physionomie très heureuse : il reculait effarouché, quand Charlotte entra, et lui dit : « Louis, donne la main à ton

---

1. On notera que Charlotte, pour sa première apparition, se rapproche de l'image de Rébecca à laquelle Werther avait rapidement fait allusion dans sa lettre du 12 mai (cf. p. 45, note 1) : en jeune fille qui étanche la soif du voyageur et en mère nourricière.

« *J'eus le plus ravissant spectacle que j'aie vu de ma vie.* »

cousin. » Il me la donna d'un air rassuré ; et, malgré son petit nez morveux, je ne pus m'empêcher de l'embrasser de bien bon cœur. « Cousin ! dis-je ensuite en présentant la main à Charlotte, croyez-vous que je sois digne du bonheur de vous être allié ? — Oh ! reprit-elle avec un sourire malin, notre parenté est si étendue, j'ai tant de cousins, qu'il serait bien fâcheux que vous fussiez le plus mauvais d'entre eux. » En partant, elle chargea Sophie, l'aînée après elle et âgée de onze ans, d'avoir l'œil sur les enfants, et d'embrasser le papa quand il reviendrait de sa promenade. Elle dit aux petits : « Vous obéirez à votre sœur Sophie comme à moi-même. » Quelques-uns le promirent ; mais une petite blondine de six ans dit d'un air astucieux : « Ce ne sera cependant pas toi, Charlotte ! et c'est toi que nous préférons. » Les deux aînés des garçons étaient grimpés derrière la voiture : à ma prière, elle leur permit d'y rester jusqu'à l'entrée du bois, pourvu qu'ils promissent de ne pas se chamailler et de se bien tenir.

On se place. Les dames avaient eu à peine le temps de se faire les compliments d'usage, de se communiquer leurs remarques sur leur toilette, particulièrement sur les chapeaux, et de passer en revue la société qu'on s'attendait à trouver, lorsque Charlotte ordonna au cocher d'arrêter, et fit descendre ses frères. Ils la prièrent de leur donner encore une fois sa main à baiser : l'aîné y mit toute la tendresse d'un jeune homme de quinze ans, le second beaucoup d'étourderie et de vivacité. Elle les chargea de mille caresses pour les petits, et nous continuâmes notre route.

« Avez-vous achevé, dit la cousine, le livre que je vous ai envoyé ? — Non, répondit Charlotte ; il ne me plaît pas ; vous pouvez le reprendre. Le précédent ne valait pas mieux. » Je fus curieux de savoir quels étaient ces livres. A ma grande surprise, j'appris que c'étaient les œuvres de***[a]. Je trouvais une telle indépendance

---

a. Nous nous voyons obligé de supprimer ce passage, afin de ne causer de peine à personne, quelque peu d'importance que puisse atta-

de caractère dans tout ce qu'elle disait ; je découvrais, à chaque mot, de nouveaux charmes, de nouveaux rayons d'esprit dans ses traits que semblait épanouir la joie de sentir que je la comprenais.

« Quand j'étais plus jeune, dit-elle, je n'aimais rien tant que les romans. Dieu sait quel plaisir c'était pour moi de me retirer le dimanche dans un coin solitaire pour partager de toute mon âme les heurs et malheurs d'une miss Jenny[1]. Je ne nie même pas que ce genre n'ait encore pour moi quelque charme ; mais, puisque j'ai si rarement aujourd'hui le temps de prendre un livre, il faut du moins que celui que je lis soit entièrement de mon goût. L'auteur que je préfère est celui qui me fait retrouver le monde où je vis, et qui peint ce qui m'entoure, celui dont les récits intéressent mon cœur et me charment autant que ma vie domestique, qui, sans être un paradis, est cependant pour moi la source d'un bonheur inexprimable. »

Je m'efforçai de cacher l'émotion que me donnaient ces paroles ; je n'y réussis pas longtemps. Lorsque je l'entendis parler avec la plus touchante vérité du *Vicaire de Wakefield*[2] et de quelques autres livres[a], je fus transporté hors de moi, et me mis à lui dire tout ce que je devais dire. Ce fut seulement quand Charlotte adressa la parole à nos deux compagnes, que je m'aperçus qu'elles

---

cher un écrivain aux jugements individuels d'une jeune fille et d'un jeune homme à l'esprit aussi inconstant.

a. On a supprimé ici les noms de quelques-uns de nos auteurs[3] : celui qui partage le sentiment de Charlotte à leur égard trouvera leurs noms dans son cœur, les autres n'en ont pas besoin. **1.** Les romans auxquels Charlotte fait allusion se situent dans la lignée des romans psychologiques et « sentimentaux » mis à la mode par Richardson. La miss Jenny évoquée ici est peut-être la figure principale de l'*Histoire de Miss Jenny Glanville* (1763), de Mme Riccoboni. **2.** Roman d'Oliver Goldsmith, publié en 1766. **3.** Allusion aux romans allemands qui, à partir du milieu du siècle, furent offerts à un public de plus en plus friand de littérature romanesque : C. F. Gellert, *Vie de la comtesse suédoise de G****, 1747 ; C. M. Wieland, *Agathon*, 1766 ; J. T. Hermes, *Voyage de Sophie*, 1769-1773 ; Sophie de La Roche, *Histoire de mademoiselle de Sternheim*, 1771. Par la même occasion, Goethe indique la tradition dans laquelle s'inscrit son propre texte.

étaient là, les yeux ouverts, comme si elles avaient été absentes. La cousine me regarda plus d'une fois d'un air moqueur dont je m'embarrassai fort peu.

La conversation tomba sur le plaisir de la danse. « Que cette passion soit un défaut ou non, dit Charlotte, je vous avouerai franchement que je ne connais rien au-dessus de la danse. Quand j'ai quelque chose qui me tourmente, je n'ai qu'à jouer une contredanse sur mon clavecin désaccordé et tout est dissipé. »

Comme je dévorais ses yeux noirs [1] pendant cet entretien ! comme mon âme était attirée sur ses lèvres si vermeilles, sur ses joues si fraîches ! comme, perdu dans le sens de ses discours et dans l'émotion qu'ils me causaient, souvent je n'entendais pas les mots qu'elle employait — tu le devines, toi qui me connais. Bref, quand nous arrivâmes devant la maison du rendez-vous, je descendis de voiture comme un homme qui rêve, et tellement enseveli dans le monde des rêveries qu'à peine je remarquai la musique, dont l'harmonie venait au-devant de nous du fond de la salle illuminée.

M. Audran et un certain N... N... (comment retenir tous ces noms ?), qui étaient les danseurs de la cousine et de Charlotte, nous reçurent à la portière, s'emparèrent de leurs dames, et je montai avec la mienne.

Nous dansâmes d'abord plusieurs menuets. J'invitai toutes les dames, tour à tour, et les plus maussades étaient justement celles qui ne pouvaient se déterminer à donner la main pour en finir. Charlotte et son danseur commencèrent une anglaise, et combien je fus charmé quand vint son tour à faire une figure avec nous, je te le laisse imaginer ! Il faut la voir danser ! Elle y est de tout son cœur, de toute son âme ; tout en elle est harmonie ; elle est si peu gênée, si libre, qu'elle semble ne sentir rien au monde, ne penser à rien qu'à la danse ; et sans doute, en ce moment, rien d'autre n'existe plus pour elle.

---

1. Première mention des yeux *noirs* de Charlotte [illegible] les lettres du 13 juillet 1771, du 10 octobre et du 6 [illegible] pp. 81, 137, 152).

Je l'invitai pour la seconde contredanse ; elle accepta pour la troisième, et m'assura avec la plus aimable franchise qu'elle dansait très volontiers les allemandes[1]. « C'est ici la mode, continua-t-elle, que pour les allemandes chacun conserve la danseuse qu'il amène ; mais mon cavalier valse mal, et il me saura gré de l'en dispenser. Votre dame n'y est pas exercée, elle ne s'en soucie pas non plus. J'ai remarqué, dans les anglaises, que vous valsiez bien : si donc vous désirez que nous valsions ensemble, allez me demander à mon cavalier, et je vais en parler de mon côté à votre dame. » J'acceptai la proposition, et il fut bientôt arrangé que pendant notre valse le cavalier de Charlotte tiendrait compagnie à ma danseuse.

On commença l'allemande. Nous nous amusâmes d'abord à mille passes de bras. Quelle grâce, que de souplesse dans tous ses mouvements ! Quand on en vint aux valses, et que nous roulâmes les uns autour des autres comme les sphères célestes, il y eut d'abord quelque confusion, peu de danseurs étant au fait. Nous fûmes assez prudents pour attendre qu'ils eussent jeté leur feu ; et les plus gauches ayant renoncé à la partie, nous nous emparâmes du parquet, et reprîmes avec une nouvelle ardeur, accompagnés par Audran et sa danseuse. Jamais je ne me sentis si agile. Je n'étais plus un homme. Tenir dans ses bras la plus charmante des créatures, voler avec elle comme l'orage, voir tout passer, tout s'évanouir autour de soi, sentir !... Wilhelm, pour être sincère, je fis alors le serment qu'une femme que j'aimerais, sur laquelle j'aurais des prétentions, ne valserait jamais qu'avec moi, dussé-je périr ! tu me comprends.

Nous fîmes quelques tours de salle en marchant pour

---

1. De la part de Charlotte, le fait de marquer sa préférence pour l'allemande, un genre relativement récent, est plus osé qu'il n'y paraît. Dans l'allemande (où la valse joue un rôle important), les deux danseurs se tiennent l'un l'autre. Les effets de cette envoûtante proximité physique expliquent le serment que fait Werther, un peu plus loin, de jamais laisser valser avec un autre que lui une femme « sur laquelle [il au]rai[t] des prétentions ».

reprendre haleine ; après quoi elle s'assit. J'allai lui chercher des oranges que j'avais mises en réserve ; c'étaient les seules qui fussent restées. Ce rafraîchissement lui fit grand plaisir ; mais, à chaque quartier qu'elle offrait, par courtoisie, à une voisine indiscrète, je sentais mon cœur transpercé.

A la troisième contredanse anglaise, nous étions le second couple. Comme nous descendions la colonne, et que, ravi, je dansais avec elle, enchaîné à son bras et à ses yeux, où brillait le plaisir le plus pur et le plus innocent, nous vînmes faire une figure avec une femme qui n'était pas de la première jeunesse, mais qui m'avait frappé par son aimable physionomie. Elle regarda Charlotte en souriant, la menaça du doigt, et prononça deux fois en passant le nom d'Albert d'un ton significatif.

« Quel est cet Albert, dis-je à Charlotte, s'il n'y a point d'indiscrétion à le demander ? » Elle allait me répondre, quand il fallut nous séparer pour faire la grande chaîne. En repassant devant elle, je crus remarquer une expression pensive sur son front.

« Pourquoi vous le cacherais-je ? me dit-elle en m'offrant la main pour la promenade ; Albert est un galant homme auquel je suis pour ainsi dire promise. » Ce n'était point une nouvelle pour moi, puisque ces dames me l'avaient dit en chemin ; et pourtant cette idée me frappa comme une chose inattendue, lorsqu'il fallut l'appliquer à une personne que quelques instants avaient suffi à me rendre si chère. Je me troublai, je brouillai les figures, tout fut dérangé ; il fallut que Charlotte me menât, en me tirant de côté et d'autre ; elle eut besoin de toute sa présence d'esprit pour rétablir l'ordre.

La danse n'était pas encore finie, lorsque les éclairs qui brillaient depuis longtemps à l'horizon, et que j'avais toujours donnés pour des éclairs de chaleur, commencèrent à devenir beaucoup plus forts ; le bruit du tonnerre couvrit la musique. Trois femmes s'échappèrent des rangs, leurs cavaliers les suivirent ; le désordre devint général, et l'orchestre se tut. Il est naturel, lorsqu'un accident ou une terreur subite nous surprend au milieu d'un plaisir, que l'impression en soit plus grande qu'en tout autre temps, soit à cause du contraste, soit parce que tous nos sens, étant vivement éveillés, sont plus susceptibles d'éprouver une émotion forte et rapide. C'est à cela que j'attribue les étranges grimaces que je vis faire à plusieurs femmes. La plus sensée alla se réfugier dans un coin, le dos tourné à la fenêtre, et se boucha les oreilles. Une autre, à genoux devant elle, cachait sa tête dans le sein de la première. Une troisième, qui s'était glissée entre les deux, embrassait sa petite sœur en versant des larmes. Quelques-unes voulaient retourner chez elles ; d'autres, qui savaient encore moins ce qu'elles faisaient, n'avaient plus même assez de présence d'esprit pour réprimer l'audace de nos jeunes étourdis, qui semblaient fort occupés à intercepter, sur les lèvres des belles éplorées, les ardentes prières qu'elles adressaient au ciel. Une partie des hommes étaient descendus pour fumer tranquillement leur pipe ; le reste de la société accepta la proposition de l'hôtesse, qui s'avisa fort à propos de nous indiquer une chambre où il y avait des volets et des rideaux. A peine fûmes-nous entrés, que Charlotte se mit à former un cercle de toutes les chaises ; et, tout le monde s'étant assis à sa demande, elle proposa un jeu.

A ce mot, je vis plusieurs de nos jeunes gens, dans l'espoir d'un doux gage, se rengorger d'avance et se donner un air aimable. « Nous allons jouer *à compter*, dit-elle ; faites attention ! Je vais tourner toujours de droite à gauche ; il faut que chacun nomme le nombre qui lui revient, cela doit aller comme un feu roulant. Qui hésite ou se trompe reçoit un soufflet, et ainsi de suite, jusqu'à mille. » C'était charmant à voir. Elle tournait en rond, le bras tendu. Un, dit le premier ; deux, le second ; trois, le suivant, etc. Alors elle alla plus vite, toujours plus vite. L'un manque : paf ! un soufflet. Le voisin rit, manque aussi : paf ! nouveau soufflet ; et elle d'augmenter toujours de vitesse. J'en reçus deux pour ma part, et crus remarquer, avec un plaisir secret, qu'elle me les appliquait plus fort qu'à tout autre. Des éclats de rire et un vacarme universel mirent fin au jeu avant que l'on eût compté jusqu'à mille. Alors les connaissances intimes se rapprochèrent. L'orage était passé. Moi, je suivis Charlotte dans la salle. « Les soufflets, me dit-elle en chemin, leur ont fait oublier l'orage et tout le reste. » Je ne pus rien lui répondre. « J'étais une des plus peureuses, continua-t-elle ; mais, en affectant du courage pour en donner aux autres, je suis vraiment devenue courageuse. » Nous nous approchâmes de la fenêtre. Le tonnerre se faisait encore entendre dans le lointain ; une pluie bienfaisante tombait avec un doux bruit sur la terre ; l'air était rafraîchi et nous apportait par bouffées les parfums qui s'exhalaient des plantes. Charlotte était appuyée sur son coude ; elle promena ses regards sur la campagne, elle les porta vers le ciel, elle les ramena sur moi, et je vis ses yeux remplis de larmes. Elle posa sa main sur la mienne, et dit : *Klopstock*[1] ! Je me rappelai aussitôt l'ode sublime qui occupait sa pensée, et je me sentis abîmé dans le torrent de sentiments qu'elle versait sur moi en cet instant. Je ne pus le supporter ; je me penchai sur sa main, que je baisai en la mouillant de larmes délicieuses, et de nouveau je contemplai ses yeux... Divin Klopstock ! que n'as-tu vu ton apothéose dans ce regard ! et moi, puissé-je n'entendre plus de ma vie prononcer ton nom si souvent profané !

---

1. Auteur d'un vaste poème épique, *Le Messie*, dont le lyrisme exalté influença durablement la poésie et la prose allemandes, Friedrich Gottlieb Klopstock (1724-1803) est aussi l'auteur de poèmes plus courts d'une fluidité et d'un dynamisme lexical jusqu'alors inégalés en allemand. Parmi ses odes, *La Fête du printemps* (1759) dont la fin présente, de façon analogue à la scène décrite par Goethe, les effets rafraîchissants d'un orage venu désaltérer la campagne.

19 juin.

Je ne sais plus où dernièrement j'en suis resté de mon récit. Tout ce que je sais, c'est qu'il était deux heures du matin quand je me couchai, et que, si j'avais pu causer avec toi, au lieu d'écrire, je t'aurais peut-être tenu jusqu'au grand jour.

Je ne t'ai pas conté ce qui s'est passé à notre retour du bal ; mais le temps me manque aujourd'hui.

C'était le plus beau lever de soleil ; il était charmant de traverser la forêt humide et les campagnes rafraîchies. Nos deux voisines s'assoupirent. Elle me demanda si je ne voulais pas en faire autant. « De grâce, me dit-elle, ne vous gênez pas pour moi. — Tant que je vois ces yeux ouverts, lui répondis-je (et je la regardai fixement), je ne puis fermer les miens. » Nous tînmes bon jusqu'à sa porte. Une servante vint doucement nous ouvrir, et, sur ses questions, l'assura que son père et les enfants se portaient bien et dormaient encore. Je la quittai en lui demandant la permission de la revoir le jour même ; elle y consentit, et je l'ai revue. Depuis ce temps, soleil, lune, étoiles, peuvent s'arranger à leur fantaisie ; je ne sais plus quand il est jour, quand il est nuit : l'univers autour de moi a disparu.

---

21 juin.

Je coule des jours aussi heureux que ceux que Dieu réserve à ses élus ; quoi qu'il m'advienne dorénavant, je ne pourrai pas dire que je n'ai pas connu les joies, les joies les plus pures de l'existence. Tu connais mon Wahlheim, j'y suis entièrement établi ; de là je n'ai qu'une demi-lieue jusqu'à Charlotte ; là je me sens moi-même, je jouis de toute la félicité qui a été donnée à l'homme.

L'aurais-je pensé, quand je prenais ce Wahlheim pour but de mes promenades, qu'il était si près du ciel ? Combien de fois, dans mes longues courses, tantôt du haut de la montagne, tantôt de la plaine au-delà de la rivière, ai-je aperçu ce pavillon qui renferme aujourd'hui tous mes vœux !

Cher Wilhelm, j'ai réfléchi sur toutes sortes de choses, sur le désir qui porte l'homme à s'étendre, à faire de nouvelles découvertes, à errer de-ci de-là ; et aussi sur ce penchant intérieur à se restreindre volontairement, à se borner, à suivre l'ornière de l'habitude, sans plus s'inquiéter de ce qui est à droite et à gauche.

C'est singulier ! lorsque je vins ici, et que de la colline je contemplai cette belle vallée, comme je me sentis attiré de toutes parts ! Ici le petit bois — ah ! si tu pouvais t'enfoncer sous son ombrage ! — Là une cime de montagne — ah ! si de là tu pouvais embrasser la vaste étendue ! — Cette chaîne de collines et ces paisibles vallons — oh ! que ne puis-je m'y égarer ! J'y volais et je rêvenais sans avoir trouvé ce que je cherchais. Il en est du lointain comme de l'avenir ; un horizon immense, mystérieux, repose devant notre âme ; le sentiment s'y plonge comme notre œil, et nous aspirons à donner toute notre existence pour nous remplir avec délices d'un seul sentiment grand et majestueux. Nous courons, nous volons ; mais, hélas ! quand nous y sommes, quand le lointain est devenu proche, rien n'est changé, et nous nous retrouvons avec notre misère, avec nos étroites limites ; et de nouveau notre âme soupire après le bonheur qui vient de lui échapper.

Ainsi le plus turbulent vagabond soupire à la fin après sa patrie, et trouve dans sa cabane, auprès de sa femme, dans le cercle de ses enfants, dans les soins qu'il se donne pour leur nourriture, les délices qu'il cherchait vainement dans le vaste monde.

Lorsque, le matin, dès le lever du soleil, je me rends à mon cher Wahlheim ; que je cueille moi-même mes petits pois dans le jardin de mon hôtesse ; que je m'assieds pour les écosser en lisant mon Homère ; que je choisis un pot dans la petite cuisine ; que je coupe du beurre, mets mes pois au feu, les couvre, et m'assieds

Garbenheim près de Wetzlar : le modèle du Wahlheim de Goethe.
Dessin de Carl Stuhl.

auprès pour les remuer de temps en temps, alors je sens vivement comment les fiers amants de Pénélope pouvaient tuer eux-mêmes, dépecer et faire rôtir les bœufs et les pourceaux [1]. Il n'y a rien qui me remplisse d'un sentiment doux et vrai comme ces traits de la vie patriarcale [2], dont je puis sans affectation, grâce à Dieu, entrelacer ma vie.

Que je suis heureux d'avoir un cœur fait pour sentir la joie innocente et simple de l'homme qui met sur sa table le chou qu'il a lui-même élevé ! Il ne jouit pas seulement du chou, mais il se représente à la fois la belle matinée où il le planta, les délicieuses soirées

---

1. Comme Ulysse tardait à rentrer en Grèce, après la guerre de Troie, il passait pour mort. Sa femme Pénélope se vit entourée d'un grand nombre de prétendants. En attendant la décision de Pénélope, ils se divertissaient au jeu et préparaient de somptueux festins. **2.** Dans son éloge de la simplicité des temps primitifs, Werther mêle à nouveau le monde homérique et le monde biblique.

où il l'arrosa, et retrouve en *un* instant le plaisir qu'il éprouvait chaque jour lorsqu'il en suivait la croissance.

---

29 juin.

Avant-hier le médecin vint de la ville voir le bailli. Il me trouva à terre, entouré des enfants de Charlotte. Les uns grimpaient sur moi, les autres me pinçaient ; moi, je les chatouillais, et tous ensemble nous faisions un bruit épouvantable. Le docteur, véritable poupée savante, toujours occupé, en parlant, d'arranger les plis de ses manchettes et d'étaler un énorme jabot, trouva cela au-dessous de la dignité d'un homme sensé. Je m'en aperçus bien à sa mine. Je n'en fus point déconcerté. Je lui laissai débiter les choses les plus profondes, et je relevai le château de cartes que les enfants avaient renversé. Aussi, de retour à la ville, le docteur n'a-t-il pas manqué de dire à qui a voulu l'entendre que les enfants du bailli n'étaient déjà que trop mal élevés ; mais que ce Werther achevait maintenant de les gâter tout à fait.

Oui, mon ami, c'est aux enfants que mon cœur s'intéresse le plus sur la terre. Quand je les examine, et que je vois dans ces petits êtres le germe de toutes les vertus, de toutes les facultés qu'ils auront si grand besoin de développer un jour ; quand je découvre dans leur opiniâtreté ce qui deviendra constance et force de caractère ; quand je reconnais dans leur pétulance et dans leurs espiègleries même l'humeur gaie et légère qui les fera glisser à travers les écueils de la vie ; et tout cela si franc, si pur !... alors je répète sans cesse les paroles du Maître : *Si vous ne devenez semblables à l'un d'eux*[1]. Et cependant, mon ami, ces enfants, nos égaux, et que nous devrions prendre pour modèles,

---

1. Citation libre du Nouveau Testament, Mt 18, 2-3 : « Appelant un enfant, il le plaça au milieu d'eux et dit : "En vérité, je vous le déclare, si vous ne changez et ne devenez comme les enfants, non, vous n'entrerez pas dans le royaume des cieux. Celui-là donc qui se fera petit comme cet enfant, voilà le plus grand dans le royaume des cieux." »

nous les traitons comme nos sujets ! — Il ne faut pas qu'ils aient des volontés ! — N'avons-nous pas les nôtres ? Où donc est notre privilège ? Est-ce parce que nous sommes plus âgés et plus sages ? Dieu du ciel ! tu vois de vieux enfants et de jeunes enfants, et rien de plus ; et depuis longtemps ton Fils nous a fait connaître ceux qui te plaisent davantage. Mais ils croient en lui et ne l'écoutent point — la vieille histoire ! —, et ils façonnent leurs enfants d'après eux-mêmes, et... Adieu, Wilhelm ; je ne veux pas radoter davantage là-dessus.

1er juillet.

Tout ce que Charlotte doit être pour un malade, je le sens à mon pauvre cœur, bien plus souffrant que tel qui languit malade dans un lit. Elle va passer quelques jours à la ville, chez une excellente femme qui, d'après l'aveu des médecins, approche de sa fin et, dans ses derniers moments, veut avoir Charlotte auprès d'elle. J'allai, la semaine dernière, visiter avec elle le pasteur de Saint-..., petit village situé dans les montagnes, à une lieue d'ici. Nous arrivâmes sur les quatre heures. Elle avait amené sa sœur cadette. Lorsque nous entrâmes dans la cour du presbytère, ombragée par deux gros noyers, nous vîmes le bon vieillard assis sur un banc, à la porte de la maison. Dès qu'il aperçut Charlotte, il sembla reprendre une vie nouvelle ; il oublia son bâton noueux, et se hasarda à venir au-devant d'elle. Elle courut à lui, le força de se rasseoir, se mit à ses côtés, lui présenta les salutations de son père, et embrassa son petit garçon, un enfant gâté, quelque malpropre et désagréable qu'il fût. Si tu avais vu comme elle s'occupait du vieillard, comme elle élevait la voix pour se faire entendre de lui, car il est à moitié sourd ; comme elle lui racontait la mort subite de jeunes gens robustes ; comme elle vantait la vertu des eaux de Carlsbad[1], en approuvant sa résolution d'y passer l'été prochain ; comme elle trouvait qu'il avait bien meilleure mine et l'air plus vif que la dernière fois qu'elle l'avait vu ! Entre-temps, j'avais fait mes politesses à la femme du pasteur. Le vieillard s'animait. Comme je ne pus m'empêcher de louer les beaux noyers qui nous prêtaient un ombrage si agréable, il se mit, quoique avec quelque difficulté, à nous faire leur histoire. « Quant au vieux, dit-il, nous ignorons qui l'a planté : les uns nomment tel pasteur, les autres tel autre. Mais le jeune est de l'âge de ma femme, cinquante ans au mois d'octobre. Son père le planta le matin du jour de sa naissance ; elle vint au monde vers le soir. C'était mon prédécesseur. On ne peut dire combien cet arbre lui était cher : il ne me l'est certainement pas moins. Ma femme tricotait, assise sur une poutre au pied de ce noyer, lorsque, pauvre étudiant, j'entrai pour la première fois dans cette cour, il y a vingt-sept ans. » Charlotte lui demanda où était sa fille : on nous dit qu'elle était allée aux champs, avec M. Schmidt, voir les ouvriers ; et le vieillard continua son récit. Il nous conta comment son prédécesseur l'avait pris en affection, comment il plut à la jeune fille, comment il devint d'abord le vicaire du père, et puis son successeur. Il venait à peine de finir son histoire, lorsque sa fille, accompagnée de M. Schmidt, revint par le jardin. Elle fit à Charlotte l'accueil le plus empressé et le plus cordial. Je dois avouer qu'elle ne me déplut pas. C'est une petite brune, vive et bien faite, qui ferait passer agréablement le temps à la campagne. Son prétendant (car nous donnâmes tout de suite cette qualité à M. Schmidt), homme de bon ton, mais très froid, ne se mêla point de notre conversation, quoique Charlotte l'y excitât sans cesse. Ce qui me fit le plus de peine, c'est que je crus

1. Célèbre ville d'eaux en Bohême (aujourd'hui Karlovy Vary, au nord-ouest de la République tchèque).

remarquer, à l'expression de sa physionomie, que c'était plutôt par caprice ou mauvaise humeur que par défaut d'esprit qu'il se dispensait d'y prendre part. Cela devint bientôt plus clair : car, pendant la promenade que nous fîmes, Frédérique s'étant attachée à Charlotte, et se trouvant aussi quelquefois seule avec moi, le visage de M. Schmidt, déjà brun naturellement, se couvrit d'une teinte si sombre, qu'il était temps que Charlotte me tirât par le bras et me fît signe d'être moins galant auprès de Frédérique. Rien ne me fait tant de peine que de voir les hommes se tourmenter mutuellement ; mais je souffre surtout quand des jeunes gens à la fleur de l'âge, au moment même où ils sont les plus susceptibles de s'ouvrir à toutes les joies, gâtent par des sottises le peu de beaux jours qui leur sont réservés et s'aperçoivent trop tard de l'irréparable abus qu'ils en ont fait. Cela m'agitait ; et lorsque, le soir, de retour au presbytère, nous prîmes le lait dans la cour, la conversation étant tombée sur les peines et les plaisirs de la vie, je ne pus m'empêcher de saisir cette occasion pour parler de toute ma force contre la mauvaise humeur. « Nous nous plaignons souvent, dis-je, que nous avons si peu de beaux jours et tant de mauvais ; il me semble que la plupart du temps nous nous plaignons à tort. Si notre cœur était toujours ouvert au bien que Dieu nous envoie chaque jour, nous aurions alors assez de force pour supporter le mal quand il se présente. — Mais nous ne sommes pas maîtres de notre humeur, dit la femme du pasteur ; combien elle dépend du corps ! Lorsqu'on se porte mal, tout déplaît. » Je le lui concédai. « Ainsi traitons la mauvaise humeur, continuai-je, comme une maladie, et demandons-nous s'il n'y a point de moyen de guérison. — Oui, dit Charlotte ; et je crois que du moins nous y pouvons beaucoup. Je le sais par expérience. Si quelque chose me tourmente ou cherche à m'attrister, je cours au jardin : à peine ai-je chanté deux ou trois airs de danse en me promenant que tout est dissipé. — C'est ce que je voulais dire, repris-je : il en est de la mauvaise humeur comme de la paresse, car c'est une espèce de paresse ; notre nature est fort encline à l'indolence ; et cependant, si nous avons la force de nous évertuer, le travail se fait avec aisance, et nous trouvons un véritable plaisir dans l'activité. » Frédérique m'écoutait attentivement. Le jeune homme m'objecta que l'on n'était pas maître de soi-même, ou que du moins on ne pouvait pas commander à ses sentiments. « Il s'agit ici, répliquai-je, d'un sentiment désagréable dont chacun serait bien aise d'être délivré, et personne ne connaît l'étendue de ses forces avant de les avoir mises à l'épreuve. Assurément un malade consultera tous les médecins, et il ne refusera pas le régime le plus austère, les potions les plus amères, pour recouvrer sa santé si précieuse. » Je vis que le bon vieillard s'efforçait de prendre part à notre discussion ; j'élevai la voix en lui adressant la parole. « On prêche contre tant de vices, lui dis-je ; je ne sache point qu'on se soit occupé, en chaire, de la mauvaise humeur[a]. — C'est aux prédicateurs des villes à le faire, répondit-il ; les gens de la campagne ne connaissent pas l'humeur. Il n'y aurait pourtant pas de mal d'en dire quelque chose de temps en temps : ce serait une leçon pour nos femmes, au moins, et pour M. le bailli. » Tout le monde rit, il rit lui-même de bon cœur, jusqu'à ce qu'il lui prît une toux qui interrompit quelque temps notre entretien. Le jeune homme reprit la parole : « Vous avez nommé la mauvaise humeur un vice ; cela me semble

---

a. Nous avons maintenant un excellent sermon de Lavater sur ce sujet, parmi ses sermons sur le livre de Jonas[1]. **1.** Johann Caspar Lavater (1741-1801), poète piétiste, pasteur zurichois, ami de Goethe et auteur de la célèbre *Physiognomonie* (1775-1778), théorie selon laquelle le caractère des hommes est lisible dans les traits de leur visage. Lavater publia en 1773 ses *Sermons sur le livre de Jonas*, parmi lesquels un « Sermon contre l'insatisfaction et la mauvaise humeur ».

exagéré. — Pas du tout, lui répondis-je, si ce qui nuit à soi-même et au prochain mérite ce nom. N'est-ce pas assez que nous ne puissions pas nous rendre mutuellement heureux ? faut-il encore nous priver les uns les autres du plaisir que chacun peut goûter au fond de son cœur ? Nommez-moi l'homme de mauvaise humeur qui possède assez de force pour la cacher, pour la supporter seul, sans troubler la joie de ceux qui l'entourent. Ou plutôt la mauvaise humeur ne vient-elle pas d'un mécontentement de nous-mêmes, d'un dépit causé par le sentiment du peu que nous valons, auquel se joint l'envie excitée par une folle vanité ? Nous voyons des hommes heureux qui ne nous doivent rien de leur bonheur, et cela nous est insupportable. » Charlotte sourit de la vivacité de mes expressions ; une larme que j'aperçus dans les yeux de Frédérique m'excita à continuer. « Malheur à ceux, m'écriai-je, qui se servent du pouvoir qu'ils ont sur un cœur pour lui ravir les jouissances pures qui y germent d'elles-mêmes ! Tous les présents du monde, toutes les marques d'attention ne sauraient compenser l'instant de satisfaction intime qui fut empoisonné par l'esprit atrabilaire et jaloux du tyran ! »

Mon cœur était plein dans cet instant ; mille souvenirs oppressaient mon âme, et les larmes me vinrent aux yeux.

« Si chacun de nous, m'écriai-je, se disait tous les jours : Tu n'as d'autre pouvoir sur tes amis que de leur laisser leurs plaisirs, et d'augmenter leur bonheur en le partageant avec eux. Est-il en ta puissance, lorsque leur âme est agitée par une passion angoissée, ou flétrie par la douleur, d'y verser une goutte de consolation ?

Et lorsque l'infortunée que tu auras minée dans ses beaux jours succombera enfin à sa dernière maladie ; lorsqu'elle sera là, couchée devant toi, dans le plus triste abattement ; qu'elle lèvera au ciel des yeux éteints et que la sueur de la mort sèchera sur son front ;

que, debout devant son lit, comme un condamné, tu sentiras que tu ne peux rien faire avec tout ton pouvoir ; que tu seras déchiré d'angoisses, et que vainement tu voudras tout donner pour faire passer dans cette pauvre créature mourante un peu de confortation, une étincelle de courage !... »

Le souvenir d'une scène semblable, dont j'ai été témoin, se retraçait à mon imagination dans toute sa force. Je portai mon mouchoir à mes yeux, quittai la société, et seule la voix de Charlotte qui m'appela pour me dire que nous partions me fit revenir à moi. Comme elle m'a grondé en chemin sur l'exaltation que je mets à tout ! que j'en serais victime, que je devais me ménager ! O cher ange ! c'est pour toi qu'il faut que je vive !

---

6 juillet.

Elle est toujours auprès de son amie mourante, et toujours la même : toujours cet être bienfaisant, dont le regard adoucit les souffrances et fait des heureux. Hier soir, elle alla se promener avec Marianne et la petite Amélie ; je le savais, je les rencontrai, et nous marchâmes ensemble. Après avoir fait près d'une lieue et demie, nous retournâmes vers la ville, et nous arrivâmes à cette fontaine qui m'était déjà si chère, et qui maintenant me l'est mille fois davantage. Charlotte s'assit sur le petit mur, nous restâmes debout devant elle. Je regardai tout autour de moi, et je sentis revivre en moi le temps où mon cœur était si seul. « Fontaine chérie, dis-je, depuis ce temps je ne me repose plus à ta douce fraîcheur, et quelquefois, en passant rapidement près de toi, je ne t'ai pas même regardée ! » Je regardais en bas, et je vis monter la petite Amélie, tenant un verre d'eau avec grande précaution. Je contemplai Charlotte, et sentis combien elle m'est précieuse. Cependant Amélie vint avec son verre ; Marianne voulut le lui prendre. « Non, s'écria l'enfant avec l'expression la plus aimable, non ! c'est toi, Charlotte, qui dois boire la première. » Je fus si ravi de la vérité, de la bonté avec laquelle elle disait cela, que je ne pus exprimer ce que j'éprouvais qu'en prenant la petite dans mes bras, et en l'embrassant avec tant de force qu'elle se mit à pleurer et à crier. « Vous avez mal fait », dit Charlotte. J'étais consterné. « Viens, Amélie, continua-t-elle en la prenant par la main pour descendre les marches ; lave-toi dans l'eau fraîche, vite, vite : ce ne sera rien. » Je restais à regarder avec quel soin l'enfant se frottait les joues de ses petites mains mouillées, et avec quelle bonne foi elle croyait que cette fontaine merveilleuse enlevait toute souillure, et lui épargnerait la honte de se voir pousser une vilaine barbe. Charlotte avait beau lui dire : « C'est assez », la petite continuait toujours de se frotter, comme si beaucoup eût dû faire plus d'effet que peu. Je t'assure, Wilhelm, que je n'assistai jamais avec plus de respect à un baptême, et lorsque Charlotte remonta, je me serais volontiers prosterné devant elle, comme devant un prophète qui vient d'effacer les fautes d'une nation[1].

Le soir, je ne pus m'empêcher, dans la joie de mon cœur, de raconter cette scène à un homme que je supposais sensible parce qu'il a de l'esprit ; mais quelle fut sa réaction ? Il me dit que Charlotte avait eu grand tort ; qu'il ne fallait jamais rien faire accroire aux enfants ; que c'était donner naissance à une infinité d'erreurs, et ouvrir la voie à la superstition, contre laquelle il fallait, au contraire, les prémunir de bonne heure. Je me rappelai qu'il avait fait baptiser un de ses enfants il y a huit jours ; je le laissai dire, et dans le fond de mon cœur je restai fidèle à la vérité. Nous devons en user avec les enfants comme Dieu en use

---

1. Werther transforme la province allemande en paysage biblique. Les gestes de Charlotte sont simples et dignes comme ceux des prophètes ou patriarches.

avec nous, lui qui ne nous rend jamais plus heureux que lorsqu'il nous laisse errer dans une douce illusion.

---

8 juillet.

Que l'on est enfant ! quel prix on attache à un regard ! que l'on est enfant ! Nous étions allés à Wahlheim. Les dames étaient en voiture. Pendant la promenade je crus voir dans les yeux noirs de Charlotte — Je suis un fou, pardonne-le-moi — il faudrait que tu les voies, ces yeux ! Pour faire bref (car mes yeux tombent de sommeil) : Quand il fallut revenir, les dames montèrent en voiture. Le jeune W..., Selstadt, Audran et moi, nous entourions le carrosse. On causa par la portière avec ces messieurs, qui sont pleins de légèreté et d'étourderie. Je cherchais les yeux de Charlotte. Ah ! ils allaient de l'un à l'autre ; mais moi, moi qui étais entièrement, uniquement occupé d'elle, ils ne tombaient pas sur moi ! Mon cœur lui disait mille adieux, et elle ne me voyait point ! La voiture partit, et une larme vint mouiller ma paupière. Je la suivis des yeux, et je vis sortir par la portière la coiffure de Charlotte ; elle se penchait pour regarder. Hélas ! était-ce moi ? Mon ami, je flotte dans cette incertitude : c'est là ma consolation. Peut-être me cherchait-elle du regard[1] ! peut-être ! Bonne nuit. Oh ! que je suis enfant !

---

10 juillet.

Quelle sotte figure je fais en société lorsqu'on parle d'elle ! Si tu me voyais quand on me demande gravement si elle me plaît ! *Plaire !* je hais ce mot à la mort ! Quel homme ce doit être que celui à qui Charlotte *plaît*, dont elle ne remplit pas tous les sens et tout

1. Sur l'importance de la thématique du regard, cf. Introduction.

l'être ! *Plaire !* Dernièrement quelqu'un me demandait si Ossian[1] me plaisait !

---

11 juillet.

Madame M... est fort mal. Je prie pour sa vie, car je souffre avec Charlotte. Je vois quelquefois Charlotte chez une amie. Elle m'a fait aujourd'hui un singulier récit. Le vieux M... est un vilain avare qui a bien tourmenté sa femme pendant toute sa vie, et qui la tenait serrée de fort près ; elle a cependant toujours su se tirer d'affaire. Il y a quelques jours, lorsque le médecin l'eut condamnée, elle fit appeler son mari en présence de Charlotte, et elle lui parla ainsi : « Il faut que je t'avoue une chose qui, après ma mort, pourrait causer de l'embarras et du chagrin. J'ai conduit jusqu'à présent notre ménage avec autant d'ordre et d'économie qu'il m'a été possible ; mais il faut que tu me pardonnes de t'avoir trompé pendant trente ans. Au commencement de notre mariage, tu fixas une somme très modique pour la table et les autres dépenses de la maison. Notre ménage devint plus fort, notre commerce s'étendit ; je ne pus jamais obtenir que tu augmentasses en proportion la somme fixée. Tu sais que, dans le temps de nos plus grandes dépenses, tu exigeas qu'elles fussent couvertes avec sept florins par semaine. Je me soumis ; mais chaque semaine je prenais le surplus dans la caisse, ne craignant pas qu'on soupçonnât la maîtresse de la maison de voler ainsi chez elle. Je n'ai rien dissipé. Pleine de confiance, je serais allée au-devant de l'éternité sans faire cet aveu ;

---

1. Première évocation des chants ossianiques que James Macpherson (1736-1796) publia dans les années 1760-1763, et qui joueront un rôle considérable dans le livre second. Considérés à leur parution comme témoignages authentiques de la poésie primitive écossaise (alors que, dans une large mesure, ils avaient été créés et composés par James Macpherson lui-même), les poèmes d'Ossian furent reçus avec enthousiasme dans l'ensemble de l'Europe, et plus particulièrement en Allemagne (cf. note 1, p. 137).

mais celle qui dirigera le ménage après moi n'aurait pu se tirer d'affaire avec le peu que tu lui aurais donné, et tu aurais toujours soutenu que ta première femme n'avait pas eu besoin de plus. »

Je m'entretins avec Charlotte de l'inconcevable aveuglement de l'esprit humain. Il est incroyable qu'un homme ne soupçonne pas quelque dessous de cartes, lorsque avec sept florins on fait face à des dépenses qui doivent monter au double. J'ai cependant connu des personnes qui ne se seraient pas étonnées de voir dans leur maison l'inépuisable cruche d'huile du prophète [1].

---

13 juillet.

Non, je ne me trompe pas ! je lis dans ses yeux noirs le sincère intérêt qu'elle prend à moi et à mon sort. Oui, je sens, et là-dessus je puis m'en rapporter à mon cœur, je sens qu'elle — Oh ! l'oserai-je ? oserai-je prononcer ce mot qui vaut le ciel ? — Elle m'aime !

Elle m'aime ! combien je me deviens cher à moi-même ! combien — j'ose te le dire à toi, tu m'entendras — combien je m'adore depuis qu'elle m'aime !

Est-ce présomption, témérité, ou ai-je bien le sentiment de ma situation ? — Je ne connais pas l'homme que je craignais de rencontrer dans le cœur de Charlotte ; et pourtant, lorsqu'elle parle de son prétendu avec tant de chaleur, avec tant d'affection, je suis comme celui à qui l'on enlève ses titres et ses honneurs, et qui est forcé de rendre son épée.

---

1. A la veuve de Sarepta qui l'avait accueilli, mais qui était menacée par la disette, Elie fournit une jarre et une cruche inépuisables : « Ainsi parle le Seigneur, le Dieu d'Israël : cruche de farine ne se videra, jarre d'huile ne désemplira jusqu'au jour où le Seigneur donnera la pluie à la surface du sol » (Premier Livre des Rois, 17, 14).

16 juillet.

Oh ! quel feu court dans toutes mes veines lorsque par hasard mon doigt touche le sien, lorsque nos pieds se rencontrent sous la table ! Je me retire comme du feu ; mais une force secrète m'attire de nouveau ; il me prend un vertige, le trouble est dans tous mes sens. Ah ! son innocence, la pureté de son âme ne lui permettent pas de concevoir combien les plus légères familiarités me mettent à la torture ! Lorsqu'en parlant elle pose sa main sur la mienne, que dans la conversation elle se rapproche de moi, que son haleine divine peut atteindre mes lèvres : je crois sombrer, comme si j'étais frappé de la foudre. Et, Wilhelm, si, ce ciel, cette confiance, si j'osais jamais les — Tu me comprends. Non, mon cœur n'est pas si corrompu ! mais faible ! bien faible ! et n'est-ce pas là de la corruption ?

Elle est sacrée pour moi ; tout désir se tait en sa présence. Je ne sais ce que je suis quand je suis auprès d'elle : c'est comme si mon âme se versait et coulait dans tous mes nerfs. Elle a un air qu'elle joue sur le clavecin avec l'éloquence d'un ange, si simple et si expressif ! C'est son air favori, et il me remet de toute peine, de tout trouble, de toute idée sombre, dès qu'elle en joue seulement la première note.

Ce que l'on dit des pouvoirs magiques de l'ancienne musique ne me semble pas du tout invraisemblable : ce simple chant a sur moi tant de puissance ! et comme elle sait me le faire entendre à propos, dans des moments où je serais homme à me tirer une balle dans la tête ! Alors l'égarement et les ténèbres de mon âme se dissipent, et je respire de nouveau plus librement.

---

18 juillet.

Wilhelm, qu'est-ce que le monde pour notre cœur sans l'amour ? ce qu'une lanterne magique est sans lumière : à peine y introduisez-vous le flambeau, qu'aussitôt les images les plus variées se peignent sur la muraille ; et lors même que tout cela ne serait que fantômes, encore ces fantômes font-ils notre bonheur quand nous nous tenons là, éveillés, et que, comme des enfants, nous nous extasions sur ces apparitions merveilleuses. Aujourd'hui je ne pouvais aller voir Charlotte, j'étais emprisonné dans une société d'où il n'y avait pas moyen de m'échapper. Que faire ? J'envoyai chez elle mon domestique, afin d'avoir au moins près de moi quelqu'un qui eût approché d'elle dans la journée. Avec quelle impatience j'attendais son retour ! avec quelle joie je le revis ! Si j'avais osé, je me serais jeté à son cou, et je l'aurais embrassé.

On prétend que la pierre de Bologne[1], exposée au soleil, se pénètre de ses rayons, et éclaire quelque temps dans la nuit. Il en était ainsi pour moi de ce jeune homme. L'idée que les yeux de Charlotte s'étaient arrêtés sur ses traits, sur ses joues, sur les boutons et le collet de son habit, me rendait tout cela si cher, si sacré ! Je n'aurais pas donné ce garçon pour mille écus ! sa présence me faisait tant de bien !... Dieu te préserve d'en rire, Wilhelm ! Sont-ce là des fantômes ? est-ce une illusion que d'être heureux ?

---

19 juillet.

Je la verrai ! voilà mon premier mot lorsque je m'éveille, et qu'avec sérénité je regarde le beau soleil levant ; je la verrai ! Et alors je n'ai plus, pour toute la journée, aucun autre désir. Tout va là, tout s'engouffre dans cette perspective.

---

1. Pierre phosphorescente. Comme la pierre de Bologne, le serviteur de Werther brille alors même que la lumière — Charlotte — est absente.

20 juillet.

Votre idée de me faire partir à *** avec l'ambassadeur ne me convient guère. Je n'aime pas la dépendance, et de plus tout le monde sait que cet homme est désagréable. Ma mère, dis-tu, voudrait me voir une occupation : cela m'a fait rire. Ne suis-je donc pas occupé à présent ? Et, au fond, n'est-ce pas la même chose que je compte des pois ou des lentilles ? Tout, dans cette vie, aboutit à des vétilles, et celui qui, pour faire plaisir aux autres, sans besoin et sans goût, se tue à travailler pour de l'argent, pour des honneurs, ou pour tout ce qu'il vous plaira, est à coup sûr un imbécile.

---

24 juillet.

Puisque tu tiens tant à ce que je ne néglige pas le dessin, je ferais peut-être mieux de me taire sur ce point que de t'avouer que depuis longtemps je m'en suis bien peu occupé.

Jamais je ne fus plus heureux, jamais ma sensibilité pour la nature, jusqu'au caillou, jusqu'au brin d'herbe, ne fut plus pleine et plus vive ; et cependant — je ne sais comment m'exprimer — mon imagination est devenue si faible, tout nage et vacille tellement devant mon âme, que je ne puis saisir un contour ; mais je me figure que, si j'avais de l'argile ou de la cire, je réussirais mieux. Si cela dure, je prendrai de l'argile et je la pétrirai, dussé-je ne faire que des boulettes.

Trois fois déjà j'ai commencé le portrait de Charlotte, et je me suis ridiculisé trois fois ; cela me chagrine d'autant plus qu'il y a peu de temps je réussissais fort bien à saisir la ressemblance. Je me suis donc borné à prendre sa silhouette [1], et il faudra bien que je m'en contente.

---

1. La technique de la silhouette, comparable dans le principe à celle des ombres chinoises, était très en vogue dans l'Allemagne des années 1770-1810. La personne dont on désire faire la silhouette est placée entre une

Silhouette de Charlotte Buff qui fut envoyée à Goethe après son départ de Wetzlar en octobre 1772. En 1774, après la rédaction de son roman, il ajouta de sa main la souscription suivante : « Charlotte, bonne nuit. Le 17 juillet 1774 ».

---

26 juillet.

Oui, chère Charlotte, je m'acquitterai de tout. Seulement donnez-moi plus souvent des commissions ; donnez-m'en bien souvent. Je vous prie d'une chose : plus de sable sur les billets que vous m'écrivez [1] ! Aujourd'hui je portai vivement votre lettre à mes lèvres, et le sable craqua sous mes dents.

---

source de lumière et une feuille de papier translucide ; il suffit ensuite de retracer ou de découper les contours de l'ombre portée.

1. On utilisait du sable fin pour sécher l'encre.

26 juillet.

Je me suis déjà proposé bien des fois de ne pas la voir si souvent. Mais le moyen de tenir cette résolution ! Tous les jours je succombe à la tentation. Tous les soirs je me dis avec un serment : « Demain tu ne la verras pas », et lorsque le matin arrive, je trouve quelque raison invincible de la voir ; et, avant que je m'en aperçoive, je suis auprès d'elle. Elle me dit, le soir : « Vous viendrez demain, n'est-ce pas ? » Qui pourrait ne pas y aller ? Ou bien elle me donne une commission, et je trouve qu'il est plus convenable de lui porter moi-même la réponse. Ou bien, la journée est si belle ! je vais à Wahlheim, et quand j'y suis, il n'y a plus qu'une demi-lieue jusque chez elle ! je suis trop près de son atmosphère — hop : m'y voilà encore ! Ma grand-mère nous racontait l'histoire de la montagne d'aimant[1] : les vaisseaux qui s'en approchaient trop perdaient tout à coup leurs ferrements, les clous volaient à la montagne, et les malheureux matelots s'abîmaient entre les planches qui tombaient les unes sur les autres.

---

30 juillet.

Albert est arrivé, et moi, je vais partir. Fût-il le meilleur, le plus généreux des hommes, et lors même que je serais disposé à reconnaître sa supériorité sur moi à tous égards, il me serait insupportable de le voir posséder sous mes yeux tant de perfections ! — Posséder ! il suffit, mon ami ; son fiancé est arrivé ! C'est un homme honnête et bon, qui mérite qu'on l'aime. Heureusement je n'étais pas présent à sa réception, j'aurais eu le cœur trop déchiré. Il est si bon qu'il n'a pas encore embrassé une seule fois Charlotte en ma présence. Que Dieu l'en récompense ! Rien que le respect qu'il témoigne à cette

---

1. Conte tiré des *Mille et Une Nuits* (Histoire du troisième Calender, fils du Roi).

jeune femme me force à l'aimer. Il semble me voir avec plaisir, et je soupçonne que c'est l'ouvrage de Charlotte, plutôt que l'effet de son propre mouvement : car là-dessus les femmes sont très adroites, et elles ont raison ; quand elles peuvent entretenir deux adorateurs en bonne intelligence, quelque rare que cela soit, c'est tout profit pour elles.

Du reste, je ne puis refuser mon estime à Albert. Son calme parfait contraste avec ce caractère ardent et inquiet que je ne puis cacher. Il est homme de sentiment, et apprécie ce qu'il possède en Charlotte. Il paraît peu sujet à la mauvaise humeur ; et tu sais que, de tous les défauts des hommes, c'est celui que je hais le plus.

Il me considère comme un homme qui a quelque mérite ; mon attachement pour Charlotte, le vif intérêt que je prends à tout ce qui la touche, augmentent son triomphe, et il l'en aime d'autant plus. Je n'examine pas si quelquefois il ne la tourmente point par quelque léger accès de jalousie : à sa place, j'aurais au moins de la peine à me défendre entièrement de ce démon.

Quoi qu'il en soit, le bonheur que je goûtais près de Charlotte a disparu. Faut-il nommer la chose folie ? aveuglement ? Qu'importe le nom ! la chose parle assez d'elle-même ! Avant l'arrivée d'Albert, je savais tout ce que je sais maintenant ; je savais que je n'avais point de prétentions à former sur elle, et je n'en formais aucune — j'entends autant qu'il est possible de ne rien désirer à la vue de tant de charmes — Et aujourd'hui l'imbécile s'étonne et ouvre de grands yeux, parce que l'autre arrive en effet et lui enlève la belle.

Je grince les dents, et je ris de mon malheur, et ris deux ou trois fois davantage de ceux qui osent dire qu'il faut que je me résigne, puisque la chose ne peut être autrement... Délivrez-moi de ces automates. Je cours les forêts[1], et lorsque je reviens près de Charlotte, que je

---

1. Le protagoniste (re)trouve le caractère nomade qui devient à partir de là l'un des traits dominants de sa personnalité. Loin de la sérénité évoquée dans les premières lettres avec les fréquentes allusions à la vie patriarcale, Werther « court les forêts » (cf. Introduction).

trouve Albert auprès d'elle dans le petit jardin, sous le berceau, et que je me sens forcé de ne pas aller plus loin, je deviens fou à lier, et je fais mille extravagances. « Pour l'amour de Dieu, me disait Charlotte aujourd'hui, je vous en prie, plus de scène comme celle d'hier soir ! Vous êtes effrayant quand vous êtes si gai ! » Entre nous, j'épie le moment où les affaires appellent Albert au-dehors : aussitôt je suis près d'elle, et je suis toujours content quand je la trouve seule.

---

8 août.

De grâce, mon cher Wilhelm, ne crois pas que je pensais à toi quand je traitais d'insupportables les hommes qui exigent de nous de la résignation dans les maux inévitables. Je n'imaginais pas, en vérité, que tu pusses être de cette opinion ; et pourtant, au fond, tu as raison. Seulement une observation, mon cher. Dans ce monde il est très rare que tout aille par oui ou par non. Il y a dans les sentiments et la manière d'agir autant de nuances qu'il y a de degrés depuis le nez aquilin jusqu'au nez camus.

Tu ne trouveras donc pas mauvais que, tout en reconnaissant la justesse de ton argument, j'échappe pourtant à ton alternative.

« *Ou* tu as quelque espoir de réussir auprès de Charlotte, dis-tu, *ou* tu n'en as point. » Bien ! « Dans le premier cas, cherche à réaliser cet espoir et à obtenir l'accomplissement de tes vœux ; dans le second, ranime ton courage, et délivre-toi d'une malheureuse passion qui finira par consumer tes forces. » Mon ami, cela est bien dit... et vite dit !

Et ce malheureux, dont la vie s'éteint, minée par une lente et incurable maladie, peux-tu exiger de lui qu'il mette fin à ses tourments par un coup de poignard ? et le mal qui dévore ses forces ne lui ôte-t-il pas en même temps le courage de s'en délivrer ?

Tu pourrais, à la vérité, m'opposer une comparaison du même genre : « Qui n'aimerait mieux se faire amputer un bras que de risquer sa vie par peur et par hésitation ? » Je n'en sais rien ! Mais ne nous jetons pas de comparaisons à la tête. En voilà bien assez. Oui, mon ami, il me prend quelquefois un accès de courage exalté, sauvage ; et alors, si seulement je savais où aller, je partirais sans doute.

Le soir.

Mon journal, que je négligeais depuis quelque temps, m'est tombé aujourd'hui sous la main. J'ai été étonné de remarquer à quel point c'est sciemment que je me suis toujours davantage avancé dans cette affaire ! Comment j'ai toujours clairement vu ma situation, n'en ai pas moins agi en enfant, je vois tout aussi clair aujourd'hui, et il n'y a toujours pas apparence que cela s'améliore.

---

10 août.

Je pourrais mener la vie la plus douce, la plus heureuse, si je n'étais pas un fou. Des circonstances aussi favorables que celles où je me trouve se réunissent rarement pour rendre un homme heureux. Tant il est vrai que c'est notre cœur seul qui fait son malheur ou sa félicité... Être membre de la famille la plus aimable ; me voir aimé du père comme un fils, des jeunes enfants comme un père ; et de Charlotte !... Et cet excellent Albert, qui ne trouble mon bonheur par aucune marque d'humeur, qui m'accueille si cordialement, pour qui je suis, après Charlotte, ce qu'il aime le mieux au monde [1]... Mon ami, c'est un plaisir de nous entendre lors-

---

1. Werther se trouve dans une situation qui n'est pas sans rappeler celle de Saint-Preux, dans *La Nouvelle Héloïse* (référence importante aussi pour comprendre le rôle que joue, chez Werther, la thématique de l'enfance et celle de l'harmonie familiale). Malgré « l'excellence » d'Albert, sa gentillesse si (trop ?) souvent évoquée, le « ménage à trois » reste irréalisable.

que nous nous promenons ensemble, et que nous nous entretenons de Charlotte : on n'a jamais rien imaginé de plus ridicule que notre situation ; et cependant dans ces moments plus d'une fois les larmes me viennent aux yeux.

Quand il me parle de la digne mère de Charlotte, quand il me raconte comment, en mourant, elle remit à sa fille son ménage et ses enfants, et lui recommanda sa fille à lui-même ; comment dès lors un nouvel esprit anima Charlotte ; comment elle est devenue, par l'attention qu'elle porte aux choses domestiques et par son caractère posé, une véritable mère ; comment aucun instant ne se passe pour elle sans amour dévoué et sans travail, et comment sa vivacité, sa gaieté ne l'ont pourtant jamais quittée — Moi, je marche nonchalamment à côté de lui, et je cueille des fleurs sur le chemin ; je les réunis soigneusement dans un bouquet, et je les jette dans le torrent, et je les suis de l'œil pour les voir partir petit à petit... Je ne sais si je t'ai écrit qu'Albert restera ici, et qu'il va obtenir de la cour, où il est très bien vu, un emploi dont le revenu est fort honnête. Pour l'ordre et l'aptitude aux affaires, j'ai rencontré peu de personnes qu'on pût lui comparer.

---

12 août.

En vérité, Albert est le meilleur homme qui soit sous le ciel. J'ai eu hier avec lui une singulière scène. J'étais allé le voir pour prendre congé de lui, car il m'avait pris fantaisie de faire un tour à cheval dans les montagnes ; et c'est même de là que je t'écris en ce moment. En allant et venant dans sa chambre, j'aperçus ses pistolets. « Prête-moi tes pistolets pour mon voyage, lui dis-je. — Je ne demande pas mieux, répondit-il ; mais tu prendras la peine de les charger, ils ne sont là que pour la forme. » J'en détachai un, et il continua : « Depuis que ma prévoyance m'a joué un si mauvais tour, je ne veux plus rien avoir à faire avec ce genre d'objets. Je fus curieux de savoir ce qui lui était arrivé. « J'étais allé, reprit-il, passer trois mois à la campagne, chez un de mes amis ; j'avais une paire de pistolets non chargés, et je dormais tranquille. Un après-midi que le temps était pluvieux et que j'étais à ne rien faire, je ne sais comment il me vint dans l'idée que nous pourrions être attaqués, que je pourrais avoir besoin de mes pistolets, et que — tu sais ce que c'est. Je les donnai au domestique pour les nettoyer et les charger. Il se mit à badiner avec la servante en cherchant à lui faire peur, et, Dieu sait comment, le pistolet part, la baguette étant encore dans le canon, la baguette va frapper la servante à la main droite et lui fracasse le pouce. J'eus à supporter les cris, les lamentations, et il me fallut encore payer le traitement. Aussi, depuis cette époque, mes armes ne sont-elles jamais chargées. Qu'est-ce que la prudence, mon cher ? On ne voit jamais le danger. Cependant... » Tu sais que j'aime beaucoup Albert ; mais je n'aime pas ses *cependant* : car n'est-il pas évident que toute règle générale a des exceptions ? Mais telle est la scrupuleuse équité de cet excellent homme : quand il croit avoir avancé quelque chose de précipité, de trop général ou de douteux, il ne cesse de nuancer, de modifier, d'ajouter ou de retrancher, jusqu'à ce qu'il ne reste plus rien de sa proposition. A cette occasion il se perdit dans son texte. Bientôt je n'entendis plus un mot de ce qu'il disait ; je tombai dans des rêveries ; puis tout à coup je m'appliquai brusquement la bouche du pistolet sur le front, au-dessus de l'œil droit. « Hé ! dit Albert en me reprenant l'arme, qu'est-ce que cela veut dire ? — Il n'est pas chargé, lui répondis-je. — Même dans ce cas, qu'est-ce que tu cherches ? répliqua-t-il avec impatience. Je ne puis concevoir comment un homme peut être assez fou pour se brûler la cervelle ; l'idée seule me fait horreur.

— Vous autres hommes, m'écriai-je, vous ne pouvez parler de rien sans dire tout d'abord : *Cela est fou, cela est sage ; cela est bon, cela est mauvais !* Qu'est-

Lucas Cranach le Jeune : *Le Christ et la femme adultère* (détail).

ce que cela veut dire ? Avez-vous approfondi les véritables motifs d'une action ? avez-vous démêlé les raisons qui l'ont produite, qui devaient la produire ? Si vous aviez fait cela, vous ne seriez pas si prompts dans vos jugements.

— Tu conviendras, dit Albert, que certaines actions sont et restent criminelles, quels qu'en soient les motifs [1]. »

---

1. Dans la suite du texte, Werther défend des positions diamétralement opposées à la morale chrétienne. L'homme ne saurait disposer de sa propre personne. Dieu seul prête vie, Il est donc le seul à pouvoir nous la retirer. Cependant, les réactions que provoqua le roman mon-

Je haussai les épaules, et je lui accordai ce point. « Cependant, mon cher, continuai-je, il se trouve encore ici quelques exceptions. Sans aucun doute, le vol est un crime ; mais l'homme qui, pour s'empêcher de mourir de faim, lui et sa famille, se laisse entraîner au vol, mérite-t-il la pitié ou le châtiment ? Qui jettera la première pierre [1] à l'époux qui, dans sa juste fureur, immole une femme infidèle et son vil séducteur ? à cette jeune fille qui, dans un moment de délire, s'abandonne aux charmes entraînants de l'amour ? Nos lois mêmes, ces froides pédantes, se laissent toucher et retiennent leurs coups.

— Ceci est autre chose, reprit Albert : car un homme emporté par une passion trop forte perd la faculté de réfléchir, et doit être regardé comme un homme ivre ou comme un insensé.

— Voilà bien mes gens raisonnables ! m'écriai-je en souriant. Passion ! ivresse ! folie ! Hommes moraux ! vous êtes d'une impassibilité merveilleuse. Vous injuriez l'ivrogne, vous vous détournez de l'insensé ; vous passez sans vous arrêter, comme le prêtre, et remerciez Dieu, comme le pharisien, de ce qu'il ne vous a pas faits semblables à l'un d'eux [2]. J'ai été plus d'une fois pris de vin, et souvent mes passions ont approché de la démence, et je ne me repens ni de l'un

---

trent clairement que le suicide apparaît également comme scandale à ceux qui argumentent d'un point de vue rationaliste : rien ne justifie un acte qui est contraire aux préceptes de la raison.

1. Reprise littérale d'un passage de l'Evangile, dans lequel Jésus s'oppose à la lapidation d'une femme adultère : « Que celui d'entre vous qui n'a jamais péché lui jette la première pierre » (Jn 8, 7). De façon stratégique, Werther recourt à des références bibliques pour étayer une argumentation rigoureusement opposée à toutes les lois de la religion. En vérité, la référence à l'épisode de la femme adultère est loin d'être innocente et donne aux propos de Werther une consonance tout à fait particulière. **2.** Deux épisodes tirés de l'Evangile selon saint Luc. 1) Lc 10, 31 : Un homme détroussé par des brigands est laissé pour mort au bord du chemin. « Il se trouva qu'un prêtre descendait par ce chemin, il vit l'homme et passa à bonne distance. » 2) Lc 18, 11 : « Le pharisien, debout, priait ainsi en lui-même : "O Dieu, je te rends grâce que je ne suis pas comme les autres hommes." »

ni de l'autre ; car j'ai appris que tous les hommes extraordinaires qui ont fait quelque chose de grand, quelque chose qui semblait impossible, ont de tout temps été qualifiés d'ivres et d'insensés.

Et, dans la vie ordinaire même, n'est-il pas insupportable d'entendre dire, quand un homme fait une action tant soit peu honnête, noble et inattendue : Cet homme est ivre, celui-là est fou ! Honte à vous, les hommes sobres, et vous, hommes pleins de sagesse, honte à vous !

— Voilà encore de tes extravagances ! dit Albert. Tu exagères tout ; et, à coup sûr, tu as ici au moins le tort d'assimiler le suicide, dont il est question maintenant, aux actions qui demandent de l'énergie, tandis qu'on ne peut le regarder que comme une faiblesse : car, évidemment, il est plus facile de mourir que de supporter avec constance une vie pleine de tourments. »

Peu s'en fallut que je ne rompisse l'entretien : car rien ne me met hors des gonds comme de voir quelqu'un venir avec un lieu commun insignifiant, lorsque je parle de cœur. Je me retins cependant : j'avais déjà si souvent entendu ce lieu commun, et je m'en étais indigné tant de fois ! Je lui répliquai avec un peu de vivacité : « Tu appelles cela faiblesse ! Je t'en prie, ne te laisse pas séduire par l'apparence. Un peuple gémit sous le joug insupportable d'un tyran : peux-tu l'appeler faible lorsque enfin il se lève et brise ses chaînes ? Cet homme qui voit les flammes menacer sa maison, et dont la frayeur tend tous les muscles, qui enlève aisément des fardeaux que de sang-froid il aurait à peine remués ; cet autre qui, furieux d'un outrage, attaque six hommes et les terrasse, faut-il les appeler faibles ? Eh ! mon ami, si des efforts sont de la force, comment des efforts extrêmes seraient-ils le contraire ? » Albert me regarda, et dit : « Je te demande pardon ; mais les exemples que tu viens de citer ne me semblent point applicables ici. — C'est possible, repartis-je ; on m'a déjà souvent reproché que mes raisonnements étaient pleins d'incohérences. Voyons donc si nous ne pourrons pas nous représenter d'une autre manière ce qui doit se passer dans l'âme d'un homme qui se détermine à rejeter le fardeau de la vie, ce fardeau si cher à d'autres : car nous n'avons vraiment le droit de juger une chose qu'autant que nous la comprenons.

La nature humaine a ses bornes, continuai-je ; elle peut jusqu'à un certain point supporter la joie, la peine, la douleur ; ce point passé, elle succombe. La question n'est donc pas de savoir si un homme est faible ou s'il est fort, mais s'il peut soutenir le poids de ses souffrances, qu'elles soient morales ou physiques ; et je trouve aussi étonnant que l'on nomme lâche le malheureux qui se prive de la vie que si l'on donnait ce nom au malade qui succombe à une fièvre maligne.

— Discours paradoxal ! très paradoxal ! s'écria Albert. — Il l'est moins que tu ne penses, répondis-je. Tu conviendras que nous qualifions de maladie mortelle[1] celle qui attaque le corps avec tant de violence que les forces de la nature sont en partie détruites, en partie affaiblies, en sorte qu'aucune crise salutaire ne peut plus rétablir le cours ordinaire de la vie.

Eh bien ! mon ami, appliquons ceci à l'esprit. Regarde l'homme dans sa faiblesse ; observe comme des impressions agissent sur lui, comme des idées se fixent en lui, jusqu'à ce qu'enfin la passion toujours croissante le prive de toute force de volonté, et le perde.

Et vainement un homme raisonnable et de sang-froid, qui contemplera l'état de ce malheureux, lui don-

---

1. Le texte allemand porte *Krankheit zum Tode* (litt. : « maladie qui aboutit à la mort ») et reprend une expression que l'on trouve dans l'Evangile selon saint Jean, lorsque Jésus déclare paradoxalement, à propos de l'imminence de la mort de Lazare : « Cette maladie n'aboutira pas à la mort, elle servira à la gloire de Dieu : c'est par elle que le Fils de Dieu doit être glorifié » (Jn 11, 4). Werther fait sienne l'assimilation paradoxale de la mort à la vie. Chez lui, elle est cependant dépouillée de toute signification eschatologique.

nera-t-il de beaux conseils ; il ne lui sera pas plus utile que l'homme sain ne l'est au malade, à qui il ne saurait communiquer la moindre partie de ses forces. »

J'avais trop généralisé mes idées pour Albert. Je lui rappelai une jeune fille que l'on avait trouvée morte dans l'eau, il y a quelque temps, et je lui répétai son histoire. « C'était une bonne créature, tout entière à ses occupations domestiques, travaillant toute la semaine, et n'ayant d'autre plaisir que de se parer le dimanche de quelques modestes atours achetés à grand-peine, d'aller avec ses compagnes se promener aux environs de la ville, ou de danser quelquefois aux grandes fêtes, et qui quelquefois aussi passait une heure de loisir à bavarder avec une voisine sur les raisons de telle ou telle dispute, de tel ou tel commérage. Enfin la nature lui fait sentir d'autres besoins qui s'accroissent encore par les flatteries des hommes. Ses premiers plaisirs lui deviennent peu à peu insipides, jusqu'à ce qu'elle rencontre un homme vers lequel un sentiment inconnu l'entraîne irrésistiblement, sur lequel elle fonde toutes ses espérances, et, oubliant le monde alentour, elle ne voit, n'entend, ne perçoit plus rien que lui, ne désire plus rien que lui seul. Comme elle n'est pas corrompue par les frivoles jouissances de la vanité et de la coquetterie, ses désirs vont droit au but : elle veut lui appartenir, elle veut devoir à un lien éternel le bonheur qu'elle cherche et tous les plaisirs après lesquels elle aspire. Des promesses réitérées qui mettent le sceau à toutes ses espérances, de téméraires caresses qui augmentent ses désirs, s'emparent de toute son âme. À demi consciente, elle nage dans un avant-goût de tous les plaisirs ; elle est tendue à l'extrême ; elle ouvre enfin ses bras pour embrasser tous ses désirs — et son amant l'abandonne. Stupéfaite, glacée, elle se trouve devant un abîme. Tout est obscurité autour d'elle ; nulle perspective, nulle consolation, nul espoir, car il l'a abandonnée, celui en qui seul elle se sentait vivre ! Elle ne voit point le vaste univers qui est devant elle, ni le nombre de ceux qui pourraient remplacer la perte qu'elle a faite, et, aveuglée, accablée de l'excessive peine de son cœur, elle se précipite, pour étouffer tous ses tourments, dans une mort qui tout embrasse et tout termine. Voilà l'histoire de bien des hommes. Dis-moi, Albert, n'est-ce pas la même marche que celle de la maladie ? La nature ne trouve aucune issue pour sortir du labyrinthe des forces déréglées et contradictoires, et l'homme doit mourir.

Malheur à celui qui oserait dire : L'insensée ! si elle eût attendu, si elle eût laissé agir le temps, son désespoir se serait calmé ; elle aurait trouvé bientôt un consolateur. C'est comme si l'on disait : L'insensé, qui meurt de la fièvre ! s'il avait attendu que ses forces fussent revenues, que ses humeurs fussent purifiées, l'agitation de son sang apaisée, tout se serait rétabli, et il vivrait encore aujourd'hui. »

Albert, qui ne trouvait point encore cette comparaison frappante, me fit des objections, entre autres celle-ci : Je venais de citer une jeune fille simple et bornée ; mais il ne pouvait concevoir comment on excuserait un homme d'esprit, dont les facultés sont plus étendues et qui saisit mieux tous les rapports. « Mon ami, m'écriai-je, l'homme est toujours l'homme ; la petite dose d'esprit que l'un a de plus que l'autre fait bien peu de différence, quand les passions bouillonnent et que les bornes prescrites à l'humanité se font sentir. Et, en vérité — mais nous en parlerons un autre jour », lui dis-je en prenant mon chapeau. Oh ! mon cœur était si plein ! Nous nous séparâmes sans nous être entendus. Il est si rare, dans ce monde, que l'on s'entende [1] !

---

1. Il faut noter la récurrence du thème de l'incommunicabilité. Rien d'étonnant à ce que la parole, chez Werther, soit dépréciée au profit de tout ce qui relève de la communication non verbale (les gestes, les larmes, les échanges de regards, etc.) : l'essentiel reste indicible.

15 août.

Il est pourtant vrai que rien dans le monde ne nous rend nécessaires aux autres comme l'amour que nous avons pour eux. Je sens que Charlotte serait fâchée de me perdre, et les enfants n'ont d'autre idée que celle de me voir toujours revenir le lendemain. J'étais allé aujourd'hui accorder le clavecin de Charlotte ; je n'ai jamais pu y parvenir, car tous ces espiègles me tourmentaient pour avoir un conte, et Charlotte elle-même décida qu'il fallait les satisfaire. Je leur distribuai leur goûter : ils acceptent maintenant leur pain aussi volontiers de moi que de Charlotte. Je leur contai ensuite la merveilleuse histoire de la princesse servie par des mains enchantées [1]. J'apprends beaucoup à cela, je t'assure, et je suis étonné de l'impression que ces récits produisent sur les enfants. S'il m'arrive d'inventer un détail, et de l'oublier quand je répète le conte, ils s'écrient aussitôt : « C'était différent la première fois », si bien que je m'exerce maintenant à leur réciter chaque histoire comme un chapelet, avec les mêmes inflexions de voix, les mêmes cadences, et sans y rien changer. J'ai vu par là qu'un auteur qui, à une seconde édition, fait des changements à un ouvrage d'imagination, nuit nécessairement à son livre, l'eût-il rendu réellement meilleur. La première impression nous trouve dociles, et l'homme est fait de telle sorte qu'on peut le convaincre des choses les plus extraordinaires ; alors, il en est bien imprégné : malheur à qui voudrait les lui retirer et les effacer !

---

1. Cf. « La Chatte blanche » qui figure dans le recueil des *Contes de fées, ou les Fées à la mode* (1697) de Mme d'Aulnoy (1650-1705).

18 août.

Pourquoi faut-il que ce qui fait la félicité de l'homme devienne aussi la source de son malheur ?

Cette ardente sensibilité de mon cœur pour la nature et la vie, qui m'inondait de tant de volupté, qui du monde autour de moi faisait un paradis, me devient maintenant un insupportable bourreau, un mauvais génie qui me poursuit en tous lieux. Lorsque autrefois du haut du rocher je contemplais, par-delà le fleuve, la fertile vallée jusqu'à la chaîne de ces collines ; que je voyais tout germer et sourdre autour de moi ; que je regardais ces montagnes couvertes de grands arbres touffus depuis leur pied jusqu'à leur cime, ces vallées avec leurs méandres multiformes ombragées de petits bosquets riants, et comme la tranquille rivière coulait entre les roseaux murmurants, et réfléchissait le léger nuage que le doux vent du soir promenait sur le ciel en le balançant ; qu'alors j'entendais les oiseaux animer autour de moi la forêt ; que je voyais des millions d'essaims de moucherons danser gaiement dans le dernier rayon rouge du soleil, dont le dernier regard mourant délivrait et faisait sortir de l'herbe le hanneton bourdonnant ; que le bruissement et l'activité autour de moi rappelaient mon attention sur le sol, et lorsque la mousse qui arrache sa nourriture au rocher impénétrable et les broussailles qui poussent sur l'aride versant sablonneux me dévoilaient la vie intérieure, ardente, sacrée de la nature : comme j'embrassais cela dans mon cœur, comme je me sentais pour ainsi dire divinisé par ce torrent qui me traversait, et les majestueuses formes du monde infini vivaient et se mouvaient dans mon âme. Je me voyais environné d'énormes montagnes ; des précipices étaient devant moi, et des rivières d'orage s'y plongeaient ; des fleuves coulaient sous mes pieds, la clameur de la forêt et de la montagne se levait, et je voyais, dans les profondeurs de la terre, agir et réagir toutes les forces insondables qui créent, et fourmiller sur terre et sous le ciel les innombrables races des êtres vivants. Tout, tout est peuplé sous mille formes différentes ; et puis les hommes recroquevillés dans leurs petites maisons, agglutinés les uns aux autres et qui, pensent-ils, gouvernent le vaste monde ! Pauvre insensé qui méprises toute chose parce que tu es si petit ! Depuis les montagnes inaccessibles du désert, qu'aucun pied ne toucha, jusqu'au bout de l'océan inconnu, souffle l'esprit de celui qui crée éternellement et qui se réjouit de toute poussière qui le sent et qui vit. — Ah ! pour lors combien de fois j'ai désiré, porté sur les ailes de la grue qui passait sur ma tête, voler au rivage de la mer immense, boire la vie à la coupe écumante de l'infini, et seulement un instant sentir dans l'espace étroit de ma poitrine une goutte des délices de l'Être qui produit tout en lui-même et par lui-même[1] !

Frère, je n'ai plus que le souvenir de ces heures pour me soulager un peu. Même les efforts que je fais pour me rappeler et rendre ces inexprimables sentiments élèvent mon âme au-dessus d'elle-même et me font doublement sentir le tourment de la situation où je suis maintenant.

Un rideau funeste s'est tiré devant moi, et le spectacle de la vie infinie s'est métamorphosé pour moi en un tombeau éternellement ouvert. Peut-on dire : « Cela est », quand tout passe ? quand tout, avec la vitesse d'un éclair, roule et passe ? quand chaque être conserve si peu de temps la quantité d'existence qu'il a en lui, et est entraîné dans le torrent, submergé, écrasé sur les rochers ? Il n'y a point d'instant qui ne te dévore, toi et les tiens ; point d'instant que tu ne sois, que tu ne doives être un destructeur. La plus innocente promenade coûte la vie à mille pauvres insectes ; un seul de tes pas détruit le pénible ouvrage des fourmis et foule un petit monde dans le tombeau. Ah ! ce ne sont pas vos grandes et rares catastrophes, ces inonda-

1. L'ensemble de ce passage est une reprise de la lettre du 10 mai, mais, de toute évidence, dans une tonalité plus sombre.

tions, ces tremblements de terre qui engloutissent vos villes, qui me touchent : ce qui me mine le cœur, c'est cette force dévorante qui est cachée dans toute la nature, qui ne produit rien qui ne détruise ce qui l'environne et ne se détruise soi-même. C'est ainsi que j'erre plein d'angoisse. Ciel, terre, forces actives qui m'environnent, je ne vois rien dans tout cela qu'un monstre affairé à tout dévorer dans d'éternelles ruminations.

---

21 août.

Vainement je tends mes bras vers elle, le matin, lorsque je m'éveille d'un pénible rêve ; en vain, la nuit, je la cherche à mes côtés, lorsqu'un songe heureux et pur m'a trompé, que j'ai cru que j'étais auprès d'elle sur la prairie, et que je tenais sa main et la couvrais de mille baisers. Ah ! lorsque, encore à demi dans l'ivresse du sommeil, je la cherche, et là-dessus me réveille, un torrent de larmes s'échappe de mon cœur, et je pleure, désolé du sombre avenir qui est devant moi.

---

22 août.

Que je suis à plaindre, Wilhelm ! j'ai perdu tout ressort, et je suis tombé dans un abattement qui ne m'empêche pas d'être inquiet et agité. Je ne puis rester oisif, et cependant je ne puis rien faire. Je n'ai aucune imagination, aucune sensibilité pour la nature, et les livres m'inspirent du dégoût. Quand nous nous manquons à nous-mêmes, tout nous manque. Je te le jure, cent fois j'ai désiré être un ouvrier, afin d'avoir, le matin en me levant, une perspective, un travail, une espérance. J'envie souvent le sort d'Albert, que je vois enfoncé jusqu'aux yeux dans les parchemins ; et je me figure que si j'étais à sa place, je me trouverais heureux. L'idée m'est déjà venue quelquefois de t'écrire et d'écrire au ministre, pour demander cette place près de l'ambassade que, selon toi, on ne me refuserait pas. Je le crois aussi. Le ministre m'a depuis longtemps témoigné de l'affection, et m'a souvent engagé à me vouer à quelque emploi. Il y a telle heure où j'y suis disposé. Mais ensuite, quand je réfléchis, et que je viens à penser à la fable du cheval qui, las de sa liberté, se laisse seller et brider, et que l'on épuise[1] — je ne sais plus que résoudre. Eh ! mon ami, ce désir de changer de situation ne vient-il pas d'une inquiétude intérieure qui me suivra partout !

---

28 août.

En vérité, si ma maladie était susceptible de guérison, mes bons amis en viendraient à bout. C'est aujourd'hui mon anniversaire, et de grand matin je reçois un petit paquet de la part d'Albert. La première chose qui frappe mes yeux en l'ouvrant, c'est un nœud de ruban rose que Charlotte portait lorsque je la vis pour la première fois, et que je lui avais souvent demandé depuis. Il y avait aussi deux petits volumes in-12 : c'était l'Homère de Wetstein[2], édition que j'avais tant de fois désirée, pour ne pas me charger de celle d'Ernesti à la promenade. Tu vois comme ils préviennent mes vœux,

---

1. Allusion à une fable très ancienne déjà évoquée dans la *Rhétorique* d'Aristote (livre II, 20), et que l'on retrouve également parmi les fables de La Fontaine, sous le titre *Le cheval s'étant voulu venger du cerf* (*Fables*, IV, 13). Pour légitimer son refus de tout engagement professionnel, Werther aurait d'ailleurs pu citer les vers 24 et 25 de la fable de La Fontaine : « Hélas ! que sert la bonne chère / Quand on n'a pas la liberté ? » **2.** Il s'agit d'une édition bilingue, grecque et latine, publiée chez l'éditeur hollandais J. H. Wetstein : *Homeri opera... graece et latine, curante I. H. Lederlino et post eum S. Berglero, ex officina Wetsteniana*, Amstelaedami, 1707. Au XVIIe et au XVIIIe siècle, les éditions hollandaises d'auteurs classiques jouissaient d'une excellente réputation. J. A. Ernesti est un philologue allemand qui publia en 1759-1764 une édition des œuvres d'Homère.

comme ils ont ces petites attentions de l'amitié, mille fois plus précieuses que de magnifiques présents par lesquels la vanité de celui qui les fait nous humilie. Je baise ce nœud mille fois, et dans chaque baiser j'aspire et je savoure le souvenir des délices dont me comblèrent ces jours si peu nombreux, si rapides, si irréparables ! Cher Wilhelm, il n'est que trop vrai, et je n'en murmure pas, oui, les fleurs de la vie ne sont que des fantômes. Combien se fanent sans laisser la moindre trace ! combien peu donnent des fruits ! et combien peu de ces fruits parviennent à leur maturité ! Et pourtant il y en a encore assez ; et même — ô mon frère ! — pouvons-nous voir des fruits mûrs, et les dédaigner, et les laisser pourrir sans en jouir ?

Adieu. L'été est magnifique. Je m'établis souvent sur les arbres du verger de Charlotte. Au moyen d'une longue perche, j'abats les poires les plus élevées. Elle est au pied de l'arbre, et les reçoit à mesure que je les lui jette.

---

30 août.

Malheureux ! n'es-tu pas en démence ? ne te trompes-tu pas toi-même ? qu'attends-tu de cette passion frénétique et sans terme ? Je n'adresse plus de vœux qu'à elle seule ; mon imagination ne m'offre plus d'autre forme que la sienne, et je ne perçois tout ce qui m'entoure que par rapport à elle. Je passe ainsi quelques heures de bonheur — jusqu'à ce que, de nouveau, je sois forcé de m'arracher d'elle. Ah ! Wilhelm, où m'emporte souvent mon cœur ! Quand j'ai passé, assis à ses côtés, deux ou trois heures à me repaître de sa figure, de son maintien, de l'expression céleste de ses paroles ; que peu à peu tous mes sens s'embrasent, que mes yeux s'obscurcissent, qu'à peine j'entends encore, et que cela me prend à la gorge comme un assassin ; qu'alors mon cœur, par de rapides battements, cherche à donner du jeu à mes sens suffoqués et ne fait qu'augmenter leur trouble[1] — Wilhelm, souvent, je ne sais pas si je suis au monde ! Et — lorsque la douleur ne prend pas le dessus, et que Charlotte ne m'accorde pas la misérable consolation de pleurer sur sa main et de dissiper ainsi le serrement de mon cœur, alors il faut que je m'éloigne, que je fuie, que j'aille errer dans les campagnes ; gravir une montagne escarpée, voilà ce qui, alors, fait ma joie, me frayer un chemin à travers une forêt impénétrable, à travers les haies qui me blessent, les épines qui me déchirent ! Alors je me trouve un peu mieux, un peu ! Et quand, accablé de fatigue et de soif, je me vois forcé de suspendre ma course ; que, dans une forêt solitaire, au milieu de la nuit, aux rayons de la lune, je m'assieds sur un tronc tortueux pour soulager un instant mes pieds déchirés, et que, dans ce clair-obscur, je m'abandonne à une torpeur épuisante ! O Wilhelm ! une cellule solitaire, le cilice et la ceinture épineuse[2] seraient des soulagements après lesquels mon âme aspire. Adieu. Je ne vois à tant de souffrance d'autre terme que le tombeau.

---

3 septembre.

Il faut partir ! Je te remercie, mon ami, d'avoir fixé ma résolution chancelante. Voilà quinze jours que je médite le projet de la quitter. Il faut décidément partir. Elle est encore une fois à la ville, chez une amie. Et Albert — et — il faut partir !

---

1. On notera la description minutieuse de toutes les manifestations corporelles de la souffrance amoureuse. **2.** Description de la tenue de pénitence portée par certains ermites ou par certains moines. Le cilice est une étoffe rude ; la ceinture épineuse fait penser à la couronne d'épines du Christ.

10 septembre.

Quelle nuit, Wilhelm ! A présent, je puis tout surmonter. Je ne la verrai plus. Oh ! que ne puis-je voler à ton cou, mon bon ami, et t'exprimer, par mes transports et par des torrents de larmes, tous les sentiments qui assaillent mon cœur ! Je suis assis là, essayant de reprendre mon souffle, de me calmer, j'attends le matin, et, à l'aube, les chevaux seront à ma porte.

Ah ! elle dort d'un sommeil tranquille, et ne pense pas qu'elle ne me reverra jamais. Je m'en suis arraché ; et, pendant deux heures d'entretien, j'ai eu assez de force pour ne point trahir mon projet. Et, Dieu ! quel entretien !

Albert m'avait promis de se trouver au jardin [1], avec Charlotte, aussitôt après le souper. J'étais sur la terrasse, sous les hauts marronniers, et je regardais le soleil que, pour la dernière fois, je voyais se coucher au-dessus de la riante vallée et du fleuve paisible. Je m'étais si souvent trouvé à la même place avec elle ! nous avions tant de fois contemplé ensemble ce magnifique spectacle ! et maintenant... J'allais et venais dans cette allée que j'aimais tant ; un attrait sympathique m'y avait si souvent amené, avant même que je connusse Charlotte ! et quelles délices lorsque nous nous découvrîmes réciproquement notre inclination pour ce site, le plus charmant que l'art ait jamais produit.

D'abord, entre les marronniers, on a la plus belle vue. Mais je me rappelle, je crois, t'avoir déjà fait cette description ; je t'ai parlé de cette allée où l'on se trouve emprisonné par des murailles de hêtres, de cette allée qui s'obscurcit insensiblement à mesure qu'on approche d'un bosquet à travers lequel elle passe, et qui finit par aboutir à une petite enceinte, où l'on éprouve le frisson de la solitude. Je sens encore le saisissement qui me prit lorsque,

---

1. Il s'agit du jardin à l'anglaise décrit dans la première lettre. Ce parc sera également évoqué dans les dernières pages du texte : lieu symbolique où semble s'abolir l'opposition entre nature et culture, puisque la culture s'efforce de s'y faire nature.

par un soleil de midi, j'y entrai pour la première fois. J'eus un pressentiment vague de félicité et de douleur.

J'étais depuis une demi-heure livré aux douces et cruelles pensées de la séparation et des retrouvailles, lorsque je les entendis monter sur la terrasse. Je courus au-devant d'eux ; je lui pris la main avec un saisissement, et je la baisai. Alors la lune commençait à paraître derrière les buissons des collines. Tout en parlant, nous nous approchions insensiblement du cabinet sombre. Charlotte y entra, et s'assit ; Albert se plaça auprès d'elle, et moi de l'autre côté. Mais mon agitation ne me permit pas de rester en place ; je me levai, je me mis devant elle, fis quelques tours, et me rassis : j'étais dans un état violent. Elle nous fit remarquer le bel effet de la lune qui, à l'extrémité de la charmille, éclairait toute la terrasse : coup d'œil superbe, et d'autant plus frappant que nous étions environnés d'une obscurité profonde. Nous gardâmes quelque temps le silence ; elle le rompit par ces mots : « Jamais, non, jamais je ne me promène au clair de lune que je ne me rappelle mes défunts, que je ne sois frappée du sentiment de la mort et de l'avenir [1]. Nous renaîtrons (continua-t-elle d'une voix qui exprimait un vif mouvement du cœur) ; mais, Werther, nous retrouverons-nous ? nous reconnaîtrons-nous ? que pressentez-vous ? qu'en dites-vous ?

— Charlotte, dis-je en lui tendant la main et sentant mes larmes couler. Nous nous reverrons ! En cette vie et en l'autre nous nous reverrons !... » Je ne pus en dire davantage... Wilhelm, fallait-il qu'elle me fît une semblable question, au moment même où je portais dans mon sein une si cruelle séparation !

« Ces chers amis que nous avons perdus, continua-

---

1. L'association de la lune et du souvenir des défunts est fréquente dans la littérature de l'époque, par exemple dans l'ode *Les Tombes précoces* (*Die frühen Gräber*, 1764) de Klopstock dont voici la dernière strophe, caractéristique de cette atmosphère élégiaque : « Ô vous, âmes nobles, hélas, une mousse / Austère recouvre déjà vos tombeaux ! / Ô que j'étais heureux, lorsque avec vous encore / Je voyais rougeoyer le jour, et scintiller la nuit. »

t-elle, savent-ils quelque chose de nous ? ont-ils le sentiment que, dans nos moments de bonheur, nous nous souvenons d'eux avec amour et chaleur ? Ah ! l'image de ma mère est toujours devant mes yeux, lorsque, le soir, je suis assise tranquillement au milieu de ses enfants, au milieu de mes enfants, et qu'ils sont là autour de moi comme ils étaient autour d'elle. Avec ardeur je lève au ciel mes yeux mouillés de larmes ; je voudrais que du ciel elle pût regarder un instant comme je lui tiens la parole que je lui donnai à sa dernière heure d'être la mère de ses enfants. Je m'écrie cent et cent fois : "Pardonne, chère mère, si je ne suis pas pour eux ce que tu fus toi-même. Hélas ! je fais tout ce que je puis : ils sont vêtus, nourris, et, ce qui est plus encore, ils sont choyés, chéris. Âme chère et bienheureuse, que ne peux-tu voir l'harmonie qui règne entre nous ! Quelles actions de grâces tu rendrais à ce Dieu à qui tu demandas, en versant des larmes amères, le bonheur de tes enfants[1] !" »

Voilà ce qu'elle a dit ! O Wilhelm, qui peut répéter ce qu'elle a dit ? Comment les caractères froids et inanimés peuvent-ils rendre l'efflorescence divine de l'esprit ? Albert, l'interrompant avec douceur : « Cela vous affecte trop, Charlotte ; je sais combien ces idées vous sont chères ; mais je vous prie... — O Albert ! interrompit-elle, je sais que tu n'as pas oublié ces soirées où nous étions assis ensemble autour de la petite table ronde, lorsque mon père était en voyage, et que nous avions envoyé coucher les enfants. Tu apportais souvent un bon livre ; mais tu n'arrivais à lire que rarement : l'entretien de cette belle âme n'était-il pas préférable à tout ? Quelle femme ! belle, douce, enjouée et toujours active ! Dieu connaît les larmes que

---

1. Toute cette lettre est profondément marquée par la poésie nocturne mise à la mode par les *Nuits* d'Edward Young (titre original : *The Complaint, or Night-Thoughts on Life, Death and Immortality*, 1742). A la fin du second livre, les poèmes d'Ossian créent un climat comparable (chez Ossian, on retrouvera d'ailleurs ces effets nocturnes, la lune, les monuments funéraires, etc.).

je verse souvent dans mon lit, en me jetant devant lui, pour qu'il daigne me rendre semblable à ma mère...

— Charlotte ! m'écriai-je en me jetant à ses pieds et lui prenant la main que je baignai de mes larmes ; Charlotte, que la bénédiction du ciel repose sur toi, ainsi que l'esprit de ta mère ! — Si vous l'aviez connue ! me dit-elle en me serrant la main. Elle était digne d'être connue de vous. » Je crus mourir ; jamais mot plus grand, plus glorieux n'a été prononcé sur moi. Elle poursuivit : « Et cette femme a vu la mort l'enlever à la fleur de son âge, lorsque le dernier de ses fils n'avait pas encore six mois ! Sa maladie ne fut pas longue. Elle était calme, résignée ; ses enfants seuls lui faisaient de la peine, et surtout le petit. Lorsqu'elle sentit venir sa fin, elle me dit : "Amène-les-moi." Je les conduisis dans sa chambre : les plus jeunes ne connaissaient pas encore la perte qu'ils allaient faire ; les autres étaient consternés. Je les vois encore autour de son lit. Elle leva les mains et pria sur eux ; elle les embrassa les uns après les autres, les renvoya, et me dit : "Sois leur mère !" J'en fis le serment. "Tu me promets beaucoup, ma fille, me dit-elle : le cœur d'une mère ! l'œil d'une mère ! Tu sens ce que c'est ; les larmes de reconnaissance que je t'ai vue verser tant de fois m'en assurent. Aie l'un et l'autre pour tes frères et tes sœurs ; et pour ton père, la foi et l'obéissance d'une épouse. Tu le consoleras." Elle demanda à le voir ; il était sorti pour nous cacher la douleur insupportable qu'il sentait. Le pauvre homme était déchiré !

« Albert, tu étais dans la chambre ! Elle entendit quelqu'un marcher ; elle demanda qui c'était, et te fit approcher près d'elle. Comme elle nous regarda l'un et l'autre, dans la consolante pensée que nous serions heureux ensemble ! » Albert la saisit dans ses bras, et l'embrassa en s'écriant : « Nous le sommes ! nous le serons ! » Le flegmatique Albert était tout hors de lui, et moi, je ne me connaissais plus.

« Werther, reprit-elle, et que cette femme ait pu disparaître ! Dieu ! quand je pense comme on se laisse enlever ce qu'on a de plus cher dans la vie ! Et personne ne le sent aussi vivement que les enfants : longtemps encore après, les nôtres se plaignaient que *les hommes noirs avaient emporté maman.* »

Elle se leva. Réveillé et ébranlé par ce mouvement, je restais assis et retenais sa main. « Il faut rentrer, dit-elle ; il est temps. » Elle voulait retirer sa main ; je la retins avec plus de force. « Nous nous reverrons ! m'écriai-je, nous nous reverrons ; parmi toutes les formes, nous nous reconnaîtrons. Je vais vous quitter, continuai-je, je vous quitte de mon propre gré ; mais, s'il fallait que ce fût pour toujours, je ne saurais le supporter. Adieu, Charlotte ; adieu, Albert. Nous nous reverrons. — Demain, je pense », dit-elle en souriant. Je sentis ce demain ! Ah ! elle ne savait pas, lorsqu'elle retirait sa main de la mienne. — Ils descendirent l'allée ; je les suivis de l'œil au clair de la lune. Je me jetai à terre en sanglotant. Je me relevai, je courus sur la terrasse ; je regardai en bas, et je vis encore, dans l'ombre des grands tilleuls, sa robe blanche jeter de pâles reflets en s'éloignant vers la porte du jardin ; j'étendis les bras, et tout disparut.

LIVRE SECOND

20 octobre 1771.

Nous sommes arrivés hier. L'ambassadeur est indisposé, et ne sortira pas de quelques jours. S'il était seulement moins désobligeant, tout irait bien. Je le vois, je le vois bien, le sort m'a préparé de rudes épreuves ! Mais, courage, un esprit léger supporte tout ! Un esprit léger ! je ris de voir ce mot venir au bout de ma plume. Hélas ! un peu de cette légèreté me rendrait l'homme le plus heureux de la terre. Quoi ! d'autres, avec très peu de force et de savoir, se pavanent devant moi, pleins de suffisance, et moi, je désespère de mes forces et de mes talents ! Dieu puissant, qui m'as fait tous ces dons, que n'en as-tu retenu une partie, pour me donner à la place la confiance en moi-même et un caractère facile à satisfaire !

Patience, patience, tout ira bien. En vérité, mon ami, tu as raison. Depuis que je suis tous les jours poussé dans la foule, et que je vois ce qu'ils font, je suis plus content de moi-même. Cela devait arriver : car, puisque nous sommes faits de telle sorte que nous comparons tout avec nous-mêmes et nous-mêmes avec tout, il s'ensuit que le bonheur ou l'infortune gît dans les objets que nous contemplons, et dès lors il n'y a rien de plus dangereux que la solitude. Notre imagination, portée par sa nature à s'élever, et nourrie de poésie, se crée une échelle d'êtres dont nous ne formerions guère que l'extrémité inférieure, où tout, en dehors de nous-mêmes, serait plus éblouissant, où l'autre serait plus parfait. Et cela est tout naturel : nous sentons si souvent qu'il nous manque quelque chose ; ce qui nous fait défaut, il nous semble qu'un autre le possède, et nous lui prêtons tout ce que nous avons nous-mêmes et, de surcroît, une forme de sérénité idéale. Et voilà parachevé l'homme heureux : une création de notre esprit.

Au contraire, lorsque, avec toute notre faiblesse, toute notre misère, nous marchons courageusement à un but, nous nous trouvons souvent plus avancés en louvoyant que d'autres en faisant force de voiles et de rames — et — cela, c'est avoir conscience de soi que d'égaler les autres, ou même de les devancer !

---

26 novembre 1771.

Je commence à me trouver assez bien ici à certains égards. Le meilleur, c'est que l'ouvrage ne manque pas, et que ce grand nombre de personnages et de nouveaux visages de toute espèce forme une bigarrure qui me distrait. J'ai fait la connaissance du comte de C..., pour qui je sens croître mon respect de jour en jour. C'est un homme d'un génie vaste, qui, pour embrasser un nombre important de choses, n'en est pas froid pour autant, et dont le commerce laisse transparaître une sensibilité largement ouverte aux choses de l'amitié et de l'amour. Il me prit en sympathie le jour où je m'acquittais auprès de lui d'une mission officielle ; il remarqua dès les premiers mots que nous nous entendions, et qu'il pouvait me parler comme il n'aurait pas fait avec tout le monde. Aussi je ne puis assez louer la manière ouverte dont il en use avec moi. Il n'y a pas au monde de joie plus vraie, plus sensible, que de voir une grande âme qui s'ouvre devant vous.

---

24 décembre1771.

L'ambassadeur me tourmente beaucoup ; je l'avais prévu. C'est le sot le plus pointilleux qu'on puisse voir, marchant pas à pas, et minutieux comme une vieille femme. C'est un homme qui n'est jamais content de lui-même, et que personne ne peut contenter. Je travaille avec une certaine facilité, et n'aime pas avoir à y revenir. Il sera homme à me rendre un mémoire, et à me dire : « Il est bien ; mais revoyez-le : on trouve toujours un meilleur mot, une particule plus juste. » Alors je me donnerais au diable de bon cœur. Pas un *et*, pas la moindre conjonction ne peut être omise, et il est ennemi mortel de toute inversion[1] qui m'échappe quelquefois. Si une période n'est pas construite suivant sa vieille routine de style, il n'y entend rien. C'est un martyre que d'avoir affaire à un tel homme.

La confiance du comte de C... est la seule chose qui me dédommage. Il n'y a pas longtemps qu'il me dit franchement combien il était mécontent de la lenteur, des minuties et de l'irrésolution de mon ambassadeur. « Ces gens-là sont insupportables à eux-mêmes et aux autres. Et cependant, disait le comte, il faut en prendre son parti, comme un voyageur qui est obligé de passer une montagne : sans doute, si la montagne n'était pas là, le chemin serait bien plus facile et plus court ; mais elle y est, et il faut passer. »

Le vieux s'aperçoit bien de la préférence que le comte me donne sur lui, ce qui l'aigrit encore, et il saisit toutes les occasions de parler mal du comte devant moi ; je lui réponds évidemment, et la chose ne peut que s'envenimer. Hier, il réussit même à me

---

1. Le groupe des amis de Herder et du jeune Goethe (qui forment l'essentiel de ce que, dans les histoires littéraires, on nomme le *Sturm und Drang*) désirait rompre avec les préceptes stylistiques anciens et donner à la langue allemande une plus grande expressivité. Dans cette quête de dynamisme, ils préconisèrent notamment l'inversion, c'est-à-dire le fait de placer en tête de phrase non pas le sujet du verbe, mais l'élément que l'auteur désire mettre en lumière. Werther s'inscrit dans ce mouvement-là ; l'original allemand de ses lettres en donne quelques exemples qui ne se retrouvent guère dans la traduction (l'inversion est en effet bien plus rare en français). Cf. par exemple la lettre du 13 mai 1771, p. 46 : « *so ungleich, so unstet hast du nichts gesehen als dieses Herz* » ; littéralement : « d'aussi inégal, d'aussi inquiet, tu n'as rien vu que ce cœur... », etc.

mettre à bout, car c'est bien moi qui étais visé : « Le comte, me dit-il, connaît assez bien les affaires ; il a de la facilité, il écrit fort bien ; mais la véritable érudition lui manque, comme à tous les beaux esprits[1]. » Il accompagna ces mots d'une mine qui disait : Sens-tu le trait ? Je me sentis du mépris pour l'homme capable de penser et d'agir de la sorte. Je lui tins tête et m'engageai dans la bataille avec une certaine vivacité. Je répondis que le comte méritait toute considération, non pas seulement pour son caractère, mais aussi pour ses connaissances. « Je ne sache personne, dis-je, qui ait mieux réussi que lui à étendre son esprit, à l'appliquer à un nombre infini d'objets, tout en restant parfaitement propre à la vie active. » Tout cela était de l'hébreu pour lui. Je lui tirai ma révérence pour n'avoir pas à dévorer ses longs raisonnements.

Et c'est à vous que je dois m'en prendre, à vous qui m'avez attiré sous ce joug et qui m'avez tant prôné l'activité. L'activité ! Si celui qui plante des pommes de terre et va vendre son grain au marché n'est pas plus utile que moi, je veux ramer encore dix ans sur cette galère où je suis enchaîné.

Et cette brillante misère, cet ennui qui règne parmi le peuple désagréable ici réuni ! cette manie des rangs, qui fait qu'ils se surveillent et s'épient pour gagner un pas l'un sur l'autre ! que de petites, de pitoyables passions, qui ne sont pas même masquées !... Par exemple, il y a ici une femme qui entretient tout le monde de sa noblesse et de ses biens ; pas un étranger qui ne doive dire : Voilà une créature à qui la tête

---

1. Pour l'opposition entre l'érudition et le bel esprit, cf. Marc Fumaroli, *Trois institutions littéraires*, Paris, 1994, p. 38 ss. et p. 55 ss. Ce clivage qui, dans le XVIIe siècle français, recoupe en partie des distinctions sociales (la valorisation de l'élégance aristocratique s'accompagne de la mise à l'écart de la « pédanterie » des bourgeois) sous-tend également certains des débats qui agitent le XVIIIe siècle allemand. La signification sociale des différentes positions devient cependant plus complexe : un bourgeois comme Werther peut célébrer des valeurs (telles que l'élégance) autrefois ressenties comme essentiellement aristocratiques.

tourne pour quelques quartiers de noblesse et quelques arpents de terre. Eh bien ! ce serait lui faire beaucoup de grâce : elle est tout uniment fille d'un greffier du voisinage. Vois-tu, mon cher Wilhelm, je ne conçois rien à cette orgueilleuse espèce humaine, qui a assez peu de bon sens pour se prostituer aussi platement.

Au reste, il n'est pas sage, j'en conviens et je le vois davantage tous les jours, de juger les autres d'après soi. Et puisque j'ai tellement à m'occuper de moi-même et que mon cœur est si fougueux — oh, je laisse bien volontiers les autres suivre leur chemin, s'ils pouvaient seulement me laisser suivre le mien.

Ce qui me vexe le plus, ce sont ces misérables distinctions sociales[1]. Je sais aussi bien qu'un autre combien la distinction des rangs est nécessaire, combien d'avantages elle me procure à moi-même ; mais je ne voudrais pas qu'elle me barrât le chemin qui me conduise vers les quelques joies, les quelques reflets de bonheur auxquels je puis encore goûter sur terre. Je fis dernièrement connaissance à la promenade d'une demoiselle de B..., jeune personne qui, au milieu des airs empesés de ceux avec qui elle vit, a conservé beaucoup de naturel. L'entretien nous plut ; et, lorsque nous nous séparâmes, je lui demandai la permission de la voir chez elle. Elle me l'accorda avec tant de cordialité, que je pouvais à peine attendre l'heure convenable pour l'aller voir. Elle n'est point de cette ville, et demeure chez une tante. La physionomie de la vieille tante ne me plut point. Je lui témoignai pourtant les plus grandes attentions, et lui adressai presque toujours la parole. En moins d'une demi-heure je démêlai ce

---

1. Dans l'Allemagne de 1770, les *distinctions sociales* relevées par Werther sont bien plus marquées qu'en France. Plus de trente ans plus tard, Mme de Staël notera encore : « La séparation des classes [...] est plus prononcée en Allemagne que partout ailleurs, parce que la société n'en adoucit pas les nuances » (*De l'Allemagne*, I, chap. 2). On notera la position paradoxale de Werther : il fait l'éloge de certaines qualités aristocratiques (cf. la note précédente), mais ne manque pas de critiquer la noblesse et la rigidité de ses préjugés sociaux.

que l'aimable nièce m'a avoué depuis, que la chère tante était dans un grand dénuement ; qu'elle n'avait, en fait d'esprit et de bien, pour toute ressource que la lignée de ses ancêtres, pour tout abri que le rang derrière lequel elle est retranchée, et pour toute récréation que le plaisir de regarder fièrement les bourgeois du balcon de son premier étage. Elle est censée avoir été belle dans sa jeunesse, avoir mené une vie insouciante et, à l'âge mûr, après avoir tourmenté par ses caprices plus d'un pauvre garçon, s'être soumise aux lois d'un vieil officier qui, pour une médiocre pension qu'il obtint à ce prix, passa avec elle le siècle d'airain et mourut. Maintenant elle se voit seule dans le siècle de fer[1], et personne ne la regarderait si sa nièce n'était pas si aimable.

---

8 janvier 1772.

Quels hommes que ceux dont l'âme tout entière gît dans le cérémonial, qui passent toute l'année à imaginer les moyens de monter d'un siège, à table ! Ce n'est pas qu'ils manquent d'ailleurs d'occupation ; tout au contraire, ces débats mesquins les empêchent de terminer les affaires importantes. C'est ce qui arriva la semaine dernière à une partie de traîneaux : toute la fête en fut troublée.

Les fous, qui ne voient pas que la place ne fait rien, à vrai dire, et que celui qui a la première joue bien rarement le premier rôle ! Combien de rois qui sont conduits par leurs ministres, et de ministres qui sont gouvernés par leurs secrétaires ! Et qui donc est le premier ? Celui, je pense, qui a plus de lumières que les autres, et assez de caractère ou d'adresse pour faire

---

1. Werther reprend (en l'appliquant aux diverses étapes de la vie humaine) la vision traditionnelle des différents âges du monde : l'âge d'or, l'âge d'argent, l'âge d'airain et enfin l'impitoyable âge de fer s'enchaînent dans un irréversible mouvement de déclin.

servir leur puissance et leurs passions à l'exécution de ses plans.

---

20 janvier.

Il faut que je vous écrive, aimable Charlotte, ici, dans la salle de la modeste auberge de campagne où je me suis réfugié contre le mauvais temps. Depuis que je végète dans ce triste D..., au milieu de gens étrangers, oui, très étrangers à mon cœur, je n'ai trouvé aucun instant, aucun où ce cœur m'ait ordonné de vous écrire ; mais, à peine dans cette cabane, dans ce réduit solitaire où la neige et la grêle se déchaînent contre ma petite fenêtre, vous avez été ma première pensée. Dès que j'y suis entré, votre idée, ô Charlotte ! cette idée, ce souvenir fervent et sacré m'a assailli. Dieu ! le premier instant de bonheur depuis longtemps.

Si vous me voyiez, Charlotte, au milieu du torrent des distractions ! comme tous mes sens se dessèchent ! Pas un seul instant de plénitude du cœur[1], pas une seule heure de bonheur ! rien ! rien ! Je suis comme en face d'une boîte magique : je vois de petits hommes et de petits chevaux passer et repasser devant moi, et je me demande souvent si ce n'est point une illusion d'optique. Je suis acteur aussi, je joue aussi mon rôle ; ou plutôt on se joue de moi, on me fait mouvoir comme un automate. Je saisis quelquefois mon voisin par sa main de bois, et je recule en frissonnant. Le soir, je me propose de jouir du lever du soleil, et je n'arrive pas, le matin, à me lever. Pendant la journée, je me promets

---

1. L'éloge que Werther fait de l'abondance du cœur participe de cette valorisation de la sensibilité si répandue dans l'Europe des années 1760-1780. La sensibilité est une qualité universelle qui n'exige aucune qualification sociale particulière ; la richesse du cœur est plus importante que l'abondance matérielle. Friedrich Leopold Stolberg, l'un des amis de jeunesse de Goethe, publia en 1777 un court texte en prose intitulé *De la plénitude du cœur* (*Über die Fülle des Herzens*). Cf. aussi la fin de la lettre du 9 mai 1772, p. 127.

d'admirer le clair de lune, et je ne quitte pas la chambre. Je ne sais pas au juste pourquoi je me couche, pourquoi je me lève.

Le levain qui faisait fermenter ma vie me manque ; l'aiguillon qui me tenait éveillé au milieu des nuits, et qui m'arrachait au sommeil le matin, a disparu.

Je n'ai trouvé ici qu'une seule créature qui mérite le nom de femme, mademoiselle de B... Elle vous ressemble, Charlotte, si l'on peut vous ressembler. Oh ! dites-vous, il se mêle aussi de faire des compliments ! Cela n'est pas tout à fait faux. Depuis quelque temps je suis fort aimable, parce que je ne puis être autre chose : je fais de l'esprit, et les femmes disent que personne ne sait louer plus joliment que moi (ni mentir, ajoutez-vous, car l'un ne va pas sans l'autre). Je voulais vous parler de mademoiselle de B... Elle a beaucoup d'âme, et cette âme perce tout entière à travers ses yeux bleus. Son rang lui est à charge ; il ne contente aucun des désirs de son cœur. Elle aspire à se voir hors du tumulte, et nous passons quelquefois des heures entières à nous figurer un bonheur sans mélange, au milieu de scènes champêtres, et vous, Charlotte, toujours avec nous. Ah ! combien de fois n'est-elle pas obligée de vous rendre hommage ! Elle le fait volontiers : elle a tant de plaisir à entendre parler de vous ! Elle vous aime.

Oh ! si j'étais assis à vos pieds dans votre petite chambre favorite, tandis que les enfants sauteraient autour de moi ! Quand vous trouveriez qu'ils feraient trop de bruit, je les rassemblerais tranquilles auprès de moi en leur contant quelque effrayant conte.

Le soleil se couche majestueusement derrière ces collines resplendissantes de neige. La tempête est passée, et je — je dois retourner m'enfermer dans ma cage. Adieu ! Albert est-il auprès de vous ? et comment — ? Dieu me pardonne cette question !

---

8 février.

Voilà huit jours qu'il fait le temps le plus affreux, et je m'en réjouis : car, depuis que je suis ici, il n'a pas fait un beau jour qu'un importun ne soit venu me l'enlever ou me l'empoisonner. Au moins, lorsqu'il pleut, vente, gèle, dégèle : Ha ! il ne peut faire, me dis-je, plus mauvais à la maison que dehors, et vice versa, et c'est tant mieux. Si le soleil levant promet une belle journée, je ne puis m'empêcher de m'écrier : Voilà donc encore une faveur du ciel qu'ils peuvent s'enlever les uns aux autres ! Il n'y a rien dont ils ne se privent les uns les autres. Santé, estime, gaieté, tranquillité ! La plupart du temps par bêtise, incompréhension, étroitesse d'esprit, et, à les entendre, avec les meilleures intentions. Je serais quelquefois tenté de les prier à genoux d'avoir pitié d'eux-mêmes, et de ne pas se déchirer les entrailles avec tant de fureur.

---

17 février.

Je crains bien que l'ambassadeur et moi-même n'arrivions plus à nous supporter pendant longtemps encore. Cet homme est parfaitement impossible ; sa manière de travailler et de conduire les affaires est si ridicule que je ne puis m'empêcher de le contrarier et de faire souvent à ma tête ; ce qui naturellement n'a jamais l'avantage de lui agréer. Il s'en est plaint dernièrement à la cour. Le ministre m'a fait une réprimande, douce à la vérité, mais enfin c'était une réprimande ; et j'étais sur le point de demander mon congé, lorsque j'ai reçu une lettre particulière de lui [a], une lettre devant laquelle je me suis mis à genoux pour

---

a. Par respect pour cet excellent homme, on a retiré cette lettre, ainsi qu'une autre dont il est fait mention un peu plus loin, du recueil présenté ici, estimant que les applaudissements les plus chaleureux du public ne pouvaient pas excuser une telle audace.

adorer le sens droit, ferme et élevé qui l'a dictée. Tout en louant mes idées exagérées sur l'efficacité, l'influence sur les autres, la pénétration dans les affaires, qu'il traite de noble ardeur de jeunesse, il tâche, non de détruire cette ardeur, mais de la modérer et de la réduire à ce point où elle peut être de mise et avoir de bons effets. Aussi me voilà encouragé pour huit jours, et réconcilié avec moi-même. Le repos de l'âme est une superbe chose, et aussi la joie en soi-même. Si seulement, cher ami, ce joyau n'était pas aussi fragile qu'il est rare et précieux !

---

20 février.

Que Dieu vous bénisse, mes amis, et vous donne tous les jours de bonheur qu'il me retranche !

Je te rends grâces, Albert, de m'avoir trompé. J'attendais l'avis qui devait m'apprendre le jour de votre mariage, et je m'étais promis de détacher, ce même jour, avec solennité, la silhouette de Charlotte de la muraille, et de l'enterrer parmi d'autres papiers. Vous voilà unis, et son image est encore ici ! Elle y restera ! Et pourquoi non ? La mienne n'est-elle pas aussi chez vous ? Ne suis-je pas aussi, sans te nuire, dans le cœur de Charlotte ? J'y tiens, oui, j'y tiens la seconde place, et je veux, je dois la conserver. Oh ! je serais furieux, si elle pouvait oublier — dans cette seule pensée, Albert, il y a un enfer. Adieu, Albert ! Adieu, ange du ciel ! Adieu, Charlotte !

---

15 mars.

J'ai essuyé une mortification qui me chassera d'ici. Je grince les dents ! Diable ! c'est une chose irréparable ; et c'est encore à vous que je dois m'en prendre, à vous qui m'avez aiguillonné, poussé, tourmenté pour me faire prendre un emploi qui ne me convenait pas.

Eh bien, voilà pour moi ! voilà pour vous ! Et afin que tu ne dises pas encore que mes idées grossissent tout, je vais, cher monsieur, te faire un récit avec toute la précision et platitude d'un chroniqueur.

Le comte de C... m'aime, me distingue ; on le sait, je te l'ai dit cent fois. Je dînais hier chez lui : c'était son jour de grande soirée ; il reçoit ce jour-là toute la haute noblesse du pays. Je n'y avais pas pensé ; surtout il ne m'était jamais venu dans l'esprit que nous autres subalternes nous ne sommes pas là à notre place. Fort bien. Après le dîner, nous passons au salon, le comte et moi ; nous causons. Le colonel de B... survient, se mêle de la conversation, et insensiblement l'heure de la soirée arrive : Dieu sait si je pense à rien. Alors entre la sérénissime dame de S... avec son noble époux, et leur oison de fille avec sa gorge plate et son corps effilé et tiré au cordeau ; ils passent auprès de moi avec un air insolent et leur morgue de grands seigneurs. Comme je déteste cordialement cette race, je voulais tirer ma révérence, et j'attendais seulement que le comte fût délivré du babil dont on l'accablait, lorsque mademoiselle de B... entra. Je sens toujours mon cœur s'épanouir un peu quand je la vois : je demeurai, je me plaçai derrière son fauteuil, et ce ne fut qu'au bout de quelque temps que je m'aperçus qu'elle me parlait d'un ton moins ouvert que de coutume et avec une sorte d'embarras. J'en fus surpris. « Est-elle aussi comme tout ce monde-là ? » dis-je en moi-même. J'étais piqué ; je voulais me retirer, et cependant je restai encore ; je ne demandais qu'à la justifier ; j'espérais un mot d'elle, et — tout ce que tu veux. Cependant le salon se remplit : c'est le baron de F..., couvert de toute la garde-robe du temps du couronnement de François Ier ; le conseiller R..., annoncé ici sous le titre d'*excellence*, et accompagné de sa sourde moitié ; sans oublier le ridicule de J..., qui mêle dans tout son habillement le gothique à la mode la plus nouvelle. Il en vient une foule, j'adresse la parole à quelques personnes de ma connaissance que je trouve fort laconiques[1]. Je ne pensais et ne prenais garde qu'à mademoiselle de B... Je n'apercevais pas que les femmes se parlaient à l'oreille au bout du salon, qu'il circulait quelque chose parmi les hommes, que madame de S... s'entretenait avec le comte : mademoiselle de B... m'a raconté tout cela depuis. Enfin le comte vint à moi et me conduisit dans l'embrasure d'une fenêtre. « Vous connaissez, me dit-il, notre bizarre étiquette. La société, à ce qu'il me semble, ne vous voit point ici avec plaisir ; je ne voudrais pas pour tout... — Excellence, lui dis-je en l'interrompant, je vous demande mille pardons ; j'aurais dû y songer plus tôt ; vous me pardonnerez cette inconséquence. J'avais déjà pensé à me retirer ; un mauvais génie m'a retenu », ajoutai-je en riant et en lui faisant ma révérence. Le comte me serra la main avec une expression qui disait tout. Je quittai discrètement l'illustre compagnie, sortis, montai dans une voiture, et me rendis à M..., pour y voir de la montagne le soleil se coucher ; et là je lus ce beau chant d'Homère où Ulysse reçoit l'hospitalité du digne porcher[2]. Tout cela était fort bien.

Je revins le soir pour souper. Il n'y avait encore à notre pension que quelques personnes qui jouaient aux dés sur le coin de la table, après avoir écarté un bout de la nappe. Je vis entrer l'honnête Adelin. Il accrocha son chapeau en me regardant, vint à moi, et me dit tout bas : « Tu as eu des désagréments ? — Moi ? — Le comte t'a fait quitter son salon. — Au diable le salon ! J'étais bien aise de prendre l'air. — Fort bien, dit-il, tu as raison d'en rire. Je suis seulement fâché que l'affaire soit connue partout. » Ce fut alors que je me sentis

---

1. On pourra comparer cette description avec celle que Mme de Staël fait de la société allemande au tournant du XVIIIe et du XIXe siècle : « En Allemagne, chacun est à son rang, à sa place, comme à son poste, et l'on n'a pas besoin de tournures habiles, de parenthèses, de demi-mots, pour exprimer les avantages de naissance ou de titre que l'on se croit sur son voisin » (*De l'Allemagne*, I, chap. 11). **2.** *Odyssée*, chant XIV : arrivé à Ithaque, Ulysse est accueilli par le porcher Eumée. A la sécheresse des aristocrates, Werther oppose l'hospitalité des gens du peuple.

piqué. Tous ceux qui venaient se mettre à table, et qui me regardaient, me paraissaient au fait de mon aventure, et le sang me bouillait.

Et maintenant que partout où je vais j'apprends que mes envieux triomphent, en disant qu'on voyait bien quel était le sort réservé à tous ces présomptueux qui, imbus de leurs quelques grains d'esprit, se croient permis de s'élever au-dessus de leur condition, et d'autres fadaises de ce tonneau-là — alors on se donnerait volontiers un couteau dans le cœur. Qu'on dise ce qu'on voudra de l'indépendance d'esprit ; je voudrais voir celui qui peut souffrir que des gredins glosent sur son compte, lorsqu'ils ont sur lui quelque prise. Quand leurs propos sont sans nul fondement, ah ! l'on peut alors ne pas s'en mettre en peine.

---

16 mars.

Tout conspire contre moi. J'ai rencontré aujourd'hui mademoiselle de B... à la promenade. Je n'ai pu m'empêcher de lui parler, et, dès que nous nous sommes trouvés un peu écartés de la compagnie, de lui témoigner combien j'étais blessé de sa conduite avec moi, l'autre jour. « Werther ! m'a-t-elle dit avec chaleur, avez-vous pu, connaissant mon cœur, interpréter ainsi mon trouble ? Que n'ai-je pas souffert pour vous, depuis l'instant où j'entrai dans le salon ! Je prévis tout ; cent fois j'eus la bouche ouverte pour vous le dire. Je savais que les S... et les T... quitteraient la place plutôt que de rester dans votre société ; je savais que le comte n'oserait pas se brouiller avec eux ; et aujourd'hui quel tapage ! — Comment, mademoiselle ! » dis-je en dissimulant ma frayeur ; car tout ce qu'Adelin m'avait dit avant-hier me courait en ce moment par les veines comme une eau bouillante. « Que cela m'a déjà coûté ! », ajouta cette douce créature, les larmes aux yeux. Je n'étais plus maître de moi-même, et j'étais sur le point de me jeter à ses pieds.

« Expliquez-vous », lui dis-je. Ses larmes coulèrent sur ses joues ; j'étais hors de moi. Elle les essuya sans vouloir les cacher. « Ma tante ! vous la connaissez, reprit-elle ; elle était présente, et elle a vu, ah ! de quel œil elle a vu cette scène ! Werther, j'ai essuyé hier soir et ce matin un sermon sur ma liaison avec vous, et il m'a fallu vous entendre ravaler, humilier, sans pouvoir, sans oser vous défendre qu'à demi. »

Chaque mot qu'elle prononçait était un coup de poignard pour mon cœur. Elle ne sentait pas quel acte de compassion c'eût été que de me taire tout cela. Elle ajouta tout ce qu'on disait encore de mon aventure, et quel triomphe ce serait pour les gens les plus dignes de mépris ; comme on exulterait, se réjouirait de voir enfin punis cette arrogance et ce dédain des autres qui m'étaient reprochés depuis longtemps. Entendre tout cela de sa bouche, Wilhelm, prononcé d'une voix si compatissante ! J'étais atterré, et j'en ai encore la rage dans le cœur. Je voudrais que quelqu'un s'avisât de me vexer, pour pouvoir lui passer mon épée au travers du corps ! Si je voyais du sang, je serais plus tranquille. Ah ! j'ai déjà cent fois saisi un couteau pour faire cesser l'oppression de mon cœur. L'on parle d'une noble race de chevaux qui, quand ils sont échauffés et surmenés, s'ouvrent eux-mêmes, par instinct, une veine avec les dents pour se faciliter la respiration. Je me trouve souvent dans le même cas : je voudrais m'ouvrir une veine qui me procurât la liberté éternelle.

---

24 mars.

J'ai offert ma démission à la cour, j'espère qu'elle sera acceptée. Vous me pardonnerez si je ne vous ai pas préalablement demandé votre permission. Il fallait que je partisse, et je sais d'avance tout ce que vous auriez pu dire pour me persuader de rester, donc... — Essaie d'apprendre la nouvelle à ma mère en édulcorant l'amertume de la potion. Je ne saurais me satisfaire moi-même : elle ne doit donc pas murmurer, si je ne puis la contenter non plus. Cela doit sans doute lui faire de la peine : voir son fils s'arrêter tout à coup dans la carrière qui devait le mener au conseil privé et aux ambassades ; le voir remettre sa monture à l'écurie ! Faites tout ce que vous voudrez, combinez tous les cas possibles où j'aurais dû rester : il suffit, je pars. Et afin que vous sachiez où je vais, je vous dirai qu'il y a ici le prince de *** qui se plaît à ma société ; dès qu'il a entendu parler de mon dessein, il m'a prié de l'accompagner dans ses terres et d'y passer le printemps. J'aurai liberté entière, il me l'a promis ; et comme nous nous entendons jusqu'à un certain point, je veux courir la chance, et je pars avec lui.

Annonce

19 avril.

Je te remercie de tes deux lettres. Je n'y ai point fait de réponse, parce que j'avais différé l'envoi de celle-ci jusqu'à ce que j'eusse obtenu mon congé de la cour, dans la crainte que ma mère ne s'adressât au ministre et ne gênât mon projet. Mais c'est une affaire faite ; le congé est arrivé. Il est inutile de vous dire avec quelle répugnance on a accepté cette démission, et tout ce que le ministre m'a écrit : vous éclateriez en lamentations. Le prince héréditaire m'a envoyé une gratification de vingt-cinq ducats, qu'il a accompagnée d'un mot dont j'ai été touché jusqu'aux larmes : je n'ai donc pas besoin de l'argent que je demandais à ma mère dans la dernière lettre que je lui écrivis.

---

5 mai.

Je pars demain : et comme mon lieu de naissance n'est éloigné de ma route que de six milles, je veux le revoir et me rappeler ces anciens jours pleins de songes heureux. Je veux entrer par cette porte par laquelle ma mère sortit avec moi, lorsque, après la mort de mon père, elle quitta ce séjour chéri pour aller se renfermer dans son insupportable ville. Adieu, Wilhelm ; tu auras des nouvelles de mon voyage.

---

9 mai.

J'ai fait le voyage vers mon pays avec la piété d'un pèlerin, et des sentiments imprévus se sont emparés de moi. Près d'un grand tilleul qui se trouve à un quart de lieue de la ville, sur la route de S..., je fis arrêter, descendis de voiture, et dis au postillon d'aller en avant, pour cheminer moi-même à pied et goûter toute la nouveauté, toute la vivacité de chaque réminiscence. J'étais là, sous ce tilleul qui était dans mon enfance le but et le terme de mes promenades. Quel changement ! En ce temps-là, plein d'une heureuse ignorance, j'aspirais à m'élancer vers ce monde inconnu où j'espérais trouver assez de nourritures et de jouissances de cœur pour remplir et satisfaire ma poitrine débordante de désirs. Maintenant, je reviens du vaste monde — O mon ami ! que d'espérances déçues ! que de plans renversés ! J'avais devant les yeux cette chaîne de montagnes qu'enfant j'ai tant de fois contemplée avec un œil d'envie : alors je restais là assis des heures entières, plein de désirs me portant au-delà ; toute mon âme se perdait dans ces forêts, dans ces vallées, qui semblaient me sourire dans le lointain, enveloppées de leur voile de vapeurs ; et lorsque, à l'heure dite, il fallait rentrer, qu'il m'était difficile de m'arracher à ce lieu que j'aimais tant. — Je m'approchai du bourg ; je saluai les jardins et les petites maisons que je reconnaissais : les nouvelles ne me plurent point ; tous les changements me faisaient mal. J'arrivai à la porte, et je me retrouvai à l'instant tout entier. Mon ami, je n'entrerai dans aucun détail ; quelque charme qu'ait eu pour moi tout ce que je vis, je ne te ferais qu'un récit monotone.

J'avais résolu de prendre mon logement sur la place, justement auprès de notre ancienne maison. En y allant, je remarquai que l'école où une bonne vieille nous emprisonnait dans notre enfance avait été changée en une boutique d'épicier. Je me rappelai l'inquiétude, les larmes, l'engourdissement des sens, l'angoisse subis dans ce trou. Je ne faisais pas un pas qui n'amenât un souvenir. Non, je le répète, un pèlerin en Terre Sainte trouve moins d'endroits de religieuse mémoire, et son âme n'est peut-être pas aussi remplie de saintes affections. — Un exemple pour mille. Je descendis la rivière jusqu'à une certaine métairie où j'allais aussi fort souvent autrefois : c'est un petit endroit où nous autres enfants faisions des ricochets à qui mieux mieux. Je me rappelle si bien comme je m'arrêtais quelquefois à regarder couler l'eau, avec quelles singulières conjectures j'en suivais le cours ; les idées merveilleuses que je me faisais des régions où elle parvenait ; comme mon imagination trouvait bientôt des limites, et pourtant ne pouvait s'arrêter, et se sentait forcée d'aller plus loin, plus loin encore, jusqu'à ce qu'enfin je me perdais dans la contemplation d'un invisible lointain. — Vois, mon cher, les magnifiques patriarches étaient aussi contraints et aussi heureux ! leur sentiment, leur poésie aussi enfantins ! Lorsque Ulysse parle de la mer illimitée, de la terre infinie, cela est si vrai, si humain, si chaleureux, si étroit et mystérieux. A quoi cela sert-il que, comme n'importe quel écolier, je sache répéter qu'elle est ronde ? L'homme n'a besoin que de quelques mottes de terre pour soutenir sa vie, et moins encore pour y reposer ses restes.

Je suis actuellement à la maison de plaisance du prince. Encore peut-on vivre avec cet homme-ci : il est vrai et simple ; mais il est entouré de personnages singuliers que je ne comprends pas. Ils n'ont pas l'air de fripons, et n'ont pas non plus la mine d'honnêtes gens. Parfois, ils me paraisssent honnêtes, et je ne puis néanmoins leur faire confiance. Ce qui me fâche aussi, c'est que le prince parle souvent de choses qu'il ne sait que par ouï-dire ou pour les avoir lues, et toujours dans le point de vue où on les lui a présentées.

Une chose encore, c'est qu'il fait plus de cas de mon esprit et de mes talents que de ce cœur qui fait ma seule fierté et qui est seul la source de tout, de toute force, de tout bonheur et de toute misère. Ah ! ce que je sais, tout le monde peut le savoir — mais mon cœur n'est qu'à moi.

---

25 mai.

J'avais quelque chose en tête dont je ne voulais vous parler qu'après coup ; mais puisqu'il n'en sera rien, je puis vous le dire actuellement. Je voulais aller à la guerre. Ce projet m'a tenu longtemps au cœur. Ç'a été le principal motif qui m'a engagé à suivre ici le prince qui est général au service de ***. Je lui ai découvert mon dessein dans une promenade ; il m'en a détourné ; et il aurait fallu plus de passion que de caprice pour ne pas me rendre à ses raisons.

---

11 juin.

Dis ce que tu voudras, je ne puis demeurer ici plus longtemps. Que faire ici ? je m'ennuie. Le prince me traite aussi bien qu'il est possible, et je ne suis pourtant pas à l'aise ; et, dans le fond, nous n'avons rien de commun ensemble. C'est un homme d'esprit, mais d'un esprit tout à fait ordinaire ; sa conversation ne m'amuse pas plus que la lecture d'un livre bien écrit ; je resterai encore huit jours, puis je recommencerai mes courses vagabondes. Ce que j'ai fait de mieux ici, ç'a été de dessiner. Le prince est amateur, et serait même un peu artiste, s'il était moins engoué du jargon scientifique. Souvent je grince les dents d'impatience et de colère, lorsque je m'échauffe à lui faire sentir la nature et à l'élever à l'art, et qu'il croit faire merveille s'il peut mal à propos fourrer dans la conversation quelque terme bien technique.

---

16 juin.

Oui, sans doute, je ne suis qu'un voyageur, un pèlerin sur la terre ! Et vous, qu'êtes-vous donc ?

---

18 juin.

Où je prétends aller ? je te le dirai en confidence. Je suis forcé de passer encore quinze jours ici. Je me suis dit que je voulais ensuite aller visiter les mines de *** ; mais, dans le fond, il n'en est rien : je ne veux que me rapprocher de Charlotte, et voilà tout. Je ris de mon propre cœur — et je fais toutes ses volontés.

---

29 juillet.

Non, c'est bien, tout est pour le mieux ! — Moi — son époux ! O Dieu qui m'as donné le jour, si tu m'avais préparé cette félicité, toute ma vie n'eût été qu'une prière continuelle ! Je ne veux point plaider contre ta volonté. Pardonne-moi ces larmes, pardonne-moi mes vains désirs ! — Elle, ma femme ! Si j'avais serré dans mes bras la plus douce créature qui soit sous le ciel !... Un frisson parcourt tout mon corps, Wilhelm, lorsque Albert met ses bras autour de sa taille si fine.

Et cependant, le dirai-je ? Pourquoi ne le dirais-je pas ? Wilhelm, elle eût été plus heureuse avec moi qu'avec lui ! Oh ! ce n'est point là l'homme capable de remplir tous les vœux de ce cœur. Un certain manque de sensibilité, un manque — prends-le comme tu voudras ; son cœur ne bat pas à l'unisson du sien lors — oh ! — lors de la lecture d'un livre aimé, où mon cœur et celui de Charlotte se rencontrent si bien, et dans mille autres circonstances, quand il nous arrive de dire notre sentiment sur une action. Cher Wilhelm ! — Il est vrai qu'il l'aime de toute son âme ; et que ne mérite pas un pareil amour ?...

Un importun m'a interrompu. Mes larmes sont séchées ; me voilà distrait. Adieu, cher ami.

---

4 août.

Je ne suis pas le seul à plaindre. Tous les hommes sont frustrés dans leurs espérances, trompés dans leur attente. J'ai été voir ma brave femme sous les tilleuls [1]. Son aîné accourut au-devant de moi ; un cri de joie qu'il poussa attira la mère, qui me parut fort abattue. Ses premiers mots furent : « Mon bon monsieur ! hélas ! mon Jean est mort ! » C'était le plus jeune de ses enfants. Je gardais le silence. « Mon homme, dit-elle, est revenu de la Suisse, et il n'a rien rapporté, et sans quelques bonnes âmes, il aurait été obligé de mendier : la fièvre l'avait pris en chemin. » Je ne pus rien lui dire ; je donnai quelque chose au petit. Elle me pria d'accepter quelques pommes ; je le fis, et je quittai ce lieu de triste souvenir.

---

21 août.

En un tour de main, je change. Souvent un doux rayon de vie veut bien se lever de nouveau et m'éclairer d'une demi-clarté, hélas ! seulement pour un moment. Quand je me perds aussi dans des rêves, je ne puis me défendre de penser : Et si Albert mourait ? Tu deviendrais ! oui, elle deviendrait — et alors, je poursuis cette chimère jusqu'à ce qu'elle me conduise

---

1. Cf. la lettre du 27 mai 1771, p. 53.

à des abîmes sur le bord desquels je m'arrête et recule en tremblant.

Lorsque je sors de la ville et que je me retrouve sur cette route que je parcourus en voiture la première fois que j'allai prendre Charlotte pour la conduire au bal, quel changement ! Tout, tout a disparu. Il ne me reste plus rien de ce monde qui a passé ; pas un battement de cœur du sentiment que j'éprouvais alors. Je suis comme un esprit qui, revenant dans le château qu'il bâtit autrefois lorsqu'il était un puissant prince, qu'il décora de tous les dons de la magnificence, et qu'il laissa en mourant à un fils plein d'espérance, le trouverait brûlé et démoli[1].

---

3 septembre.

Quelquefois je ne puis comprendre comment un autre *peut* l'aimer, *ose* l'aimer, quand je l'aime si uniquement, si profondément, si pleinement ; quand je ne connais rien, ne sais rien, n'ai rien qu'elle.

---

4 septembre.

Oui, c'est bien ainsi : de même que la nature s'incline vers l'automne, l'automne commence en moi et autour de moi. Mes feuilles jaunissent, et déjà les feuilles des arbres voisins sont tombées. Ne t'ai-je pas déjà parlé dans une de mes lettres d'un jeune valet de ferme que je vis quand je vins ici la première fois[2] ? J'ai demandé de ses nouvelles à Wahlheim. On me dit qu'il avait été chassé de la maison où il était, et per-

---

1. Sur l'importance de cette image, cf. Introduction. Cf. aussi la lettre du 9 mai 1772, p. 125 : Werther aurait préféré voir les lieux de son enfance figés dans leur état d'origine : « Je saluai les jardins et les petites maisons que je reconnaissais : les nouvelles ne me plurent point ; tous les changements me faisaient mal. » **2.** Cf. la lettre du 30 mai 1771, p. 55 et s.

sonne ne voulut m'en apprendre davantage. Hier je le rencontrai par hasard sur la route d'un autre village. Je lui parlai, et il me conta son histoire, dont je fus touché à un point que tu comprendras aisément lorsque je te l'aurai répétée. Mais à quoi bon ? Pourquoi ne pas garder pour moi seul ce qui m'effraie et me blesse ? pourquoi t'affliger aussi ? pourquoi te donner toujours l'occasion de me plaindre ou de me réprouver ? Qui sait ? cela tient peut-être aussi à ma destinée.

Le jeune homme ne répondit d'abord à mes questions qu'avec une sombre tristesse, dans laquelle je crus même démêler une certaine réserve ; mais bientôt, plus expansif, comme si tout à coup il nous eût reconnus tous les deux, il me fit le récit de sa faute, me raconta son malheur. Que ne puis-je, mon ami, porter chacune de ses paroles devant ton tribunal ! Il avoua, il raconta même avec une sorte de plaisir, et comme en jouissant de ses souvenirs, que sa passion pour la fermière avait augmenté de jour en jour ; qu'à la fin il ne savait plus ce qu'il faisait ; qu'il ne savait plus, selon son expression, où donner de la tête. Il ne pouvait plus ni manger, ni boire, ni dormir ; il étouffait ; il faisait ce qu'il ne fallait pas faire ; ce qu'on lui ordonnait, il l'oubliait : il semblait possédé par quelque démon. Un jour enfin qu'elle était montée dans un grenier, il l'avait suivie, ou plutôt il y avait été attiré après elle. Comme elle ne se rendait pas à ses prières, il voulut s'emparer d'elle de force. Il ne conçoit pas comment il en est venu là ; il prend Dieu à témoin que ses vues ont toujours été honorables, et qu'il n'a jamais souhaité rien plus ardemment que de l'épouser et de passer sa vie avec elle. Après avoir longtemps parlé, il hésita, et s'arrêta comme quelqu'un à qui il reste encore quelque chose à dire et qui n'ose le faire. Enfin il m'avoua avec timidité les petites familiarités qu'elle lui permettait quelquefois, les légères faveurs qu'elle lui accordait. Il s'interrompit à deux, à trois reprises, et répétait avec les plus vives protestations que ce n'était pas pour, comme il disait, la traîner dans la boue, qu'il l'aimait et l'estimait comme auparavant ; que pareille chose ne serait jamais venue à sa bouche, et qu'il ne m'en parlait que pour me convaincre qu'il n'était pas un homme complètement corrompu et insensé. — Et ici, mon cher, je recommence mon ancienne chanson, mon éternel refrain. Si je pouvais te représenter ce jeune homme tel qu'il me parut, tel que je l'ai encore devant les yeux ! si je pouvais tout te dire exactement, pour te faire sentir combien je m'intéresse à son sort, combien je dois m'y intéresser ! Mais cela suffit. Comme tu connais aussi mon sort, comme tu me connais aussi, tu ne dois que trop bien savoir ce qui m'attire vers tous les malheureux, et surtout vers celui-ci.

En relisant ma lettre, je m'aperçois que j'ai oublié de te raconter la fin de l'histoire : elle est facile à deviner. La fermière se défendit ; son frère survint. Depuis longtemps il haïssait le jeune homme, et l'aurait voulu hors de la maison, parce qu'il craignait qu'un nouveau mariage ne privât ses enfants d'un héritage assez considérable, sa sœur n'ayant pas d'enfants. Ce frère le chassa sur-le-champ, et fit tant de bruit de l'affaire que la fermière, quand même elle l'eût voulu, n'eût point osé le reprendre. Actuellement elle a un autre domestique. On dit que, au sujet de celui-ci, elle s'est également brouillée avec son frère ; on regarde comme certain qu'elle épousera ce nouveau venu, mais lui était fermement décidé à ne pas voir cet événement.

Ce que je te raconte n'est ni exagéré ni embelli. Je puis dire qu'au contraire je te l'ai conté faiblement, bien faiblement, et que je l'ai gâté avec le vocabulaire moral courant.

Cet amour, cette fidélité, cette passion, n'est donc pas une fiction du poète ! elle vit, elle existe dans sa plus grande pureté chez ces hommes que nous appelons incivils, appelons grossiers. Nous autres civilisés — déformés, réduits à rien par la civilisation ! Lis cette histoire avec dévotion, je t'en prie. Je suis calme aujourd'hui en te l'écrivant. Tu le remarques à mon écriture : ce n'est pas le gribouillage erratique auquel tu es accoutumé. Lis, très cher, et pense bien que cela est aussi l'histoire de ton ami ! Oui, voilà ce qui m'est arrivé, voilà ce qui m'attend ; et je ne suis pas à moitié si courageux, pas à moitié si résolu que ce pauvre malheureux, avec lequel je n'ose presque pas me comparer.

---

5 septembre.

Elle avait écrit un petit billet à son mari, qui est à la campagne, où le retiennent quelques affaires. Il commençait ainsi : « Mon ami, mon tendre ami, reviens le plus tôt que tu pourras ; je t'attends avec impatience. » Une personne qui survint lui apprit que, par certaines circonstances, le retour d'Albert serait un peu retardé. Le billet resta là, et me tomba le soir entre les mains. Je le lus, et je souris : elle me demanda pourquoi. « Que l'imagination, m'écriai-je, est un présent divin ! J'ai pu me figurer un moment que ce billet m'était adressé ! » — Elle ne répondit rien, parut mécontente, et je me tus.

---

6 septembre.

J'ai eu bien de la peine à me résoudre à quitter le simple frac bleu que je portais lorsque je dansai pour la première fois avec Charlotte ; mais à la fin il était devenu trop usé. Je m'en suis fait faire un autre tout pareil au premier, collet et parements, avec un gilet et des culottes de même étoffe et de même couleur que ceux que j'avais ce jour-là.

Cela ne me dédommagera pas tout à fait. Je ne sais — je crois qu'avec le temps celui-ci me deviendra aussi plus cher.

---

12 septembre.

Elle a été absente quelques jours pour aller chercher Albert à la campagne. Aujourd'hui j'entre dans sa chambre ; elle vient au-devant de moi, et j'embrasse sa main avec mille joies.

Un serin vole du miroir, et se perche sur son épaule. « Un nouvel ami », dit-elle ; et elle le prit sur sa main. « Il est destiné à mes enfants. Il est vraiment adorable ! regardez-le. Quand je lui donne du pain, il bat des ailes et becquette si gentiment ! il m'embrasse aussi, regardez. »

Lorsqu'elle présenta sa bouche au petit animal, il becqueta dans ses douces lèvres, et il les pressait comme s'il avait pu sentir la félicité dont il jouissait.

« Je veux qu'il vous embrasse également », dit-elle ; et elle approcha l'oiseau de ma bouche. Son petit bec passa des lèvres de Charlotte aux miennes, et ses picotements furent comme un souffle précurseur, un avant-goût de jouissance amoureuse.

« Son baiser, dis-je, n'est point tout à fait sans désir. Il cherche de la nourriture, et s'en va insatisfait d'une vide caresse.

— Il mange aussi dans ma bouche », dit-elle ; et elle lui présenta un peu de mie de pain avec ses lèvres, où je voyais sourire toutes les joies innocentes, tous les plaisirs, toutes les ardeurs d'un amour mutuel.

Je détournai le visage. Elle ne devrait pas faire cela ; elle ne devrait pas allumer mon imagination par ces images d'innocence et de félicité célestes ; elle ne devrait pas éveiller mon cœur de ce sommeil où l'indifférence de la vie le berce quelquefois. Mais pourquoi ne le ferait-elle pas ? Elle me fait tellement confiance : elle sait combien je l'aime.

---

15 septembre.

On se donnerait au diable, Wilhelm, quand on pense qu'il faut qu'il y ait des hommes assez dépourvus d'âme et de sentiment pour ne pas goûter tout ce qui, sur terre, garde encore du prix. Tu connais ces noyers sous lesquels je me suis assis avec Charlotte chez le bon pasteur de Saint-..., ces beaux noyers qui m'apportaient toujours je ne sais quel contentement d'âme[1] ? Comme ils rendaient la cour du presbytère agréable et hospitalière ! que leurs rameaux étaient frais et magnifiques ! et jusqu'au souvenir des honnêtes pasteurs qui les avaient plantés il y a tant d'années ! Le maître d'école nous a dit bien souvent le nom de l'un d'eux, qu'il tenait de son grand-père. C'était très certainement un personnage fort honorable, et sa mémoire m'était toujours sacrée lorsque j'étais sous ces arbres. Oui, le maître d'école avait hier les larmes aux yeux lorsque nous nous plaignions ensemble de ce qu'ils ont été abattus — abattus ! — J'enrage, et je crois que je tuerais le chien qui a donné le premier coup de hache — Moi, qui serais homme à m'affliger sérieusement, si, ayant deux arbres comme cela dans ma cour, j'en voyais un mourir de vieillesse, faut-il que je voie cela ! Mon cher ami, il y a une chose qui console. Ce que c'est que le sentiment chez les hommes ! tout le village murmure, et j'espère que la femme du pasteur verra à son beurre, à ses œufs, et aux autres marques d'amitié, quelle blessure elle a faite aux habitants de l'endroit. Car c'est elle, la femme du nouveau pasteur (notre vieillard est aussi mort), une créature sèche et malingre, et qui a bien raison de ne prendre aucun intérêt au monde, car personne n'en prend à elle ; une sotte qui veut se donner pour savante, qui se mêle d'examiner les canons, qui travaille à la nouvelle réforme cri-

---

1. Cf. la lettre du 1er juillet 1771, p. 72.

tico-morale du christianisme[1], et qui hausse les épaules à propos des divagations de Lavater, dont la santé est tout à fait ruinée et qui, en conséquence, ne connaît plus de joie ici-bas. Aussi il n'y avait qu'une pareille créature qui pût faire abattre mes noyers. Vois-tu, je n'en reviens pas ! Imagine donc : les feuilles en tombant salissent sa cour et la rendent humide ; les arbres lui interceptent le jour, et quand les noix sont mûres, les enfants y jettent des pierres pour les abattre, et cela affecte ses nerfs, et la trouble dans ses profondes méditations lorsqu'elle pèse et compare ensemble Kennicot, Semler et Michaelis[2] ! Lorsque je vis les gens du village, et surtout les anciens, si mécontents, je leur dis : « Pourquoi l'avez-vous laissé faire ? » Ils me répondirent : « Dans notre campagne, quand le maire veut quelque chose, que faire ? » Mais une chose me fait plaisir : le maire et le pasteur (car celui-ci pensait bien aussi tirer quelque profit des lubies de sa femme, qui ne concourent pas, de toute manière, à garnir sa table) convinrent de partager entre eux ; et ils allaient le faire, lorsque la chambre des domaines intervint, et leur dit : Par ici la monnaie ! Car elle avait d'anciens droits à faire valoir sur la partie de la cour où se trouvaient les noyers, et elle les vendit au plus offrant. Les voilà coupés ! Oh ! si j'étais prince ! La femme du pasteur, le maire et la chambre, je les — prince ! — si j'étais

---

1. Par opposition aux apocryphes, on appelle canoniques les livres bibliques reconnus comme authentiques par les autorités ecclésiastiques. Cette distinction est précisément née au XVIIIe siècle, à la suite des découvertes de la critique biblique initiée par les auteurs que Werther cite un peu plus loin (cf. la note suivante). **2.** Benjamin Kennicott (1718-1783), Johann David Michaelis (1717-1791), célèbre orientaliste à l'université de Göttingen, Johann Salomon Semler (1725-1791), professeur de théologie à Halle : trois auteurs qui contribuèrent à l'essor de l'analyse historique des textes bibliques au XVIIIe siècle, en examinant les variantes et en cherchant à distinguer tout ce que les époques ultérieures avaient ajouté aux textes originaux. A cette tendance critique et analytique de la théologie des Lumières, Werther oppose la religiosité « spontanée » de Lavater (sur Lavater, cf. la note 1, p. 75).

prince, oui, me préoccuperais-je des arbres de mon pays ?

---

10 octobre.

Il me suffit de voir ses yeux noirs, et je suis content ! Ce qui me chagrine, c'est qu'Albert ne paraît pas aussi heureux qu'il — l'espérait — que je — que j'eusse été, je crois — si — Je n'aime pas me servir de tirets, mais il m'est impossible, ici, de m'exprimer différemment — et il me semble que c'est assez clair.

---

12 octobre.

Ossian a supplanté Homère dans mon cœur[1]. Quel monde que celui où ses chants sublimes me transportent ! Errer sur les bruyères tourmentées par les bourrasques qui emportent les esprits des aïeux dans la fumée des brouillards, à la clarté crépusculaire de la lune ; entendre dans la montagne les gémissements des génies des cavernes, à moitié étouffés dans le rugissement du torrent de la forêt, et les soupirs de la jeune fille agonisante près des quatre pierres couvertes de mousse qui couvrent le héros noblement mort qui fut son bien-aimé. Quand alors je rencontre le barde blanchi par les années, qui sur les vastes bruyères cherche les traces de ses pères, et, hélas, ne trouve que les pierres de leurs tombeaux, qui gémit et tourne ses yeux

---

1. Sur Ossian, cf. la lettre du 10 juillet 1771, p. 80, et la note. Ici, Werther résume quelques-uns des traits caractéristiques de la poésie ossianique. Ce passage prépare la longue lecture des chants qui prendra place à la fin du roman. La mise en parallèle d'Ossian et d'Homère est très courante à la fin du XVIIIe siècle européen. De nombreux éléments de l'univers créé par Macpherson sont d'ailleurs empruntés à Homère ; la pureté austère des héros écossais reproduit d'une certaine façon la simplicité des personnages homériques.

FINGAL,

AN

ANCIENT EPIC POEM,

In SIX BOOKS:

Together with ſeveral other POEMS, compoſed by

OSSIAN the Son of FINGAL.

Tranſlated from the GALIC LANGUAGE,

By JAMES MACPHERSON.

Fortia facta patrum. VIRGIL.

THE SECOND EDITION.

LONDON:

Printed for T. BECKET and P. A. DE HONDT, in the Strand.

MDCCLXII.

« Ossian a supplanté Homère dans mon cœur. »

vers l'étoile du soir se cachant dans la mer houleuse, et que le passé revit dans l'âme du héros, comme lorsque cette étoile éclairait encore de son rayon propice les périls des braves et que la lune prêtait sa lumière à leur vaisseau revenant victorieux. Quand je lis sur son front sa profonde douleur, et que je le vois, lui le dernier, lui resté seul sur la terre, chanceler vers la tombe, et comme il puise encore de douloureux plaisirs dans la présence des ombres immobiles de ses pères, et regarde la terre froide et l'herbe épaisse que le vent couche, et s'écrie : « Le voyageur viendra ; il viendra, celui qui me connut dans ma beauté, et il dira : Où est le barde ? Qu'est devenu le fils de Fingal ? Son pied foule ma tombe, et c'est en vain qu'il me demande sur la terre... » O mon ami, tel un noble écuyer, je voudrais tirer mon épée, délivrer tout d'un coup mon prince de la douleur aiguë d'une vie lentement dépérissante, et envoyer mon âme après ce demi-dieu mis en liberté.

---

19 octobre.

Hélas ! ce vide, ce vide affreux que je sens dans mon sein ! — Je pense souvent : Si tu pouvais une fois, une seule fois, la presser contre ce cœur, tout ce vide serait comblé.

---

26 octobre.

Oui, mon cher, je me confirme de plus en plus dans l'idée que c'est peu de chose, bien peu de chose que l'existence d'une créature. Une amie de Charlotte est venue la voir ; je suis entré dans la chambre voisine ; j'ai voulu prendre un livre, et, ne pouvant pas lire, je me suis mis à écrire. J'ai entendu qu'elles parlaient bas : elles se contaient l'une à l'autre des choses assez indifférentes, des potins : celle-ci était mariée, celle-là malade, fort malade. « Elle a une toux sèche, disait l'une, les joues creuses, et à chaque instant il lui prend des faiblesses : je ne donnerais pas un sou de sa vie. — Monsieur N... n'est pas en meilleur état, disait Charlotte. — Il est enflé », reprenait l'autre. Et mon imagination vive me plaçait tout d'abord au pied du lit de ces malheureux ; je voyais avec quelle répugnance ils tournaient le dos à la vie, comme ils — Wilhelm, mes petites femmes en parlaient comme on parle d'ordinaire de la mort d'un étranger — Et quand je regarde autour de moi, que j'examine cette chambre, et que je vois les habits de Charlotte, les papiers d'Albert, et ces meubles avec lesquels je me suis à ce point lié d'amitié, même avec cet encrier, et je dis à moi-même : « Vois ce que tu es dans cette maison ! Après tout, tes amis te considèrent, tu fais souvent leur joie, et il semble à ton cœur qu'il ne pourrait exister sans eux. Cependant, si tu partais, si tu t'éloignais de ce cercle, sentiraient-ils le vide que ta perte causerait dans leur destinée ? et pendant combien de temps ? » — Ah ! l'homme est si passager que là même où il a proprement la certitude de son existence, là où il peut laisser la seule vraie impression de sa présence dans la mémoire, dans l'âme de ses amis, il doit s'effacer, disparaître, et si vite !

---

27 octobre.

Je me déchirerais le sein, je me briserais le crâne, quand je vois combien peu nous pouvons les uns pour les autres. Hélas ! l'amour, la joie, la chaleur, les délices que je ne porte pas au-dedans de moi, un autre ne me les donnera pas ; et, le cœur tout plein de délices, je ne rendrai pas heureux l'autre qui est froid et sans force devant moi.

Le soir.

Je possède tant de choses ! et penser à elle dévore tout. Je possède tant de choses ! et sans elle tout se réduit à rien.

---

30 octobre.

Si je n'ai pas été cent fois sur le point de lui sauter au cou !... Dieu sait ce qu'il en coûte de voir tant de charmes passer et repasser devant vous sans pouvoir vous en emparer ! S'emparer des choses est pourtant le penchant le plus naturel de l'humanité. Les enfants ne tâchent-ils pas de saisir tout ce qu'ils aperçoivent ? — Et moi ?

---

3 novembre.

Dieu sait combien de fois je me mets au lit avec le désir et quelquefois l'espérance de ne pas me réveiller ; et le matin j'ouvre les yeux, je revois le soleil, et je suis malheureux. Oh ! que ne puis-je être d'humeur inégale ! que ne puis-je m'en prendre au temps, à un tiers, à une entreprise manquée ! Alors l'insupportable fardeau de ma peine ne pèserait qu'à demi sur moi. Malheureux que je suis ! je ne sens que trop que toute la faute est à moi seul.

La faute ! non. Je porte aujourd'hui cachée dans mon sein la source de toutes les misères, comme j'y portais autrefois la source de toutes les béatitudes. Ne suis-je donc plus exactement le même, celui qui, jadis, était plongé dans l'abondance du sentiment, qui voyait naître un paradis à chaque pas, et qui avait un cœur capable d'embrasser dans son amour un monde entier ? Mais maintenant ce cœur est mort, il n'en naît plus aucun ravissement ; mes yeux sont secs ; et mes sens, que ne soulagent plus des larmes rafraîchissantes, contractent anxieusement mon front. Combien je souffre ! car j'ai perdu ce qui faisait toutes les délices de ma vie, cette force divine avec laquelle je créais des mondes autour de moi. Elle est passée ! — Lorsque de ma fenêtre je regarde vers la colline lointaine, que je vois au-dessus d'elle le soleil du matin pénétrer les brouillards et luire sur le fond paisible de la prairie, tandis que la douce rivière s'avance vers moi en serpentant entre ses saules dépouillés de feuilles, — oh ! quand cette nature merveilleuse se trouve devant moi, figée comme une petite image vernissée, et que toutes ces délices ne peuvent faire passer de mon cœur dans mon cerveau la moindre goutte de félicité, et le gars tout entier se trouve devant l'image de Dieu comme une source tarie, comme un seau percé [1]. Je me suis souvent jeté à terre pour demander à Dieu des larmes, comme un laboureur prie pour de la pluie, lorsqu'il voit sur sa tête un ciel d'airain [2] et la terre mourir de soif autour de lui.

Mais, hélas ! je le sens, Dieu n'accorde point la pluie et le soleil à nos prières importunes ; et ces temps dont le souvenir me tourmente, pourquoi étaient-ils si heureux, sinon parce que j'attendais son esprit avec patience, et que je recevais avec un cœur reconnaissant les délices qu'il versait sur moi ?

---

8 novembre.

Elle m'a reproché mes excès, mais d'un ton si aimable ! mes excès de ce que, d'un verre de vin, je me laisse quelquefois entraîner à boire la bouteille. « Évitez cela, me disait-elle ; pensez à Charlotte ! — Penser ! avez-vous besoin de me l'ordonner ? Je pense — je ne pense pas ! Vous êtes toujours présente à mon âme. J'étais assis aujourd'hui à l'endroit même où vous

---

1. L'image binaire de la sécheresse et de l'eau féconde est très fréquente dans la Bible. L'eau est le signe de la grâce divine. La sécheresse werthérienne symbolise *a contrario* la déréliction : le sujet se sent abandonné de Dieu. En tant que « seau percé », il est incapable de surcroît de retenir tous les bienfaits qu'on lui prodigue. Cette absence d'eau contraste avec l'évocation si fréquente, au début du premier livre, de fontaines, de puits ou d'orages bienfaisants. **2.** « Le ciel, au-dessus de ta tête, sera d'airain, et la terre sous tes pieds sera de fer. Au lieu de pluie pour ton pays, le Seigneur fera tomber de la cendre et de la poussière » (Deutéronome, 28, 23 s.).

descendîtes dernièrement de voiture... » Elle s'est mise à parler d'autre chose, pour m'empêcher de m'enfoncer trop avant dans cette matière. Mon cher, je suis perdu ! Elle fait de moi tout ce qu'elle veut.

---

15 novembre.

Je te remercie, Wilhelm, du tendre intérêt que tu prends à moi, de la bonne intention qui perce dans ton conseil ; mais je te prie d'être tranquille. Laisse-moi supporter toute la crise ; malgré la lassitude où je suis, j'ai encore assez de force pour aller jusqu'au bout. Je respecte la religion, tu le sais ; je sens que c'est un bâton pour celui qui tombe d'épuisement, un rafraîchissement pour celui que la soif consume. Seulement... peut-elle, doit-elle être cela pour tous ? Considère ce vaste univers : tu vois des milliers d'hommes pour qui elle ne l'a pas été, d'autres pour qui elle ne le sera jamais, soit qu'elle leur ait été annoncée ou non. Faut-il donc qu'elle le soit pour moi ? Le Fils de Dieu ne dit-il pas lui-même que ceux-là seront autour de lui que le Père lui aura donnés [1] ? Si donc je ne lui ai pas été donné, si le Père veut me réserver pour lui, comme mon cœur me le dit —. De grâce, ne va pas donner à cela une fausse interprétation, et voir une raillerie dans ces mots innocents : c'est mon âme tout entière que j'expose devant toi. Autrement j'eusse mieux aimé me taire ; car je déteste perdre mes paroles sur des matières que les autres entendent tout aussi peu que moi. Qu'est-ce que la destinée de l'homme, sinon de fournir la carrière de ses maux, et de boire sa coupe tout entière ? — Et si cette coupe parut au Dieu du ciel trop amère lorsqu'il la porta sur ses lèvres d'homme [2], irai-je faire le fort et feindre de la trouver

---

1. Cf. notamment : « Tous ceux que le Père me donne viendront à moi » (Jn 6, 37) ; « Personne ne peut venir à moi si cela ne lui est donné par le Père » (Jn 6, 65). **2.** Référence à la prière du Christ au mont des Oliviers : « Mon Père, s'il est possible, que cette coupe passe loin de moi ! » (Mt 26, 39).

douce et agréable ? et pourquoi aurais-je honte de l'avouer dans ce terrible moment où tout mon être frémit entre l'existence et le néant, où le passé luit comme un éclair sur le sombre abîme de l'avenir, où tout ce qui m'environne s'écroule, où le monde périt avec moi ? N'est-ce pas la voix de la créature accablée, défaillante, s'abîmant sans ressource au milieu des vains efforts qu'elle fait pour se soutenir, que de s'écrier avec plainte : « Mon Dieu ! mon Dieu ! pourquoi m'as-tu abandonné[1] ? » Pourrais-je rougir de cette expression ? pourrais-je redouter le moment où elle m'échappera, comme si elle n'avait pas échappé à celui qui replie les cieux comme un voile[2] ?

---

21 novembre.

Elle ne voit pas, elle ne sent pas qu'elle prépare le poison qui nous fera périr tous les deux ; et moi, j'avale avec délices la coupe qu'elle me présente pour ma perte[3] ! Que veut dire cet air de bonté avec lequel elle me regarde souvent — souvent ? — non, non pas souvent, mais quelquefois cependant, cette bienveillance avec laquelle elle accueille l'expression d'un sentiment qui m'échappe, cette compassion pour mes souffrances, qui se peint sur son front ?

Comme je me retirais hier, elle me tendit la main, et me dit : « Adieu, cher Werther ! » Cher Werther ! C'est la première fois qu'elle m'ait donné le nom de *cher*, et la joie que j'en ressentis a pénétré jusqu'à la moelle de mes os. Je me le répétai cent fois ; et le soir, lorsque

---

1. Paroles du Christ en croix : « Mon Dieu, mon Dieu, pourquoi m'as-tu abandonné ? » (Mt 27, 46). La reprise de ces paroles par Werther induit une identification quasiment sacrilège entre lui-même et le Christ en croix. **2.** Cf. Isaïe, 34, 4 : « Le ciel sera enroulé comme un livre » ; « Le ciel se retira comme un livre qu'on roule » (Apocalypse de saint Jean, 6, 14) ; « Tu déploies les cieux comme une tenture » (Psaume 104, 2). **3.** « La coupe que le Père m'a donnée, ne la boirai-je pas ? » (Jn 18, 11).

je voulus me mettre au lit, en babillant avec moi-même de toutes sortes de choses, je me dis tout à coup : « Bonne nuit, cher Werther ! » et je ne pus ensuite m'empêcher de rire de moi-même.

---

22 novembre.

Je ne puis pas dire dans mes prières : « Laisse-la-moi ! » Et cependant elle me paraît souvent être à moi. Je ne puis pas dire dans mes prières : « Donne-la-moi ! » car elle est à un autre. Je joue et plaisante avec mes peines. Si je me laissais aller, je ferais toute une litanie d'antithèses.

---

24 novembre.

Elle sent ce que je souffre. Aujourd'hui son regard m'a pénétré jusqu'au fond du cœur. Je l'ai trouvée seule. Je ne disais rien, et elle me regardait fixement. Je ne voyais plus cette beauté séduisante, ces éclairs d'esprit qui entourent son front : un regard plus puissant agissait sur moi ; un regard plein du plus tendre intérêt, de la plus douce pitié. Pourquoi n'ai-je pas osé me jeter à ses pieds ? pourquoi n'ai-je pas osé m'élancer à son cou, et lui répondre par mille baisers ? Elle a eu recours à son clavecin, et s'est mise en même temps à chanter d'une voix si douce ! Jamais ses lèvres ne m'ont paru si charmantes : c'était comme si elles s'ouvraient, languissantes, pour absorber en elles ces doux sons qui jaillissaient de l'instrument, et que seulement l'écho secret de sa bouche résonnât. Ah ! si je pouvais te dire cela comme je le sentais ! Je n'ai pu y tenir plus longtemps. J'ai baissé la tête, et j'ai dit avec serment : « Jamais je ne me hasarderai à vous imprimer un baiser, ô lèvres sur lesquelles voltigent les esprits du ciel — Et pourtant, — je veux — Ah, tu vois, c'est comme une cloison devant mon âme — cette félicité — et puis sombrer, afin d'expier ce péché — péché ?

---

26 novembre.

Quelquefois je me dis : « Ta destinée est unique : tu peux estimer tous les autres heureux ; jamais mortel ne fut tourmenté comme toi. » Et puis je lis quelque ancien poète ; et c'est comme si je lisais dans mon propre cœur. J'ai tant à souffrir ! Ah ! Y a-t-il eu avant moi des hommes aussi malheureux !

---

30 novembre.

Non, jamais, jamais je ne pourrai revenir à moi. Partout où je vais, je rencontre quelque apparition qui me met hors de moi-même. Aujourd'hui, ô destin ! ô humanité !...

Je vais sur les bords de l'eau à l'heure de midi ; je n'avais aucune envie de manger. Tout était désert ; un vent d'ouest, froid et humide, soufflait de la montagne, et des nuages grisâtres couvraient la vallée. J'ai aperçu de loin un homme vêtu d'un mauvais habit vert, qui marchait courbé entre les rochers, et paraissait chercher des herbes. Je me suis approché de lui, et, le bruit que j'ai fait en arrivant l'ayant fait se retourner, j'ai vu une physionomie tout à fait intéressante, couverte d'une tristesse profonde, mais qui, par ailleurs, n'annonçait rien d'autre qu'une âme honnête. Ses cheveux étaient relevés en deux boucles avec des épingles, et ceux de derrière formaient une tresse fort épaisse qui lui descendait sur le dos. Comme son habillement indiquait un homme de condition modeste, j'ai cru qu'il ne prendrait pas mal que je fisse attention à ce qu'il faisait ; et, en conséquence, je lui ai demandé ce qu'il cherchait. « Je cherche des fleurs, a-t-il répondu avec un profond soupir, et je n'en trouve point. — Aussi n'est-ce pas la saison, lui ai-je dit en souriant. — Il y a tant de fleurs ! a-t-il répondu en descendant vers moi. Il y a dans mon jardin des roses et deux espèces de chèvrefeuille, dont l'une m'a été donnée par mon père. Elles poussent ordinairement aussi vite que la mauvaise herbe, et voilà déjà deux jours que j'en cherche sans en pouvoir trouver. Et même ici, dehors, il y a toujours des fleurs, des jaunes, des bleues, des rouges, et la centaurée aussi est une jolie petite fleur ; je n'en puis trouver aucune. » Remarquant quelque chose d'étrange, je pris un détour et lui demandai ce qu'il voulait faire de ces fleurs. Un sourire singulier et convulsif déforma les traits de sa figure. « Si vous voulez ne point me trahir, a-t-il dit en appuyant un doigt sur sa bouche, je vous dirai que j'ai promis un bouquet à ma belle. — C'est fort bien. — Ah ! elle a bien d'autres choses ! Elle est riche ! — Et pourtant elle fait grand cas de votre bouquet ? — Oh ! poursuivit-il, elle a des joyaux et une couronne ! — Comment l'appelez-vous donc ? — Si les Provinces-Unies[1] voulaient me payer, je serais un autre homme ! Oui, il fut un temps où j'étais si content ! Aujourd'hui c'en est fait de moi, je suis... » Un regard humide qu'il a lancé vers le ciel a tout exprimé. « Vous étiez donc heureux ? — Ah ! je voudrais bien l'être encore de même ! J'étais content, gai et gaillard comme le poisson dans l'eau. — Henri ! a crié une vieille femme qui venait sur le chemin, Henri, où es-tu fourré ? nous t'avons cherché partout. Viens déjeuner. — Est-ce là votre fils ? lui ai-je demandé en m'approchant d'elle. — Oui, c'est mon pauvre fils ! a-t-elle répondu. Dieu m'a donné une lourde croix. — Combien y a-t-il qu'il est dans cet état ? — Il n'y a que six mois qu'il est ainsi tranquille. Grâce à Dieu, nous en sommes là ; auparavant il a été dans une fureur qui a duré une année entière, et il était alors à la chaîne

---

1. Nom qui, au XVIIe et au XVIIIe siècle, désigne les Pays-Bas. Enrichies par le commerce maritime, les Provinces-Unies passaient pour l'une des nations européennes les plus prospères.

dans l'hospice des fous. A présent il ne fait rien à personne ; seulement il est toujours occupé de rois et d'empereurs. C'était un homme doux et tranquille, qui m'aidait à vivre, et qui avait une fort belle écriture. Tout d'un coup il devint rêveur, tomba malade d'une fièvre chaude, de là dans le délire, et maintenant il est dans l'état où vous le voyez. S'il fallait raconter, monsieur... » J'interrompis ce flux de paroles et lui demandai : « Quel est ce temps dont il fait grand récit, et où il se trouvait si heureux et si content ? — Le pauvre insensé, m'a-t-elle dit avec un sourire de pitié, veut parler du temps où il était hors de lui : il ne cesse d'en faire l'éloge. C'est le temps qu'il a passé à l'hôpital, et où il n'avait aucune connaissance de lui-même. » — Cela a fait sur moi l'effet d'un coup de tonnerre. Je lui ai mis une pièce d'argent dans la main, et je me suis éloigné d'elle à grands pas.

« Où tu étais heureux ! me suis-je écrié en marchant précipitamment vers la ville, où tu étais content comme un poisson dans l'eau ! — Dieu du ciel, as-tu donc ordonné la destinée des hommes de telle sorte qu'ils ne soient heureux qu'avant d'arriver à l'âge de la raison, ou après qu'ils l'ont perdue ? — Pauvre misérable ! Et pourtant je porte envie à ta folie, à ce désastre de tes sens, dans lequel tu te consumes. Tu sors plein d'espérances pour cueillir des fleurs à ta reine — au milieu de l'hiver — et tu t'affliges de n'en point trouver, et tu ne conçois pas pourquoi tu n'en trouves point. Et moi — et moi, je sors sans espérances, sans aucun but, et je rentre au logis comme j'en suis sorti. — Tu te figures quel homme tu serais si les Provinces-Unies voulaient te payer ; heureuse créature, qui peux attribuer la privation de ton bonheur à un obstacle terrestre ! Tu ne sens pas, tu ne sens pas que c'est dans le trouble de ton cœur, dans ton cerveau détraqué, que gît ta misère, dont tous les rois de la terre ne sauraient te délivrer ! »

Puisse-t-il mourir dans le désespoir, celui qui se rit du malade qui fait un voyage vers la plus distante des sources qui augmentera sa maladie et rendra la fin de sa vie plus douloureuse ! celui qui méprise ce cœur oppressé qui, pour se délivrer de ses remords, pour calmer son trouble et ses souffrances, fait un pèlerinage au Saint Sépulcre ! Chaque pas qu'il fait sur des routes non frayées, et qui déchire ses pieds, est une goutte de baume sur sa plaie ; et à chaque jour de marche il se couche le cœur soulagé d'une partie du fardeau qui l'accable — Et vous osez appeler cela folie, vous autres bavards, mollement assis sur des coussins ! Folie ! — O Dieu, tu vois mes larmes. Fallait-il, après avoir formé l'homme si pauvre, lui donner des frères qui le pillent encore dans sa pauvreté, et lui dérobent ce peu de confiance qu'il a en toi, le Tout-Aimant ? car la confiance en une racine salutaire, dans les pleurs de la vigne, qu'est-ce, sinon la confiance en toi, qui as mis dans tout ce qui nous environne la guérison et le soulagement dont nous avons besoin à toute heure ? O père que je ne connais pas [1], père qui remplissais autrefois toute mon âme, et qui as depuis détourné ta face de dessus moi, appelle-moi vers toi ! ne te tais pas plus longtemps ; ton silence n'arrêtera pas mon âme assoiffée — Et un homme, un père, pourrait-il s'irriter de voir son fils, qu'il n'attendait pas, lui sauter au cou, en s'écriant : « Me voici revenu, mon père [2] ; ne te fâche pas si j'interromps un pèlerinage que, selon tes volontés, je devais supporter plus longtemps. Le monde est le même partout ; partout peine et travail, récompense et plaisir : mais que me fait tout cela ? Je ne me

---

1. Renversement de ce que l'on trouve dans Jn 17, 25 : « Père juste, tandis que le monde ne t'a pas connu, je t'ai connu. » **2.** Allusion à la parabole du fils prodigue (Lc 15, 11-24). Il faut remarquer que Werther, ici comme dans beaucoup d'autres de ses références, infléchit ou renverse même le sens du texte sacré. Dans l'Evangile, le retour du fils prodigue est interprété par le père comme un retour à la vie (cf. Lc 15, 24 : « Mon fils que voici était mort et il est revenu à la vie, il était perdu et il est retrouvé ») ; chez Werther (en accord cependant avec d'autres passages bibliques, par exemple Jn 13, 1, ou 16, 28), le retour au père désigne la mort. Faut-il rappeler que, sur un plan « terrestre », Werther a perdu son père depuis longtemps ?

sens bien que là où tu te trouves, c'est en présence de toi que je veux souffrir et jouir. » Et toi, père céleste et miséricordieux, pourrais-tu repousser ton fils ?

1er décembre.

Wilhelm ! cet homme dont je t'ai parlé, cet heureux infortuné, était commis chez le père de Charlotte, et une malheureuse passion qu'il conçut pour elle, qu'il nourrit en secret, qu'il lui découvrit enfin, et qui le fit renvoyer de sa place, l'a rendu fou. Sens, si tu peux, sens, par ces mots pleins de sécheresse, combien cette histoire m'a bouleversé, lorsque Albert me l'a contée aussi froidement que tu la liras peut-être !

---

4 décembre.

Je te supplie — Vois-tu, c'est fait de moi — Je ne saurais supporter tout cela plus longtemps. Aujourd'hui j'étais assis près d'elle — J'étais assis ; elle jouait différents airs sur son clavecin, avec toute l'expression — tout ! — tout ! — que veux-tu ? — Sa petite sœur habillait sa poupée sur mon genou. Les larmes me sont venues aux yeux. J'ai baissé la tête, et j'ai aperçu son alliance — mes larmes coulaient — Et tout à coup elle a passé à cet air ancien dont la douceur a quelque chose de céleste [1], et aussitôt j'ai senti entrer dans mon âme un sentiment de consolation, et revivre le souvenir de tout le passé, du temps où j'entendais cet air, du sombre intervalle rempli de dépit, des espérances trompées, et puis — J'allais et venais par la chambre ; mon cœur suffoquait. « Au nom de Dieu ! lui ai-je dit avec l'expression la plus vive, au nom de Dieu, finissez ! » Elle a cessé, et m'a regardé attentive-

---

1. Il s'agit de l'air favori de Charlotte, évoqué dans la lettre du 16 juillet 1771, p. 82.

« Werther, m'a-t-elle dit avec un sourire qui me perçait l'âme ; Werther, vous êtes bien malade, vos mets favoris vous répugnent. »

ment : « Werther, m'a-t-elle dit avec un sourire qui me perçait l'âme ; Werther, vous êtes bien malade, vos mets favoris vous répugnent. Partez ! de grâce, calmez-vous. » — Je me suis arraché d'auprès d'elle, et — Dieu ! tu vois mes souffrances, tu y mettras fin.

---

6 décembre.

Comme cette image me poursuit ! Que je veille ou que je rêve, elle remplit seule mon âme. Ici, quand je ferme à demi les paupières, ici, dans mon front, à l'endroit où se concentre la force visuelle, je trouve ses yeux noirs. Ici ! je ne saurais te l'exprimer. Lorsque je ferme mes yeux, ils sont là ; comme une mer, comme un abîme, ils reposent devant moi, en moi-même, ils remplissent les sens de mon front.

Qu'est-ce que l'homme, ce demi-dieu si vanté ? Les forces ne lui manquent-elles pas précisément à l'heure où elles lui seraient le plus nécessaires ? Et lorsqu'il prend l'essor dans la joie, ou qu'il sombre dans la douleur, n'est-il pas retenu même dans ces mouvements et ramené à la conscience émoussée et froide, quand il espérait se perdre dans l'infini ?

L'EDITEUR AU LECTEUR

Combien je désirerais qu'il nous restât sur les derniers jours de notre ami assez de renseignements écrits de sa propre main, pour que je ne fusse pas obligé d'interrompre par des récits la suite des lettres qu'il nous a laissées !

Je me suis attaché à recueillir les détails les plus exacts de la bouche de ceux qui pouvaient être le mieux informés de son histoire. Elle est simple, et, mis à part quelques menus détails, toutes les relations s'accordent entre elles. Je n'ai trouvé les opinions partagées que sur la manière de juger les caractères et les sentiments des personnes qui ont joué ici quelque rôle.

Il ne nous reste donc qu'à raconter fidèlement tout ce que ces recherches multipliées nous ont appris, en faisant entrer dans ce récit les lettres qui nous sont restées de celui qui n'est plus, sans dédaigner le plus petit papier conservé, d'autant plus qu'il est si difficile de connaître la vraie cause, les véritables ressorts de l'action même la plus simple, lorsqu'elle provient de personnes qui sortent de la ligne commune !

Le découragement et le déplaisir avaient jeté des racines de plus en plus profondes dans l'âme de Werther, et peu à peu s'étaient emparés de tout son être. L'harmonie de son intelligence était entièrement détruite ; un feu interne et violent, qui minait toutes ses facultés les unes par les autres, produisit les plus funestes effets, et finit par ne lui laisser qu'un accablement plus pénible encore à soutenir que tous les maux contre lesquels il avait lutté jusqu'alors. Les angoisses de son cœur consumèrent les dernières forces de son esprit, sa vivacité, sa sagacité. Il ne portait plus qu'une morne tristesse dans la société, de jour en jour plus malheureux, et toujours plus injuste à mesure qu'il devenait plus malheureux. C'est du moins ce que disent les amis d'Albert. Ils soutiennent que Werther était incapable d'apprécier un homme droit et paisible qui, jouissant d'un bonheur longtemps désiré, n'avait d'autre but que de s'assurer ce bonheur pour l'avenir ; lui qui, jour après jour, dissipait pour ainsi dire ses richesses et ne gardait pour le soir que souffrance et privation. Albert, disent-ils, n'avait point changé en si peu de temps ; il était toujours le même homme que Werther avait tant loué, tant estimé au commencement de leur connaissance. Il chérissait Charlotte par-dessus tout ; il était fier d'elle ; il désirait que chacun la reconnût pour l'être le plus parfait. Pouvait-on le blâmer de chercher à détourner jusqu'à l'apparence du soupçon ? Pouvait-on le blâmer s'il se refusait à partager avec qui que ce fût un bien si précieux, même de la manière la plus innocente ? Ils avouent que, lorsque Werther venait chez sa femme, Albert quittait souvent la pièce ; mais ce n'était ni haine ni aversion pour son ami ; c'était seulement parce qu'il avait senti que Werther était gêné en sa présence.

Le père de Charlotte fut attaqué d'un mal qui le retint dans sa chambre. Il envoya sa voiture à sa fille ; elle se rendit auprès de lui. C'était par un beau jour d'hiver ; la première neige était tombée en abondance, et la terre en était couverte.

Werther alla rejoindre Charlotte le lendemain matin, pour la ramener chez elle si Albert ne venait pas la chercher.

Le beau temps fit peu d'effet sur son humeur sombre ; un poids énorme oppressait son âme, de lugubres images le poursuivaient, et son cœur ne connaissait plus d'autre mouvement que de passer d'une idée pénible à une autre.

Comme il vivait toujours mécontent de lui-même, l'état de ses amis lui semblait aussi plus agité et plus critique : il crut avoir troublé la bonne intelligence entre Albert et sa femme ; il s'en fit des reproches auxquels se mêlait un ressentiment secret contre l'époux.

En chemin, ses pensées tombèrent sur ce sujet. « Oui, se disait-il avec une sorte de fureur, voilà donc cette union intime, si entière, si dévouée, ce vif intérêt, cette fidélité si constante, si inébranlable ! Rassasié, voilà ce qu'il est, et indifférent ! N'est-il pas davantage attiré par la plus médiocre des affaires que par cette femme adorable et délicieuse ? Sait-il apprécier son bonheur ? Sait-il estimer au juste ce qu'elle vaut ? Il la possède, certes, il la possède — Je sais cela comme je sais autre chose ; je croyais être fait à cette idée, elle excite encore ma rage, elle m'assassinera ! — Et l'amitié qu'il me porte, a-t-elle résisté ? Ne voit-il pas déjà une atteinte à ses droits dans mon attachement pour Charlotte, et dans mes attentions un secret reproche ? Je m'en aperçois, je le sens, il me voit avec déplaisir, il souhaite que je m'éloigne, ma présence lui pèse. »

Quelquefois il ralentissait sa marche précipitée ; quelquefois il s'arrêtait, et semblait vouloir retourner sur ses pas. Il continuait cependant son chemin, toujours livré à ces idées, à ces conversations solitaires ; et il arriva enfin, presque malgré lui, à la maison de chasse.

Il entra, et demanda le bailli et Charlotte. Il trouva tout le monde dans l'agitation. L'aîné des fils lui dit qu'il venait d'arriver un malheur à Wahlheim, qu'un paysan venait d'être assassiné. Cela ne fit pas sur lui une grande impression. Il se rendit au salon, et trouva Charlotte occupée à dissuader le bailli, qui, en dépit de sa maladie, voulait aller sur les lieux faire une enquête sur le crime. Le meurtrier était encore inconnu. On avait trouvé le cadavre, le matin, devant la porte de la ferme où cet homme habitait. On avait des soupçons ; le mort était domestique chez une veuve qui, peu de temps auparavant, en avait eu un autre à son service, qui avait été renvoyé à grand bruit.

A ces détails, il se leva précipitamment. « Est-il possible ! s'écria-t-il ; il faut que j'y aille, je ne puis rester un seul instant. » Il courut à Wahlheim. Bien des souvenirs se retraçaient vivement à son esprit : il ne douta pas une minute que celui qui avait commis le crime ne fût le jeune homme auquel il avait parlé parfois, et qui lui était devenu si cher.

En passant sous les tilleuls pour se rendre à l'auberge où l'on avait déposé le cadavre, Werther fut effrayé à la vue de ce lieu jadis si chéri. Ce seuil où les enfants avaient si souvent joué, était souillé de sang. L'amour et la fidélité, les plus beaux sentiments de l'homme, avaient dégénéré en violence et en meurtre. Les grands arbres étaient sans feuillage et couverts de frimas ; la haie vive qui recouvrait le petit mur du cimetière et se voûtait au-dessus avait perdu son feuillage, et les pierres des tombeaux se laissaient voir, couvertes de neige, à travers les interstices.

Comme il approchait de l'auberge devant laquelle le village entier était rassemblé, il s'éleva tout à coup une grande rumeur. On vit de loin une troupe d'hommes armés, et chacun s'écria que l'on amenait le meurtrier. Werther jeta les yeux sur lui, et il n'eut plus aucune incertitude. Oui, c'était bien ce valet de ferme qui aimait tant cette veuve, et que, peu de jours auparavant, il avait rencontré livré à une sombre tristesse, à un secret désespoir.

« Qu'as-tu fait, malheureux ? », s'écria Werther en s'avançant vers le prisonnier. Celui-ci le regarda tranquillement, se tut, et répondit enfin froidement : « Personne ne l'aura, elle n'aura personne. » On le conduisit à l'auberge, et Werther s'éloigna précipitamment.

Tout son être était bouleversé par l'émotion effrayante et violente qu'il venait d'éprouver. En un instant il fut arraché à sa mélancolie, à son découragement, à sa sombre apathie. L'intérêt le plus irrésistible pour ce jeune homme, un indicible désir de le sauver, s'emparèrent de lui. Il le sentait si malheureux, il le trouvait même si peu coupable, malgré son crime ; il entrait si profondément dans sa situation, qu'il croyait que certainement il amènerait tous les autres à cette opinion. Déjà il brûlait de parler en sa faveur ; déjà le discours le plus animé se pressait sur ses lèvres ; il courait en hâte à la maison de chasse, et répétait à demi-voix, en chemin, tout ce qu'il exposerait au bailli.

Lorsqu'il entra dans la salle, il aperçut Albert, et il en fut d'abord contrarié ; mais il se remit bientôt, et avec beaucoup de feu il présenta son opinion au bailli. Celui-ci secoua la tête à plusieurs reprises ; et quoique Werther mit dans son discours toute la chaleur de la conviction, et toute la vivacité, toute l'énergie qu'un homme peut apporter à la défense d'un de ses semblables, cependant, comme on le croira sans peine, le bailli n'en fut point ébranlé. Il ne laissa même pas finir notre ami ; il le réfuta vivement, et le blâma de prendre un meurtrier sous sa protection ; il lui fit sentir que de cette manière les lois seraient annulées, et que la sûreté publique serait anéantie ; il ajouta que d'ailleurs, dans une affaire aussi grave, il ne pouvait rien faire sans se charger de la plus grande responsabilité, et qu'il fallait que tout se fît dans les règles et les formes reçues.

Werther ne se rendit pas encore, mais il se borna alors à demander que le bailli fermât les yeux, si l'on pouvait faciliter l'évasion du jeune homme. Le bailli lui refusa aussi cela. Albert, qui prit enfin part à la conversation, exprima la même opinion que son beau-père. Werther fut réduit au silence ; il s'en alla navré de douleur, après que le bailli lui eut encore répété plusieurs fois : « Non, rien ne peut le sauver ! »

Nous voyons combien il fut frappé de ces paroles dans un petit billet que l'on trouva parmi ses papiers, et qui fut certainement écrit ce jour-là :

« Rien ne peut te sauver, malheureux ! Je le vois bien : rien ne peut nous sauver. »

Ce qu'avait dit Albert en présence du bailli sur l'affaire du prisonnier avait singulièrement déplu à Werther : il avait cru percevoir dans les paroles d'Albert un peu d'agacement à son égard ; et quoique, après y avoir plus mûrement réfléchi, il comprît bien que ces deux hommes pouvaient avoir raison, il sentait cependant qu'il devait renoncer à ce qu'il y avait de plus profond dans son être pour pouvoir en convenir et le leur concéder.

Nous trouvons dans ses papiers une note qui a trait à cet événement, et qui exprime peut-être ses vrais sentiments pour Albert :

« A quoi sert de me dire et de me répéter : Il est honnête et bon ! mais cela me déchire jusqu'au fond de mes entrailles ; je ne puis être juste ! »

La soirée étant douce et le temps disposé au dégel, Charlotte et Albert s'en retournèrent à pied. En chemin, Charlotte se retournait de temps à autre, comme si la société de Werther lui eût manqué. Albert se mit à parler de lui. Il le blâma, tout en lui rendant justice. Il en vint à sa malheureuse passion, et souhaita qu'il fût possible de l'éloigner. « Je le souhaite aussi pour nous, dit-il ; et, je t'en prie, tâche de donner une autre direction à ses relations avec toi, et de rendre plus rares ses visites si multipliées. Les gens commencent à le remarquer, et je sais qu'on en a déjà parlé. » Charlotte ne dit rien. Albert parut avoir senti ce silence : au moins depuis ce temps il ne parla plus de Werther devant elle, et, si elle en parlait, il laissait tomber la conversation, ou changeait de sujet.

La vaine tentative que Werther avait faite pour sauver le malheureux paysan était comme le dernier éclat de la flamme d'une lumière qui s'éteint : il n'en retomba que plus fort dans la douleur et l'inactivité. Il eut une sorte de désespoir quand il apprit qu'on l'appellerait peut-être en témoignage contre le coupable, qui maintenant avait recours aux dénégations.

Tout ce qui lui était arrivé de désagréable dans sa vie active, ses chagrins auprès de l'ambassadeur, tous ses projets manqués, tout ce qui l'avait jamais blessé, lui revenait et l'agitait encore. Il se trouvait par tout cela même comme autorisé à l'inactivité ; il se voyait privé de toute perspective, et incapable de saisir une de ces prises qui nous permettent de nous rendre maîtres des choses de la vie commune. C'est ainsi que, livré entièrement à ses sentiments, ses pensées extraordinaires et à sa passion sans fin, plongé dans l'éternelle uniformité de ses douloureuses relations avec l'être aimable et adoré dont il troublait le repos, détruisant ses forces sans but, et s'usant sans espérances, il s'approchait progressivement d'une triste fin.

Quelques lettres qu'il a laissées, et que nous insérons ici, sont les témoignages les plus éloquents de son désarroi, de sa passion, de son agitation perpétuelle, de sa lassitude de vivre.

---

12 décembre.

« Cher Wilhelm ! je suis dans l'état où devaient être ces malheureux qu'on croyait possédés d'un mauvais esprit. Parfois, cela me prend. Ce n'est pas angoisse, ce n'est point désir : c'est une rage intérieure, inconnue, qui menace de déchirer mon sein, qui me serre la gorge ! Malheur ! Malheur ! et j'erre alors au milieu des effroyables scènes nocturnes de cette saison hostile aux hommes.

Hier soir, il me fallut sortir. Le dégel était survenu subitement. J'avais entendu dire que la rivière était débordée, tous les ruisseaux gonflés et, en dessous de Wahlheim, ma chère vallée inondée ! J'y courus après onze heures. C'était un terrible spectacle !... Voir de la cime d'un roc, à la clarté de la lune, les torrents rouler sur les champs, les prés, les haies, inonder tout, le vallon bouleversé, et à sa place une mer houleuse livrée aux sifflements aigus du vent ! Et lorsque la lune reparaissait et reposait sur la nuée obscure, et qu'un reflet superbe et terrible me montrait de nouveau les flots roulant et résonnant à mes pieds, alors il me prenait un frissonnement, et puis un désir ! Ah ! les bras étendus, j'étais là devant l'abîme, et je brûlais de m'y jeter ! de m'y jeter ! Je me perdais dans l'idée délicieuse d'y précipiter mes tourments, mes souffrances ! de déferler et de mugir comme les vagues ! Oh ! — et tu n'eus pas la force de lever le pied et de finir tous tes maux — Mon sablier n'est pas encore à sa fin, je le sens ! O mon ami ! combien volontiers j'aurais donné mon existence d'homme, pour, avec la bourrasque, déchirer les nuées, soulever les flots ! Serait-il possible que ces délices ne devinssent jamais le partage de celui qui languit aujourd'hui dans sa prison ?

Et quel fut mon chagrin, en abaissant mes regards sur un endroit où je m'étais reposé avec Charlotte, sous un saule, après nous être promenés à la chaleur ! Cette petite place était aussi inondée, et à peine je reconnus le saule ! Wilhelm ! Et ses prairies, pensai-je, et les environs de la maison de chasse ! Comme le torrent doit avoir arraché, détruit notre tonnelle ! Et le rayon doré du passé brilla dans mon âme de même que vient au prisonnier un rêve de troupeaux, de prairies, d'honneurs. Je restai debout ! — Je ne m'en veux pas, car j'ai le courage de mourir — j'aurais — Et me voilà comme la vieille qui demande son bois aux haies et son pain aux portes, pour soutenir et prolonger d'un instant sa triste et défaillante existence. »

---

14 décembre.

« Qu'est-ce, mon ami ? Je suis effrayé de moi-même. L'amour que j'ai pour elle n'est-il pas l'amour le plus saint, le plus pur, le plus fraternel ? Ai-je jamais senti dans mon âme un désir coupable ? — Je ne veux point jurer — Et maintenant des rêves ! Oh ! que ceux-là avaient raison qui attribuaient des effets si contradictoires à des forces étrangères ! Cette nuit ! Je tremble de le dire, je la tenais dans mes bras étroitement serrée contre mon sein, et je couvrais sa bouche balbutiante d'amour d'un million de baisers. Mon œil nageait dans l'ivresse du sien. Dieu ! serait-ce un crime que le bonheur que je goûte encore à me rappeler intimement tous ces ardents plaisirs ? Charlotte ! Charlotte ! — Et c'en est fait de moi ! Mes sens se troublent. Depuis huit jours je ne pense plus. Mes yeux sont remplis de larmes. Je ne suis bien nulle part, et je suis bien partout. Je ne souhaite rien, ne désire rien. Il vaudrait mieux que je partisse. »

En ce temps-là et dans ces circonstances, la décision de quitter le monde avait acquis une force de plus en plus grande dans l'âme de Werther. Depuis son retour auprès de Charlotte, ç'avait toujours été sa dernière perspective et espérance ; mais il s'était cependant promis de ne point s'y porter avec violence et précipitation, et de ne faire ce pas qu'avec la plus grande conviction et le plus grand calme.

Son incertitude, ses combats avec lui-même, paraissent dans quelques lignes qui constituent sans doute le début d'une lettre destinée à Wilhelm et que l'on a retrouvées, dépourvues de dates, parmi ses papiers :

« Sa présence, sa destinée, l'intérêt qu'elle prend à mon sort, arrachent encore les dernières larmes de mon cerveau calciné.

Lever le rideau et passer derrière ! voilà tout ! Pourquoi frémir ? pourquoi hésiter ? Est-ce parce qu'on ignore ce qu'il y a derrière ? parce qu'on n'en revient point ? et que c'est le propre de notre esprit de supposer que tout est confusion et ténèbres là où nous ne savons pas d'une manière certaine ce qu'il y a ? »

Il s'habitua de plus en plus à ces tristes idées, et chaque jour elles lui devinrent plus familières. Son projet fut arrêté enfin irrévocablement ; on en trouve la preuve dans cette lettre à double entente qu'il écrivit à son ami :

---

20 décembre.

« Cher Wilhelm, je rends grâces à ton amitié d'avoir si bien compris ce que je voulais dire. Oui, tu as raison, il vaudrait mieux pour moi que je partisse. La proposition que tu me fais de retourner vers vous n'est pas tout à fait de mon goût : au moins je voudrais faire un détour, surtout au moment où nous pouvons espérer une gelée soutenue et de beaux chemins. Je suis aussi très content de ton dessein de venir me chercher ; accorde-moi seulement quinze jours, et attends encore une lettre de moi qui te donne des nouvelles ultérieures. Il ne faut pas cueillir le fruit avant qu'il soit mûr, et quinze jours de plus ou de moins font beaucoup. Tu diras à ma mère qu'elle prie pour son fils, et que je lui demande pardon de tous les chagrins que je lui ai causés. C'était mon destin d'attrister ceux dont j'aurais dû faire la joie. Adieu, mon cher ami. Que le ciel répande sur toi toutes ses bénédictions ! Adieu. »

Nous ne chercherons pas à rendre ce qui se passait à cette époque dans l'âme de Charlotte, et ce qu'elle éprouvait à l'égard de son mari et de son malheureux ami, quoique en nous-mêmes nous nous en fassions bien une idée, d'après la connaissance de son caractère et que toute femme douée d'une belle âme puisse se représenter la sienne et sentir ce qu'elle ressentait.

Ce qu'il y a de certain, c'est qu'elle était très décidée à tout faire pour éloigner Werther. Si elle temporisait, son hésitation provenait de compassion et d'amitié ; elle savait combien cet effort coûterait à Werther, elle savait qu'il lui serait presque impossible. Cependant elle se vit bientôt forcée de prendre une décision ferme : Albert continuait à garder sur ce sujet le même silence qu'elle avait elle-même gardé ; et il lui importait d'autant plus de prouver par ses actions combien ses sentiments étaient dignes de ceux de son mari.

Le jour où Werther écrivit à son ami la lettre que nous venons de rapporter — c'était le dimanche avant Noël — il se rendit, le soir, chez Charlotte, et la trouva seule. Elle était en train de préparer les jouets qu'elle destinait comme cadeaux de Noël à ses frères et sœurs. Il parla de la joie qu'auraient les enfants, et de ce temps où l'ouverture inattendue d'une porte et l'apparition d'un arbre décoré de cierges, de sucreries et de pommes, nous causent les plus grands ravissements. « Vous aussi, dit Charlotte en cachant son embarras sous un aimable sourire, vous aussi, vous aurez vos étrennes, si vous êtes bien sage : une petite bougie, et puis quelque chose encore. — Et qu'appelez-vous être bien sage ? s'écria-t-il : comment dois-je être ? comment puis-je être ? — Jeudi soir, reprit-elle, est la veille de Noël ; les enfants viendront alors, et mon père avec eux ; chacun aura ce qui lui est destiné. Venez aussi — mais pas avant. » Werther resta interdit. « Je vous en prie, continua-t-elle, qu'il en soit ainsi ; je vous en prie pour mon repos. Cela ne peut pas durer ainsi, non, cela ne se peut pas. » Il détourna d'elle ses regards, et se mit à arpenter la pièce, en répétant entre les dents : « Cela ne peut pas durer ! » Charlotte, qui s'aperçut de l'état effrayant où l'avaient mis ces paroles, chercha, par mille questions, à le distraire de ses pensées ; mais ce fut en vain. « Non, Charlotte, s'écria-t-il, non, je ne vous reverrai plus ! — Pourquoi donc, Werther ? reprit-elle. Vous pouvez, vous devez nous revoir ; seulement modérez-vous ! Oh ! pourquoi êtes-vous né avec cet emportement, avec cette passion indomptable que vous mettez à tout ce que vous faites ! Je vous en prie, ajouta-t-elle en lui prenant la main, modérez-vous ! Que de jouissances vous assurent votre esprit, vos talents, vos connaissances ! Soyez homme, rompez ce fatal attachement pour une créature qui ne peut rien que vous plaindre ! » Il grinça les dents, et la regarda d'un air sombre. Elle retenait sa main. « Un seul moment de calme, Werther ! lui dit-elle. Ne sentez-vous pas que vous vous abusez, que vous courez volontairement à votre perte ? Pourquoi faut-il que ce soit moi, Werther ? précisément moi, moi qui appartiens à un autre ? précisément cela ? Je crains bien, oui, je crains que ce ne soit cette impossibilité même de m'obtenir qui fait que vous attachiez tant de prix à ce souhait ! » Il retira sa main des siennes, et, la regardant d'un œil fixe et mécontent : « Quelle sagesse ! s'écria-t-il, quelle sagesse extraordinaire ! Cette remarque est peut-être d'Albert ? Elle est profonde ! très profonde ! — Chacun peut la faire, reprit-elle. N'y aurait-il donc, dans le monde entier, aucune femme qui pût remplir les vœux de votre cœur ? Gagnez sur vous de la chercher, et je vous jure que vous la trouverez. Depuis longtemps, pour vous et pour nous, je m'afflige de l'isolement où vous vous renfermez. Prenez sur vous ! Un voyage ne pourra que vous distraire. Cherchez un objet digne de votre amour, et revenez alors : nous jouirons tous ensemble de la félicité que donne une amitié sincère.

— On pourrait imprimer cela, dit Werther avec un sourire amer, et le recommander à tous les précepteurs. Ah ! Charlotte, laissez-moi encore quelque répit : tout s'arrangera ! — Je ne vous demande qu'une chose, Werther ! ne revenez pas avant la veille de Noël ! » Il voulait répondre ; Albert entra. On se donna le bonsoir avec un froid de glace. Ils se mirent à se promener l'un à côté de l'autre dans l'appartement d'un air embarrassé. Werther commença un discours insignifiant, et cessa bientôt de parler. Albert fit de même, puis il interrogea sa femme sur quelques affaires dont il l'avait chargée. En apprenant qu'elles n'étaient pas encore arrangées, il lui dit quelques mots que Werther trouva bien froids et même durs. Il voulait s'en aller, et il ne pouvait pas. Il balança jusqu'à huit heures, et son humeur ne fit que s'aigrir. Quand on vint mettre le couvert, il prit sa canne et son chapeau. Albert le pria de rester ; mais il ne vit dans cette invitation qu'une politesse insignifiante : il remercia très froidement, et sortit.

Il retourna chez lui, prit la lumière des mains de son domestique qui voulait l'éclairer, et monta seul à sa chambre. Il sanglotait, parcourait la chambre à grands pas, se parlait à lui-même à haute voix et d'une manière très animée. Il finit par se jeter tout habillé sur son lit, où le trouva son domestique, qui, vers onze heures, s'était risqué à entrer pour lui demander s'il ne voulait pas qu'il lui tirât ses bottes. Il y consentit, et lui dit de ne point entrer le lendemain matin dans sa chambre sans avoir été appelé.

Le lundi matin, 21 décembre, il commença à écrire à Charlotte la lettre suivante, qui, après sa mort, fut trouvée cachetée sur son secrétaire, et qui fut remise à Charlotte. Je l'insérerai ici par fragments, comme il paraît l'avoir écrite :

« C'est une chose résolue, Charlotte, je veux mourir, et je te l'écris sans aucune exaltation romanesque, de sang-froid, le matin du jour où je te verrai pour la dernière fois. Quand tu liras ceci, ma chère, le frais tombeau couvrira déjà la dépouille glacée de l'inquiet, du malheureux qui ne connaît pas de plaisir plus doux,

« Non, Charlotte, s'écria-t-il, non, je ne vous reverrai plus ! »

pour les derniers moments de sa vie, que de s'entretenir avec toi. J'ai eu une nuit terrible et, hélas !, bienfaisante. Elle a fixé, affermi ma résolution. Je veux mourir ! Lorsque, hier, je m'arrachai d'auprès de toi, dans une terrible convulsion de mes sens, que tout cela convergea vers mon cœur et que mon existence à côté de toi, dépourvue de joie et d'espoir, me saisit et me glaça d'horreur — je parvins à peine à regagner ma chambre, me jetai hors de moi-même à genoux et, ô Dieu ! tu m'accordas l'ultime soulagement des larmes les plus amères. Mille projets, mille idées se combattirent dans mon âme ; et enfin se dressa, inébranlable, bien arrêtée, l'ultime et unique pensée : je veux mourir ! — Je me couchai, et ce matin, dans tout le calme du réveil, je trouvai encore dans mon cœur cette résolution ferme et inébranlable. Je veux mourir ! — Ce n'est point le désespoir, c'est la certitude que j'ai fini ma carrière, et que je me sacrifie pour toi. Oui, Charlotte, pourquoi te le cacher ? il faut que l'un de nous trois périsse, et je veux que ce soit moi. O ma chère ! une idée furieuse s'est insinuée dans mon cœur déchiré, souvent — de tuer ton époux ! — toi ! — moi ! — Ainsi soit-il donc ! Lorsque, sur le soir d'un beau jour d'été, tu graviras la montagne, pense à moi alors, et souviens-toi combien de fois je parcourus cette vallée. Regarde ensuite vers le cimetière, et que ton œil voie comme le vent berce l'herbe sur ma tombe aux derniers rayons du soleil couchant — J'étais calme en commençant, et maintenant ces images m'affectent avec tant de force que je pleure comme un enfant. »

Sur les dix heures, Werther appela son domestique ; et, en se faisant habiller, il lui dit qu'il allait faire un voyage de quelques jours ; qu'il n'avait qu'à nettoyer ses habits et préparer tout pour faire les malles. Il lui ordonna aussi de demander les notes des commerçants, de rapporter quelques livres qu'il avait empruntés, et de payer deux mois d'avance à quelques pauvres qui recevaient de lui une aumône chaque semaine.

Il se fit apporter à manger dans sa chambre ; et après qu'il eut déjeuné, il alla chez le bailli, qu'il ne trouva pas à la maison. Il se promena dans le jardin d'un air pensif : il semblait qu'il voulût rassembler en foule tous les souvenirs capables d'augmenter sa tristesse.

Les enfants ne le laissèrent pas longtemps en repos. Ils coururent à lui en sautant, et lui dirent que quand demain, et encore demain, et puis encore un jour, seraient venus, ils recevraient de Charlotte leur cadeau de Noël ; et là-dessus ils lui étalèrent toutes les merveilles que leur imagination leur promettait. « Demain, s'écria-t-il, et encore demain, et puis encore un jour ! » Il les embrassa tous tendrement, et allait les quitter, lorsque le plus jeune voulut encore lui dire quelque chose à l'oreille. Il lui dit en confidence que ses grands frères avaient écrit de beaux compliments du Jour de l'An, *très* longs, et il y en avait un pour le papa, un pour Albert et Charlotte, et un aussi pour M. Werther, et qu'on les présenterait de grand matin, le jour du Nouvel An. Ces derniers mots l'accablèrent : il leur donna à tous quelque chose, monta à cheval, les chargea de faire ses compliments, et partit les larmes aux yeux.

Il revint chez lui vers les cinq heures, recommanda à la servante d'avoir soin du feu et de l'entretenir jusqu'à la nuit. Il dit au domestique d'emballer ses livres et son linge, et d'arranger ses habits dans sa malle. C'est alors vraisemblablement qu'il écrivit le paragraphe suivant de sa dernière lettre à Charlotte :

« Tu ne m'attends pas. Tu crois que j'obéirai, et que je ne te verrai que la veille de Noël. Charlotte ! aujourd'hui ou jamais. La veille de Noël tu tiendras ce papier dans ta main, tu frémiras, et tu le mouilleras de tes larmes. Je le veux, il le faut ! Oh ! que je suis content d'avoir pris mon parti ! »

Cependant Charlotte se trouvait dans une situation étrange. Son dernier entretien avec Werther lui avait mieux fait sentir encore quelle peine elle aurait à se séparer de lui, et ce qu'il souffrirait s'il devait s'éloigner d'elle.

Elle avait dit, comme en passant, en présence de son mari, que Werther ne reviendrait point avant la veille de Noël ; et Albert était parti à cheval pour aller chez un fonctionnaire du voisinage traiter d'une affaire qui l'obligeait à y rester la nuit.

Elle était seule, aucun de ses frères et sœurs n'était autour d'elle. Elle s'abandonna tout entière à ses pensées, qui erraient sur sa situation présente et sur l'avenir. Elle se voyait liée pour la vie à un homme dont elle connaissait l'amour et la fidélité, et qu'elle aimait de tout cœur ; à un homme dont le caractère paisible et solide paraissait formé par le ciel pour assurer le bonheur d'une honnête femme : elle sentait ce qu'un tel époux serait toujours pour elle et pour ses enfants. D'un autre côté, Werther lui était devenu si cher, et dès le premier instant la sympathie entre eux s'était si bien manifestée, sa fréquentation durable, certaines expériences communes avaient fait une ineffaçable impression sur son cœur. Elle était accoutumée à partager avec lui tous ses sentiments et toutes ses pensées ; et son départ menaçait de causer un vide qu'elle ne pourrait plus remplir. Oh ! si elle avait pu dans cet instant le changer en un frère, comme elle eût été heureuse ! s'il y avait eu moyen de le marier à une de ses amies ! si elle avait pu aussi espérer de rétablir entièrement la bonne intelligence entre Albert et lui !

Elle passa en revue dans son esprit toutes ses amies : elle trouvait toujours à chacune d'elles quelque défaut, et il n'y en eut aucune à qui elle l'aurait accordé de bon cœur.

Au milieu de toutes ses réflexions, elle finit par sentir profondément, sans oser se l'avouer, que le désir secret de son âme était de le garder pour elle-même, tout en se répétant qu'elle ne pouvait, qu'elle ne devait pas le garder. Son âme si pure, si belle, et toujours si invulnérable à la tristesse, reçut en ce moment l'empreinte de cette mélancolie qui n'entrevoit plus la perspective du bonheur. Son cœur était oppressé, et un sombre nuage couvrait ses yeux.

Il était six heures et demie lorsqu'elle entendit Werther monter l'escalier ; elle reconnut à l'instant ses pas et sa voix qui la demandait. Comme son cœur battit vivement à son approche et peut-être pour la première fois ! Elle aurait volontiers fait dire qu'elle n'y était pas ; et quand il entra, elle lui cria avec une espèce d'égarement passionné : « Vous ne m'avez pas tenu parole ! — Je n'ai rien promis, » fut sa réponse. — « Au moins auriez-vous dû avoir égard à ma prière ; je vous avais demandé cela pour notre tranquillité commune. »

Elle ne savait que dire ni que faire, quand elle pensa à envoyer inviter deux de ses amies, pour ne pas se trouver seule avec Werther. Il déposa quelques livres qu'il avait apportés, et en demanda d'autres. Tantôt elle souhaitait voir arriver ses amies, tantôt qu'elles ne vinssent pas, lorsque la servante rentra, et lui dit qu'elles s'excusaient toutes deux de ne pouvoir venir.

Elle voulait d'abord faire rester cette fille, avec son ouvrage, dans la chambre voisine, et puis elle changea d'idée. Werther se promenait à grands pas. Elle se mit à son clavecin, et commença un menuet ; mais ses doigts se refusaient. Elle rassembla son courage, et vint s'asseoir d'un air tranquille auprès de Werther, qui avait pris sa place accoutumée sur le canapé.

« N'avez-vous rien à lire ? », dit-elle. Il n'avait rien. « Ici, dans mon tiroir, continua-t-elle, est votre traduction de quelques chants d'Ossian : je ne l'ai point encore lue, car j'espérais toujours vous l'entendre lire vous-même ; mais cela n'a jamais pu se faire. » Il sourit, et alla chercher son cahier. Un frisson le saisit en y portant la main, et ses yeux se remplirent de larmes quand il l'ouvrit ; il se rassit et lut[1] :

---

1. Werther lit sa traduction des *Chants de Selma* (*Songs of Selma*), l'un des poèmes ossianiques les plus courts (sur Ossian, cf. la lettre du 10 juillet 1771, p. 80, et la note). Goethe attribue au personnage romanesque une traduction qu'il avait lui-même composée en 1771, puis remaniée en 1774 pour qu'elle fût insérée dans *Werther*.

« Étoile de la nuit naissante, te voilà qui étincelles à l'occident, tu lèves ta brillante tête sur la nuée, tu t'avances majestueusement le long de la colline. Que regardes-tu sur la bruyère ? Les vents orageux se sont apaisés ; le murmure du torrent lointain se fait entendre ; les vagues viennent expirer au pied du rocher, et les insectes du soir bourdonnent dans les airs. Que regardes-tu, belle lumière ? Mais tu souris et tu t'en vas joyeusement. Les ondes t'entourent, et baignent ton aimable chevelure. Adieu, tranquille rayon. Et toi, parais, toi, lumière superbe de l'âme d'Ossian !

Et elle paraît dans tout son éclat. Je vois mes amis morts. Ils s'assemblent à Lora, comme aux jours qui sont passés. Fingal vient, comme une humide colonne de brouillard. Autour de lui sont ses héros ; voilà les bardes ! Ullin aux cheveux gris, majestueux Ryno, Alpin, chantre aimable, et toi, Minona aux douces complaintes ! comme vous êtes changés, mes amis, depuis les jours de fêtes de Selma, alors que nous nous disputions l'honneur du chant, comme les zéphyrs du printemps font, l'un après l'autre, plier les herbes sur la colline qui murmurent doucement !

Alors Minona s'avançait dans sa beauté, le regard baissé, les yeux pleins de larmes ; sa chevelure flottait, en résistant au vent vagabond qui soufflait du haut de la colline. L'âme des guerriers devint sombre quand sa douce voix s'éleva ; car ils avaient vu souvent la tombe de Salgar, ils avaient souvent vu la sombre demeure de la blanche Colma. Colma était abandonnée sur la colline, seule avec sa voix mélodieuse ; Salgar avait promis de venir, mais la nuit se répandait autour d'elle. Écoutez de Colma la voix, lorsqu'elle était seule sur la colline [1].

COLMA

Il fait nuit. Je suis seule, égarée sur l'orageuse colline. Le vent souffle dans les montagnes. Le torrent roule avec fracas des rochers. Aucune cabane ne me défend de la pluie, moi l'abandonnée sur l'orageuse colline.

O lune ! sors de tes nuages ! paraissez, étoiles de la nuit !

---

1. La structure narrative de cette pièce est assez complexe : Ossian se souvient d'une réunion de ses « amis morts » chez son père Fingal. Lors de cette réunion, Minona avait répété les complaintes que Colma avait chantées sur sa colline. Ici, Ossian présente donc le chant dans lequel Minona rapporte ce que Colma a chanté.

Que quelque rayon me conduise à l'endroit où mon amour repose des fatigues de la chasse, son arc détendu à côté de lui, ses chiens haletants autour de lui ! Faut-il, faut-il que je sois assise ici seule sur le roc au-dessus du torrent ! Le torrent est gonflé et l'ouragan mugit. Je n'entends pas la voix de mon amant.

Pourquoi tarde mon Salgar ? a-t-il oublié sa promesse ? Voilà bien le rocher et l'arbre, et voici le bruyant torrent. Salgar, tu m'avais promis d'être ici à l'approche de la nuit. Hélas ! où s'est égaré mon Salgar ? Avec toi je voulais fuir, abandonner père et frère, les orgueilleux ! Depuis longtemps nos familles sont ennemies, mais nous ne sommes point ennemis, ô Salgar !

Tais-toi un instant, ô vent ! silence un instant, ô torrent ! que ma voix résonne à travers la vallée, que mon voyageur m'entende ! Salgar, c'est moi qui appelle ! Voici l'arbre et le rocher. Salgar, mon ami, je suis ici : pourquoi ne viens-tu pas ?

Ah ! la lune paraît, les flots brillent dans la vallée, les rochers gravissent, gris, la colline ; mais je ne le vois pas sur la cime ; ses chiens devant lui n'annoncent pas son arrivée. Faut-il que je sois seule ici !

Mais qui sont ceux qui là-bas sont couchés sur la bruyère ? — Mon amant ? Mon frère ? — Parlez, ô mes amis ! — Ils ne répondent pas. Que mon âme est anxieuse ! — Hélas, ils sont morts ! Leurs glaives rougis du combat ! O mon frère ! mon frère ! pourquoi as-tu tué mon Salgar ? O mon Salgar, pourquoi as-tu tué mon frère[1] ? Vous m'étiez tous les deux si chers ! Oh ! tu étais beau entre mille sur la colline ; il était terrible dans le combat. Répondez-moi ! Ecoutez ma voix, mes bien-aimés ! Mais, hélas ! ils sont muets, muets pour toujours ! Froide comme la terre est leur poitrine.

Oh ! du haut du rocher de la colline, du haut de la cime de l'orageuse montagne, parlez, esprits des morts ! parlez, je ne frémirai point. Où êtes-vous allés reposer ? dans quelle

---

1. Le chant de Colma est une complainte funèbre, une double déploration de son frère et de son amant. Le motif du combat entre le frère et Salgar rappelle l'opposition entre Albert et Werther. Nous avons vu que Charlotte considère Werther comme un frère (cf. p. 168). De son côté, Werther avait apparemment envisagé le meurtre d'Albert : « une idée furieuse s'est insinuée dans mon cœur déchiré, souvent — de tuer ton époux ! — toi ! — moi ! » (cf. p. 166).

caverne des montagnes dois-je vous trouver ? Je n'entends aucune faible voix ; dans la tempête de la colline, le vent n'apporte aucune réponse.

Je suis assise dans ma douleur ; j'attends le matin dans les larmes. Creusez le tombeau, vous les amis des morts ; mais ne le fermez pas jusqu'à ce que je vienne. Ma vie disparaît comme un songe. Pourrais-je rester en arrière ? Ici je veux demeurer avec mes amis, auprès du torrent qui sort du rocher. Lorsqu'il fait nuit sur la colline et que le vent arrive en roulant par-dessus la bruyère, mon esprit doit se tenir dans le vent et plaindre la mort de mes amis. Le chasseur m'entendra de sa cabane de feuillage, craindra ma voix et l'aimera ; car elle sera douce, ma voix, en pleurant mes amis : ils m'étaient tous les deux si chers !

C'était là ton chant ! ô Minona ! douce fille de Thormann. Nos larmes coulèrent pour Colma, et notre âme devint sombre.

Ullin parut avec la harpe, et nous donna le chant d'Alpin. La voix d'Alpin était douce, l'âme de Ryno était un rayon de feu ; mais tous deux déjà habitaient l'étroite maison des morts, et leur voix était morte à Selma. Un jour Ullin, revenait de la chasse ; les deux héros n'étaient pas encore tombés ; il les entendit chanter tour à tour sur la colline. Leurs chants étaient doux, mais tristes. Ils plaignaient la mort de Morar, le premier des héros. L'âme de Morar était comme l'âme de Fingal, son glaive comme le glaive d'Oscar. Mais il tomba, et son père gémit, et les yeux de sa sœur étaient pleins de larmes, pleins de larmes les yeux de Minona, la sœur du valeureux Morar. Devant les accords d'Ullin, Minona se retira, comme la lune à l'ouest, qui prévoit l'orage, cache sa belle tête dans un nuage. Je pinçai la harpe avec Ullin pour le chant des plaintes [1] !

RYNO

Le vent et la pluie sont apaisés, le zénith est serein, les nuages se dissipent ; le soleil, en fuyant, éclaire la colline de ses derniers rayons ; la rivière coule toute rouge de la montagne dans la vallée. Doux est ton murmure, ô rivière ! mais

---

1. Ossian et Ullin reprennent les chants que Ryno et Alpin (tous deux défunts) avaient autrefois chantés. Dans ce chant, Alpin déplore la mort de son fils Morar.

plus douce est la voix que j'entends. C'est la voix d'Alpin, il pleure le défunt. Sa tête est courbée par l'âge, et son œil creux est rouge de pleurs. Alpin, excellent chanteur, pourquoi, seul sur la silencieuse colline, gémis-tu comme un coup de vent dans la forêt, comme une vague sur un rivage lointain ?

ALPIN

Mes pleurs, Ryno, sont pour le défunt ; ma voix est aux habitants de la tombe. Jeune homme, tu es svelte sur la colline, beau parmi les fils des bruyères ; mais tu tomberas comme Morar, et sur ton tombeau l'affligé viendra s'asseoir. Les collines, t'oublieront, et ton arc restera dans la salle, il restera détendu.

Tu étais rapide, ô Morar ! comme un chevreuil sur la colline, terrible comme les feux du ciel, la nuit. Ton courroux était un orage ; ton glaive dans le combat était comme l'éclair sur la bruyère ; ta voix, semblable au torrent de la forêt après la pluie, au tonnerre roulant sur les collines lointaines. Beaucoup tombaient devant ton bras ; la flamme de ta colère les consumait. Mais, quand tu revenais de la guerre, ta voix était paisible, ton visage semblable au soleil après l'orage, à la lune dans la nuit silencieuse, ton sein calme comme le lac quand le bruit du vent est apaisé.

Étroite est maintenant ta demeure, obscur ton tombeau : avec trois pas je mesure ta tombe, ô toi qui, autrefois, étais si grand ! quatre pierres couvertes de mousse sont ton seul monument : un arbre effeuillé, l'herbe haute que le vent couche, indiquent à l'œil du chasseur le tombeau du puissant Morar. Tu n'as pas de mère pour te pleurer, pas d'amante qui verse des larmes sur toi. Elle est morte, celle qui te donna le jour, tombée, la fille de Morglan.

Quel est ce vieillard appuyé sur son bâton ? qui est-il, cet homme dont la tête est blanchie par l'âge et les yeux rougis par les larmes ? C'est ton père, ô Morar ! le père d'aucun autre fils. Il entendit souvent parler de ta vaillance, des ennemis tombés sous tes coups ; il entendit la gloire de Morar ! Hélas, rien de sa blessure ? Pleure, père de Morar, pleure ! mais ton fils ne t'entend pas. Le sommeil des morts est profond ; leur oreiller de poussière est creusé bas. Il n'entendra plus jamais ta parole, il ne se réveillera plus à ta voix. Oh !

quand fait-il jour au tombeau, pour dire à celui qui dort : Réveille-toi !

Adieu, le plus noble des hommes, adieu, ô toi, le conquérant dans la bataille ! Mais, jamais plus le champ de bataille ne te verra ; jamais plus la sombre forêt ne brillera de l'éclat de ton acier. Tu n'as laissé aucun fils, mais les chants conserveront ton nom ; les temps futurs entendront parler de toi, ils connaîtront Morar !

Les guerriers s'affligèrent : mais Armin surtout poussa de douloureux soupirs. Ce chant lui rappelait aussi, à lui, la mort d'un fils qui était tombé dans sa jeunesse. Carmor était près du héros, Carmor, le prince de Galmal. "Pourquoi sanglotent les soupirs d'Armin ? dit-il, qu'y a-t-il à pleurer ? La musique et le chant ne résonnent-ils pas, pour attendrir et réjouir l'âme ? Ils sont comme le léger brouillard qui s'élève du lac et se répand dans la vallée, et les fleurs écloses se remplissent d'humidité ; mais le soleil revient dans toute sa force, et le brouillard est parti. Pourquoi es-tu si triste, ô Armin ! toi qui règnes sur Gorma, qu'environnent les flots ?

Oui, je suis triste, et considérables les raisons de ma douleur. Carmor, tu n'as point perdu de fils ! tu n'as point perdu de fille éclatante de beauté ! Le brave Colgar vit, et Annira aussi, la plus belle des femmes. Les branches de ta race fleurissent, ô Carmor ; mais Armin est le dernier de sa souche ! Ton lit est noir, ô Daura ! sombre est ton sommeil dans le tombeau ! Quand te réveilleras-tu, avec tes chants, avec ta voix mélodieuse ? Levez-vous, vents de l'automne ! soufflez, soufflez sur l'obscure bruyère ! écumez, torrents de la forêt ! hurlez, ouragans, à la cime des chênes ! voyage à travers des nuages déchirés, ô lune ! montre et cache alternativement ton pâle visage ! rappelle-moi la nuit terrible où mes enfants périrent, où Arindal le fort tomba, où s'éteignit Daura la chérie !

Daura, ma fille, tu étais belle, belle comme la lune sur les collines de Fura, blanche comme la neige tombée, douce comme la respiration de l'air. Arindal, ton arc était fort, ton javelot rapide dans les airs, ton regard comme la nue qui presse les flots, ton bouclier comme un nuage de feu dans l'orage.

Armar, fameux dans les combats, vint, rechercha l'amour de Daura ; elle ne résista pas longtemps. Leurs amis étaient joyeux et pleins d'espérance.

Érath, fils d'Odgall, frémissait de rage, car son frère avait été tué par Armar. Il vint déguisé en batelier. Sa barque était belle sur les vagues ; il avait les cheveux blanchis par l'âge, et son visage était grave et tranquille. « O la plus belle des filles ! dit-il, aimable fille d'Armin, là-bas sur le rocher, non loin du rivage, là où brille le rouge fruit de l'arbre, Armar attend sa Daura. Je viens conduire son amour au-dessus des flots roulants. »

Elle y alla, elle appela Armar. La voix du rocher seule lui répondit. « Armar, mon ami, mon amant, pourquoi me tourmentes-tu ainsi ? Écoute-moi donc, fils d'Arnath ! écoute-moi. C'est Daura qui t'appelle. »

Érath, le traître, fuyait en riant vers la terre. Elle élevait sa voix, elle appelait son père et son frère : « Arindal ! Armin ! aucun de vous ne viendra-t-il donc sauver sa Daura ? »

Sa voix traversa la mer ; Arindal, mon fils, descendit de la colline, couvert du butin de sa chasse, ses flèches retentissant à son côté, son arc à la main, et cinq dogues noirs autour de lui. Il aperçut l'audacieux Érath sur le rivage, le saisit, et l'enchaîna, entourant fortement ses bras, et repliant étroitement les liens autour de ses hanches. L'enchaîné remplissait les airs de ses gémissements.

Arindal pousse la barque au large, et s'élance vers Daura. Tout à coup Armar survient furieux, il décoche la flèche à la plume grise ; le trait siffla et tomba dans ton cœur, ô Arindal, mon fils ! O mon fils ! tu péris du coup destiné à Érath[1]. La barque atteignit le rocher, et en même temps Arindal tomba et expira. Le sang de ton frère coulait à tes pieds, ô Daura ! quelle fut ta douleur !

La barque fut brisée, les flots l'engloutirent. Armar se précipite dans la mer pour sauver sa Daura ou mourir. Soudain un coup de vent tombe de la colline sur les flots ; Armar est submergé et ne reparaît plus.

J'ai entendu les plaintes de ma fille se désolant sur le rocher battu des vagues : ses cris étaient aigus, et revenaient sans cesse ; et son père ne pouvait rien pour elle ! Toute la nuit je restai sur le rivage, je la voyais aux faibles rayons de la lune ; toute la nuit j'entendis ses cris ; le vent soufflait, et la pluie frappait

1. Dans le chant d'Armin, on retrouve un schéma tragique que Werther et Charlotte peuvent appliquer à leur propre histoire : le frère de Daura est tué par erreur par son amant Armar qui disparaît dans les flots ; Daura meurt sur une île battue par la tempête.

violemment du côté du rocher. Sa voix devint faible avant que le matin parût, et finit par s'évanouir comme le souffle du soir dans l'herbe des rochers. Épuisée par la douleur, elle mourut, et laissa Armin seul. Ma force guerrière est passée, tombée ma fierté parmi les filles.

Lorsque les orages descendent de la montagne, lorsque le vent du nord soulève les flots, je m'assieds sur le rivage retentissant, et je regarde le terrible rocher. Souvent, dans la lune qui décline, je vois au milieu du crépuscule les esprits de mes enfants marchant ensemble dans une triste concorde. »

Un torrent de larmes qui coula des yeux de Charlotte, et qui soulagea son cœur oppressé, interrompit le chant de Werther. Il jeta le manuscrit, lui prit une main, et versa les pleurs les plus amers. Charlotte était appuyée sur l'autre main, et cachait son visage dans son mouchoir. Leur agitation à l'un et à l'autre était terrible : ils sentaient leur propre infortune dans la destinée des héros d'Ossian ; ils la sentaient ensemble, et leurs larmes se confondaient. Les lèvres et les yeux de Werther se collèrent sur le bras de Charlotte, et le brûlaient. Elle frémit, et voulut s'éloigner ; mais la douleur et la compassion la tenaient enchaînée, comme si une masse de plomb eût pesé sur elle. Elle chercha, en reprenant son souffle, à se remettre, et en sanglotant elle le pria de continuer ; elle priait d'une voix céleste. Werther tremblait, son cœur voulait se briser, il ramassa la feuille et lut, d'une voix entrecoupée :

« Pourquoi m'éveilles-tu, souffle du printemps[1] ? Tu me caresses et dis : "Je suis chargé de la rosée du ciel." Mais le temps de ma flétrissure est proche ; proche est l'orage qui abattra mes feuilles[2]. Demain viendra le voyageur, viendra

---

1. La lecture reprend avec un passage de *Berrathon*. Chez Macpherson, il n'est donc pas lié aux textes précédents ; pour le lecteur de *Werther*, il n'y a en revanche aucune rupture. **2.** Le barde annonce sa propre disparition. L'image de l'arbre qui perd ses feuilles avait déjà été employée par Werther lui-même le 4 septembre 1772 (« Mes feuilles jaunissent »), p. 130. Par ailleurs, l'opposition entre le printemps et l'automne qui caractérise cet extrait d'Ossian structure l'ensemble du roman de Goethe.

celui qui m'a vu dans ma beauté ; son œil me cherchera autour de lui, il me cherchera et ne me trouvera point. »

Toute la force de ces paroles tomba sur l'infortuné. Il en fut accablé. Il se jeta aux pieds de Charlotte dans le dernier désespoir ; il lui prit les mains, qu'il pressa contre ses yeux, contre son front et un pressentiment de son projet affreux semblait passer dans l'âme de Charlotte. Ses sens se troublèrent ; elle lui serra les mains, les pressa contre son sein ; elle se pencha vers lui avec attendrissement, et leurs joues brûlantes se touchèrent. Le monde s'anéantit pour eux[1]. Il la prit dans ses bras, la serra contre son cœur, et couvrit ses lèvres tremblantes et balbutiantes de baisers furieux. « Werther ! dit-elle d'une voix étouffée et en se détournant, Werther ! » et d'une main faible elle tâchait de l'écarter de son sein. « Werther ! », s'écria-t-elle enfin, du ton le plus imposant et le plus noble. Il n'opposa aucune résistance, la laissa aller de ses bras, et se jeta à terre devant elle comme un forcené. Elle s'arracha de lui, et, toute troublée, tremblante entre l'amour et la colère, elle lui dit : « Voilà la dernière fois, Werther ! vous ne me revoyez plus. » Et puis, jetant sur le malheureux un regard plein d'amour, elle courut dans la pièce voisine, et s'y renferma. Werther lui tendit les bras, et n'osa pas la retenir. Il était par terre, la tête appuyée sur le canapé, et il demeura plus d'une demi-heure dans cette position, jusqu'à ce qu'un bruit qu'il entendit le rappelât à lui-même : c'était la servante qui venait mettre le couvert. Il allait et venait dans la pièce ; et lorsqu'il se vit de nouveau seul, il s'approcha de la porte du cabinet, et dit à voix basse : « Charlotte !

---

1. La situation présentée ici a de nombreux modèles littéraires. Dante présente de façon analogue deux personnages vaincus par la force émotionnelle de la lecture ; l'ensemble du passage (*Enfer*, V, 127 ss.) est cité dans notre introduction. Mais, à la différence de ce qui se passe chez l'auteur de la *Divine Comédie*, Charlotte s'arrache des bras de Werther et met précipitamment fin à la dangereuse confusion sentimentale qui est en train de s'installer.

Charlotte ! seulement encore un mot, un adieu. » Elle garda le silence. Il attendit, il pria, puis attendit encore ; enfin il s'arracha de cette porte en s'écriant : « Adieu, Charlotte ! adieu pour jamais ! »

Il se rendit à la porte de la ville. Les gardes, qui étaient accoutumés à le voir, le laissèrent passer sans lui rien dire. Il tombait de la neige fondue. Il ne rentra que vers les onze heures. Lorsqu'il revint à la maison, son domestique remarqua qu'il n'avait point de chapeau ; il n'osa l'en faire apercevoir. Il le déshabilla : tout était mouillé. On a trouvé ensuite son chapeau sur un rocher qui se détache de la montagne et plonge sur la vallée. On ne conçoit pas comment il a pu, par une nuit obscure et pluvieuse, y monter sans tomber dans le précipice.

Il se coucha, et dormit longtemps. Le lendemain matin, son domestique le trouva en train d'écrire, lorsque, à son appel, il vint lui porter le café. Il ajoutait le passage suivant de sa lettre à Charlotte ;

« C'est donc pour la dernière fois, pour la dernière fois que j'ouvre les yeux ! Hélas ! ils ne verront plus le soleil ; des nuages et un sombre brouillard le cachent pour toute la journée. Oui, prends le deuil, ô nature ! ton fils, ton ami, ton bien-aimé, s'approche de sa fin. Charlotte, c'est un sentiment qui n'a point de pareil, et qui ne peut guère se comparer qu'au sentiment confus d'un songe, que de se dire : Ce matin est le dernier ! Le dernier, Charlotte ! je n'ai aucune idée de ce mot : le dernier ! Ne suis-je pas là dans toute ma force ? et demain, couché, étendu sans force sur la terre ! Mourir ! qu'est-ce que cela signifie ? Vois-tu, nous rêvons quand nous parlons de la mort. J'ai vu mourir plusieurs personnes ; mais l'homme est si borné qu'il n'a aucune idée du commencement et de la fin de son existence. Actuellement encore à moi, à toi ! à toi, ma bien-aimée ! Et puis — séparés, désunis — à jamais peut-être ? — Non, Charlotte, non — comment est-il possible que je disparaisse ? que tu disparaisses ? Puisque nous *existons* ! — Disparaître ! — Qu'est-ce que cela signifie ? C'est encore un mot, un son vide que mon cœur ne comprend pas — Mort, Charlotte ! enseveli dans un coin de la terre froide, si étroit, si obscur ! J'eus une amie qui fut tout pour ma jeunesse privée d'appui[1]. Elle mourut, je suivis le convoi, et me tins auprès de la fosse. J'entendis descendre le cercueil, j'entendis le frottement des cordes qu'on lâchait et qu'on retirait ensuite ; et puis la première pelletée de terre tomba, et le coffre anxieux rendit un bruit sourd, puis plus sourd, et plus sourd encore, jusqu'à ce qu'enfin il se trouvât entièrement couvert ! — Je me précipitai auprès de la fosse — bouleversé, saisi, oppressé, les entrailles déchirées, mais je ne savais ce qui m'arrivait — ce qui va m'arriver — Mourir ! tombeau ! Je n'entends point ces mots !

Oh ! pardonne-moi ! pardonne-moi ! Hier !... ç'aurait dû être le dernier moment de ma vie. O ange ! ce fut pour la première fois, oui, pour la première fois, que ce sentiment d'une joie sans bornes pénétra tout entier, et sans aucun mélange de doute, dans mon âme : Elle m'aime ! elle m'aime ! Il brûle encore sur mes lèvres, le feu sacré qui coula par torrents des tiennes ; ces ardentes délices sont encore dans mon cœur. Pardonne-moi ! pardonne-moi !

Ah ! je le savais bien que tu m'aimais ! Tes premiers regards, ces regards pleins d'âme, ton premier serrement de main, me l'apprirent ; et cependant, lorsque je t'avais quittée, ou que je voyais Albert à tes côtés, je retombais dans mes doutes enfiévrés.

Te souvient-il de ces fleurs que tu m'envoyas le jour de cette ennuyeuse réunion, où tu ne pus me dire un seul mot, ni me tendre la main ? Je restai la moitié de la nuit à genoux devant ces fleurs, et elles furent pour moi le sceau de ton amour. Mais, hélas ! ces impressions s'effaçaient, comme insensiblement s'efface dans

---

1. Cette amie (qui joue un peu le rôle de sœur aînée de Werther) est évoquée dans la lettre du 17 mai 1771, p. 47.

le cœur du croyant le sentiment de la grâce de son Dieu, qui lui a été donné avec une profusion céleste dans de saintes images, sous des symboles visibles.

Tout cela est périssable ; mais l'éternité même ne pourra point détruire la vie brûlante dont je jouis hier sur tes lèvres et que je sens en moi ! Elle m'aime ! ce bras l'a pressée ! ces lèvres ont tremblé sur ses lèvres ! cette bouche a balbutié sur la sienne ! Elle est à moi ! Tu es à moi ! oui, Charlotte, pour jamais !

Qu'importe qu'Albert soit ton époux ? Époux ! Ce titre serait donc seulement pour ce monde — et péché pour ce monde que je t'aime, que je voudrais t'arracher de ses bras dans les miens ? Péché ? Soit, et je m'en punis. Je l'ai savouré, ce péché, dans toutes ses délices célestes ; j'ai aspiré le baume de la vie et versé la force dans mon cœur. De ce moment tu es à moi, à moi, ô Charlotte ! Je pars devant. Je vais rejoindre mon père, ton père [1] ; je me plaindrai à lui ; il me consolera jusqu'à ton arrivée : alors je vole à ta rencontre, je te saisis, et demeure uni à toi en présence de l'Éternel, dans des embrassements qui ne finiront jamais.

Je ne rêve point, je ne suis point dans le délire ! Près du tombeau, je vois plus clair. Nous serons, nous nous reverrons [2]. Nous verrons ta mère. Je la verrai, je la trouverai. Ah ! j'épancherai devant elle mon cœur tout entier. Ta mère ! Ton fidèle portrait ! »

Vers les onze heures, Werther demanda à son domestique si Albert n'était pas de retour. Le domestique répondit que oui, qu'il avait vu passer son cheval. Alors Werther lui donna un petit billet non cacheté, qui contenait ces mots :

« Voudriez-vous bien me prêter vos pistolets pour un voyage que je me propose de faire ? Adieu. »

---

1. Cf. Évangile selon saint Jean, 16, 28 : « A présent, je quitte le monde et je vais au Père » (de même Jn 14, 28). **2.** Reprise littérale des propos tenus à Charlotte lors de la conversation du 10 septembre 1771, p. 106 (dernière lettre de la première partie).

La pauvre Charlotte avait peu dormi la nuit précédente. Ce qu'elle avait craint était devenu certain, et ses appréhensions s'étaient réalisées d'une manière qu'elle n'avait pu ni prévoir ni craindre. Son sang si pur et ordinairement si léger était maintenant dans une agitation fiévreuse, et mille sentiments ébranlaient son noble cœur. Était-ce le feu des embrassements de Werther qu'elle sentait dans son for intérieur ? Était-ce indignation de sa témérité ? Était-ce une fâcheuse comparaison de son état actuel avec ces jours d'innocence, de calme et de confiance en elle-même ? Comment se présenterait-elle à son mari ? comment lui avouer une scène qu'elle pouvait si bien avouer, et dont pourtant elle n'osait faire l'aveu ? Sur ce point, ils avaient si longtemps gardé le silence, et elle serait la première à le rompre pour faire à son mari, à un moment fort mal choisi, une révélation si inattendue ? Elle craignait déjà que la seule nouvelle de la visite de Werther ne produisît sur lui une fâcheuse impression : que serait-ce s'il en apprenait la crise inattendue ? Pouvait-elle espérer que son mari verrait cette scène dans son vrai jour, et la jugerait sans prévention ? et pouvait-elle désirer qu'il lût dans son âme ? D'un autre côté, pouvait-elle dissimuler avec un homme devant lequel elle avait toujours été franche et transparente comme le cristal, à qui elle n'avait jamais caché et ne voulait jamais cacher aucune de ses affections ? L'un et l'autre termes de l'alternative l'inquiétèrent, et la jetèrent dans un cruel embarras. Et toujours ses pensées revenaient à Werther, qui était perdu pour elle, qu'il lui était impossible de laisser partir, qu'il fallait pourtant, hélas, laisser à lui-même, et à qui, en la perdant, il ne restait plus rien.

Combien lui pesait, sans que, sur l'instant, elle pût véritablement s'en rendre compte, la mésintelligence qui s'était installée entre eux ! Des êtres si bons, si raisonnables, avaient commencé, à cause de certaines divergences secrètes, à se renfermer tous deux dans un mutuel silence, chacun pensant à son droit et au tort de l'autre ; et l'aigreur s'était tellement accrue peu à peu,

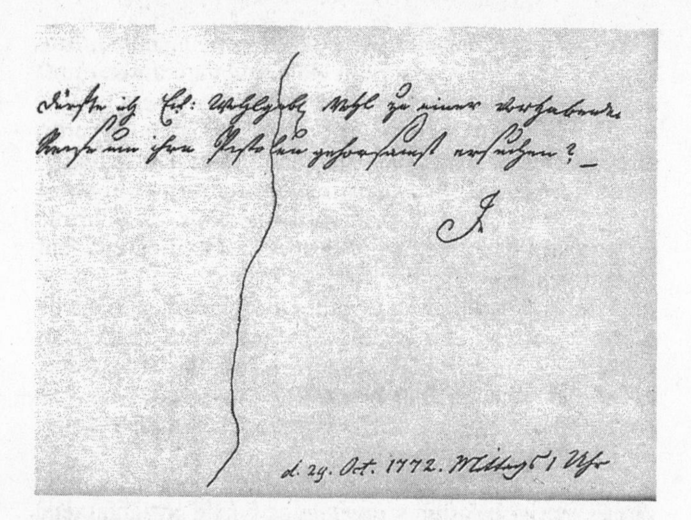
Dürfte ich Ew: Wohlgebl wohl zu einer vorhabenden
Reise um ihre Pistolen gehorsamst ersuchen? _

J.

d. 29. Oct. 1772. Mittags 1 Uhr

« Puis-je vous demander, monsieur, de me prêter vos pistolets pour un voyage que je me propose de faire ? [signature]. [Au bas de la page :] le 29 oct. 1772, à une heure de l'après-midi ». Sur l'histoire du suicide de Jerusalem, voir aussi la Chronologie (p. 213).

qu'il devenait impossible, au moment critique où tout en dépendait, de défaire le nœud. Si une heureuse confiance les eût rapprochés plus tôt, si l'amitié et l'indulgence se fussent ranimées et eussent ouvert leurs cœurs, peut-être notre ami eût-il encore pu être sauvé.

Une circonstance particulière augmentait sa perplexité. Werther, comme on le voit par ses lettres, n'avait jamais fait mystère de son désir de quitter ce monde. Albert l'avait souvent combattu, et il en avait été aussi quelquefois question entre Charlotte et son mari. Celui-ci, par suite de son invincible aversion pour le suicide, manifestait assez fréquemment, avec une espèce d'acrimonie tout à fait étrangère à son caractère, qu'il croyait fort peu à une pareille résolution ; il se permettait même des railleries à ce sujet, et il avait communiqué en partie son incrédulité à Charlotte. Certes, cela la tranquillisait d'un côté lorsque ses pensées lui présentaient cette triste vision, mais, d'un autre côté, cela l'empêchait de faire part à son mari des inquiétudes qui la tourmentaient.

Albert arriva. Charlotte alla au-devant de lui avec un empressement mêlé d'embarras. Il n'était pas de bonne humeur : il n'avait pu terminer ses affaires ; il avait trouvé, dans le bailli qu'il était allé voir, un homme intraitable et borné. Les mauvais chemins avaient encore achevé de le contrarier.

Il demanda s'il n'était rien arrivé : elle se hâta de répondre que Werther était venu la veille au soir. Il s'informa s'il y avait des lettres : elle lui dit qu'une lettre ainsi que quelques paquets se trouvaient dans sa chambre. Il y passa, et Charlotte resta seule. La présence de l'homme qu'elle aimait et estimait avait fait une heureuse diversion sur son cœur. Le souvenir de sa générosité, de son amour, de sa bonté, avait ramené le calme dans son âme. Elle sentit un secret désir de le suivre ; elle prit son ouvrage, et l'alla trouver dans son appartement, comme elle faisait souvent. Il était occupé à décacheter et à parcourir ses lettres. Quelques-unes semblaient contenir des choses peu agréables. Charlotte lui adressa quelques questions ; il y répondit brièvement, et se mit à écrire à son pupitre.

Ils étaient restés ainsi l'un à côté de l'autre pendant une heure, et l'âme de Charlotte s'assombrissait de plus en plus. Elle sentait combien il lui serait difficile de découvrir à son mari ce qui pesait sur son cœur, fût-il même de la meilleure humeur possible. Elle tomba dans une mélancolie d'autant plus pénible qu'elle cherchait à la cacher et à dévorer ses larmes.

L'apparition du domestique de Werther augmenta encore l'embarras de Charlotte. Il remit le petit billet à Albert, qui, se tournant calmement vers sa femme, lui dit : « Donne-lui les pistolets. Je lui souhaite un bon voyage », ajouta-t-il en s'adressant au domestique. Ces paroles tombèrent sur elle comme un coup de tonnerre, elle se leva en chancelant, ne savait ce qui se passait en elle. Enfin elle avança lentement vers la muraille, prit d'une main tremblante les pistolets, en essuya la poussière. Elle hésitait, et aurait tardé longtemps encore à les donner, si Albert ne l'y avait forcée par un regard interrogatif. Elle remit donc les funestes armes au jeune homme, sans pouvoir prononcer un seul mot. Quand il fut sorti de la maison, elle prit son ouvrage, et se retira dans sa chambre, livrée à une inexprimable agitation. Son cœur lui présageait toutes sortes d'horreurs. Tantôt elle voulait aller se jeter aux pieds de son mari, lui révéler tout, la scène de la veille, sa faute et ses pressentiments ; tantôt elle ne voyait plus à quoi aboutirait une pareille démarche ; inutile, surtout, d'espérer qu'elle pourrait déterminer son mari à se rendre chez Werther. Le couvert était mis ; une amie, qui n'était venue que pour demander quelque chose, voulait s'en retourner... et resta, elle rendit la conversation supportable pendant le repas ; on se contraignit, on conta, on s'oublia.

Le domestique arriva, avec les pistolets, chez Werther, qui les lui prit avec transport, lorsqu'il apprit que c'était Charlotte qui les avait donnés. Il se fit apporter du pain et du vin [1], dit au domestique d'aller déjeuner, et se remit à écrire :

« Ils ont passé par tes mains, tu en as essuyé la poussière ; je les baise mille fois ; tu les as touchés. Et toi, esprit du ciel, tu favorises ma résolution, et toi, Charlotte, tu me présentes cette arme, toi des mains de qui je désirais recevoir la mort. Ah ! et je la reçois en effet de toi ! Oh ! comme j'ai questionné mon domestique ! Tu tremblais en les lui remettant ; tu n'as point dit adieu ! hélas ! hélas ! point d'adieu ! M'aurais-tu fermé ton cœur, à cause de ce moment même qui m'a uni à toi pour l'éternité ? Charlotte, des siècles de siècles n'effaceront pas cette impression, et, je le sens, tu ne saurais haïr celui qui brûle ainsi pour toi. »

---

1. Allusion à la Cène.

Après déjeuner, il ordonna au domestique d'achever de tout emballer ; il déchira beaucoup de papiers, sortit, et acquitta encore quelques petites dettes. Il revint à la maison, et, malgré la pluie, il repartit presque aussitôt : il se rendit hors de la ville, au jardin du comte[1] ; il se promena longtemps dans les environs ; à la nuit tombante, il rentra, et se mit à écrire.

« Wilhelm, j'ai vu pour la dernière fois les champs, les forêts, et le ciel. Adieu aussi à toi ! Chère mère, pardonnez-moi ! Console-la, Wilhelm[2] ! Que Dieu vous comble de ses bénédictions ! Toutes mes affaires sont en ordre. Adieu ! nous nous reverrons, et plus heureux ! »

« Je t'ai mal payé de ton amitié, Albert ; mais tu me le pardonnes. J'ai troublé la paix de ta maison, j'ai porté la méfiance entre vous. Adieu ! je vais y mettre fin. Oh ! puisse ma mort vous rendre heureux ! Albert ! Albert ! rends cet ange heureux ! et qu'ainsi la bénédiction de Dieu repose sur toi ! »

Le soir, il fouilla longuement dans ses papiers ; il en déchira beaucoup, qu'il jeta au feu. Il cacheta plusieurs paquets adressés à Wilhelm ; ils contenaient quelques courtes dissertations et des pensées détachées, que j'ai vues en partie. Vers dix heures, il fit mettre du bois au feu ; et, après s'être fait apporter une bouteille de vin, il envoya coucher son domestique, dont la chambre, ainsi que celle des gens de la maison, était sur l'arrière,

---

1. Il s'agit du jardin à l'anglaise évoqué dans la toute première lettre du roman, mais aussi dans la dernière lettre de la première partie (cf. aussi la note correspondante, p. 105). **2.** Dans ces paroles « testamentaires », Werther reprend à nouveau des formules propres au Christ : « Voyant ainsi sa mère et près d'elle le disciple qu'il aimait, Jésus dit à sa mère : "Femme, voici ton fils." Et il dit ensuite au disciple : "Voici ta mère." Et depuis cette heure-là, le disciple la prit chez lui » (Jn 19, 26-27).

fort éloignée de la sienne. Le domestique se coucha tout habillé, pour être prêt de grand matin ; car son maître lui avait dit que les chevaux de poste seraient à la porte avant six heures.

Après onze heures.

« Tout est si calme autour de moi, et mon âme est si paisible ! Je te remercie, ô mon Dieu, de m'avoir accordé cette chaleur, cette force, à ces derniers instants !

« Je m'approche de la fenêtre, ma chère, et je vois, à travers la tempête et les nuages qui fuient, je vois quelques étoiles éparses du ciel éternel ! Non, vous ne tomberez point ! L'Éternel vous porte dans son sein, comme il m'y porte aussi. Je vois les étoiles de l'Ourse, la plus chérie des constellations. La nuit, quand je sortais de chez toi, Charlotte, elle était en face de moi. Avec quelle ivresse je l'ai souvent contemplée ! Combien de fois, les mains élevées vers elle, je l'ai prise à témoin comme un signe, comme un monument sacré de la félicité que je goûtais alors ! et même — O Charlotte ! qu'est-ce qui ne me rappelle pas ton souvenir ? Ne suis-je pas environné de toi ? et n'ai-je pas, comme un enfant, dérobé avidement mille bagatelles que tu avais sanctifiées en les touchant ?

O silhouette chérie ! je te la rends, Charlotte, et je te prie de l'honorer. J'y ai imprimé mille milliers de baisers ; je l'ai mille fois saluée lorsque je sortais de ma chambre, ou que j'y rentrais.

J'ai prié ton père, par un petit billet, de protéger mon corps. Au fond du cimetière sont deux tilleuls, vers le coin qui donne sur la campagne : c'est là que je désire reposer. Il peut faire cela, il le fera pour son ami. Demande-le-lui aussi. Je ne veux pas imposer à de fidèles chrétiens d'allonger leur corps à côté d'un pauvre infortuné. Ah ! je voudrais que vous m'enterriez auprès d'un chemin ou dans une vallée solitaire ;

que le prêtre et le lévite passent près de cette pierre en se signant et que le Samaritain y verse une larme[1] !

Là, Charlotte ! Je prends d'une main ferme la coupe froide et terrible où je vais puiser l'ivresse de la mort ! Tu me la présentes[2], et je n'hésite pas. Tous, tous ! Ainsi donc sont accomplis tous les désirs de ma vie ! voilà donc où aboutissaient toutes mes espérances ! toutes ! toutes ! à venir frapper avec cet engourdissement à la porte d'airain de la mort !

Ah ! si j'avais eu le bonheur de mourir pour toi, Charlotte, de me sacrifier pour toi ! Je voudrais mourir joyeusement, si je pouvais te rendre le repos, les délices de ta vie. Mais, hélas ! il ne fut donné qu'à quelques hommes privilégiés de verser leur sang pour les leurs[3], et d'allumer par leur mort, au sein de ceux qu'ils aimaient, une vie nouvelle et centuplée.

Je veux être enterré dans ces habits ; Charlotte, tu les as touchés, sanctifiés : j'ai demandé aussi cette faveur à ton père. Mon âme plane sur le cercueil. Que l'on ne

---

1. Allusion à la parabole du bon Samaritain : « Il se trouva qu'un prêtre descendait par ce chemin, il vit l'homme et passa à bonne distance. Un lévite de même arriva en ce lieu ; il vit l'homme et passa à bonne distance. Mais un Samaritain qui était en voyage arriva près de l'homme : il le vit et fut pris de pitié. Il s'approcha, banda ses plaies en y versant de l'huile et du vin, le chargea sur sa propre monture, le conduisit à une auberge et prit soin de lui » (Lc 10, 31-34). Cette parabole (déjà évoquée dans la lettre du 12 août 1771, p. 93) permet à Werther de s'en prendre aux orthodoxes qui — il le sait — refuseraient toute sépulture à un suicidé. **2.** « La coupe que le Père m'a donnée, ne la boirai-je pas ? » (Jn 18, 11). Là où le sacrifice du Christ se fait au nom de la transcendance (pour glorifier Dieu), le sacrifice werthérien est résolument orienté vers l'immanence : il se fait au nom d'une passion terrestre. Dans la réécriture que Werther donne de son histoire, c'est Charlotte (et non pas Dieu) qui lui présente la coupe. **3.** Deux conceptions du sacrifice semblent se superposer dans le discours de Werther. Le sacrifice (laïc) du combattant héroïque qui meurt pour protéger les siens, mais aussi le sacrifice du Christ dont le sang est « versé pour la multitude » (Mt 26, 28). Le Nouveau Testament interprète souvent la mort du Christ comme un sacrifice d'expiation offert à tous les hommes. L'expression de *vie nouvelle* utilisée par Werther appartient également à ce champ (cf. par exemple Épître aux Romains, 6, 4) ; on remarquera par ailleurs que Werther se suicide la veille du 24 décembre, qui est par excellence un jour de naissance.

fouille pas mes poches. Ce nœud rose, que tu portais sur ton sein quand je te vis la première fois au milieu de tes enfants — oh ! embrasse-les mille fois, et raconte-leur l'histoire de leur malheureux ami ; chers enfants, je les vois, ils se pressent autour de moi. Ah ! comme je m'attachai à toi dès le premier instant ! non, je ne pouvais plus te quitter — que ce nœud soit enterré avec moi, tu me l'as offert pour mon anniversaire ! Comme je dévorais tout cela ! — Hélas ! je ne pensais guère que cette route me conduirait ici ! — Sois calme, je t'en prie ; sois calme !

Ils sont chargés — Minuit sonne, ainsi soit-il donc ! Charlotte ! Charlotte, adieu ! adieu ! »

Un voisin vit la lumière de l'amorce et entendit l'explosion ; mais, comme rien ne bougea, il n'y prêta pas davantage attention.

Le lendemain, sur les six heures, le domestique entra dans la chambre avec de la lumière. Il trouve son maître étendu par terre, le pistolet, du sang. Il l'appelle, le saisit ; pas de réponse, seulement des râles. Il court chez le médecin, chez Albert. Charlotte entend sonner, un tremblement agite tous ses membres, elle éveille son mari, ils se lèvent ; le domestique, en pleurant et en sanglotant, leur annonce la nouvelle ; Charlotte tombe évanouie aux pieds d'Albert.

Lorsque le médecin arriva, il trouva le malheureux à terre, dans un état désespéré ; le pouls battait encore, tous les membres étaient paralysés. Il s'était tiré le coup au-dessus de l'œil droit ; la cervelle avait sauté. Pour ne rien négliger, on le saigna au bras ; le sang coula ; il respirait encore.

Au sang que l'on voyait sur le dossier de sa chaise, on pouvait juger qu'il s'était tiré le coup assis devant son secrétaire, il est tombé ensuite, et, dans ses convulsions, il a roulé autour de la chaise. Il était étendu près de la fenêtre, sur le dos, sans force. Il était entièrement habillé et botté ; en habit bleu, en gilet jaune.

« Il trouve son maître étendu par terre. »

La maison, le voisinage, la ville furent dans l'agitation. Albert arriva. On avait couché Werther sur le lit, le front bandé, le visage déjà celui d'un mort, les membres sans mouvement. Des râles effrayants sortaient encore de son poumon, tantôt faiblement, tantôt plus fort ; on attendait sa fin.

Du vin, il n'avait bu qu'un verre. *Emilia Galotti* était ouvert sur le pupitre [1].

De la consternation d'Albert, du désespoir de Charlotte, permettez-moi de ne rien dire.

Le vieux bailli accourut ému et troublé ; il embrassa le mourant, en l'arrosant de larmes. Les plus âgés de ses fils arrivèrent bientôt après lui, à pied ; ils tombèrent à côté du lit, en proie à la plus violente douleur, et embrassèrent les mains et le visage de leur ami ; l'aîné, celui qu'il avait toujours aimé le plus, s'était collé à ses lèvres, et y resta jusqu'à ce qu'il fût expiré ; on l'en détacha par force. Il mourut à midi. La présence du bailli et les mesures qu'il prit prévinrent un attroupement. Il le fit enterrer de nuit, vers les onze heures, dans l'endroit qu'il s'était choisi. Le vieillard suivit la dépouille, de même ses fils, Albert n'en eut pas la force. On craignit pour la vie de Charlotte. Des artisans le portèrent. Aucun ecclésiastique ne l'accompagna.

---

1. *Emilia Galotti* (1772), tragédie de Lessing (1729-1781), l'un des auteurs les plus importants du siècle des Lumières en Allemagne. Dans cette pièce, Emilia demande à son père de la tuer afin de ne pas devenir la maîtresse du prince. Pour préserver son intégrité morale, elle procède donc à une espèce de suicide par délégation.

Portrait de Goethe par Angelika Kauffmann.

DOSSIER

Goethe sur *Werther*

Le titre de cette section (« Goethe sur *Werther* ») pourrait être celui d'un ouvrage copieux. Goethe a achevé *Les Souffrances du jeune Werther* en 1774, et il n'est mort qu'en 1832. Pendant près de cinquante-huit ans, il a été amené à s'expliquer sur le livre qui avait fait de lui un homme célèbre. Souvent même à son corps défendant : l'auteur d'*Iphigénie*, de *Wilhelm Meister*, du *Divan oriental-occidental*, de *Faust* a souvent trouvé pénible d'avoir à revenir sur l'un de ses premiers ouvrages. Goethe s'impatientait surtout d'avoir à assouvir sans cesse la curiosité indiscrète de certains de ses interlocuteurs à propos des modèles biographiques de cette composition littéraire[1]. Dans la troisième partie de *Poésie et vérité* (1814), plus particulièrement dans les livres 12 et 13, il expose les circonstances qui ont entouré l'écriture de son roman et livre quelques pistes de lecture, avec la distance discrète et ironique qui caractérise l'ensemble de ses écrits autobiographiques. Parmi les nombreux documents qui étaient à notre disposition, nous n'avons donc guère choisi que quelques-uns, particulièrement significatifs, à notre avis, des diverses attitudes que l'auteur a pu adopter vis-à-vis de son propre texte... et de ses innombrables lecteurs[2].

---

1. « Ainsi l'auteur de cet opuscule, s'il se peut qu'il ait commis quelque chose d'injuste et de nuisible, a été assez, et même excessivement puni par ces manifestations indiscrètes de la curiosité auxquelles il était impossible de se soustraire » (*Poésie et vérité*, livre 13).
2. Il convient de noter que chez Goethe autant, voire plus, que chez tout autre auteur, les jugements sur sa propre production littéraire sont à goûter avec une certaine prudence : la *distance temporelle*, les *effets de contexte* jouent toujours un rôle considérable. A Eckermann, Goethe ne dit pas la même chose qu'à Talma. Il s'est bien gardé, en général, de fixer et de figer une fois pour toutes la signification de sa production littéraire. Cela explique pourquoi les témoignages ne concordent pas toujours. De surcroît, il faut tenir compte de la *nature des documents*, surtout lorsqu'il s'agit, comme souvent dans les extraits qui suivent, de retranscriptions plus ou moins tardives de conversations privées.

1. Extrait d'une lettre de Goethe à Charlotte von Stein (25 juin 1786), alors qu'il préparait la seconde édition de son roman

« Je suis en train d'apporter des corrections au *Werther* et ne cesse de me dire que l'auteur a mal fait, après l'avoir achevé, de ne pas s'être tiré une balle dans la tête. »

2. Extrait du *Voyage en Italie*

« Rome, le 1er février 1788 [1] [...]. Ils me poursuivent ici avec les traductions de mon *Werther*, me les montrent, demandent laquelle est la meilleure et veulent savoir si tout est vrai ! C'est un fléau qui me suivra jusqu'en Inde. »

3. Extrait de la version manuscrite de la seconde des *Elégies romaines* (1788-1790)

« Interrogez qui vous voudrez, jamais vous ne me touche-[rez,
Belles dames, et vous, hommes de la meilleure société !
Werther a-t-il existé ? Tout est donc bien véridique ?
Quelle ville peut se vanter, à raison, d'héberger [Charlotte, l'unique ?
Combien de fois, hélas, ai-je maudit les feuilles stupides
Que la souffrance de ma jeunesse répandit parmi les [hommes !
Si Werther avait été mon frère, je l'aurais assassiné :
Son esprit triste et vengeur me poursuivrait à peine [autant. »

4. Entretien avec Lord Bristol, évêque de Derry (10 juin 1797)

— Eckermann, *Conversations avec Goethe*, 17 mars 1830 : « Au cours de notre entretien, il voulut me faire

---

1. Le texte du *Voyage en Italie* est le résultat de la réécriture que Goethe entreprit, vingt-cinq ans plus tard, à partir de son journal de voyage et de lettres qu'il avait envoyées à divers correspondants.

un sermon sur *Werther*, s'efforçant de mettre le trouble dans ma conscience pour avoir poussé les hommes au suicide. *Werther*, dit-il, est un livre immoral, condamnable ! — Halte-là ! me suis-je écrié ; si vous parlez ainsi du pauvre *Werther*, quel ton prendrez-vous avec les grands de ce monde qui, d'un trait de plume, mettent cent mille hommes en campagne, en font tuer quatre-vingt mille et suscitent des meurtres, des destructions, des pillages ? Après de telles atrocités, vous remerciez Dieu et vous chantez un *Te Deum*[1]. »

— Journal du chancelier Friedrich von Müller, 30 mai 1814 : « Son étrange entretien avec Lord Bristol qui lui reprocha le mal causé par son *Werther*. Plus brusque encore, Goethe lui répondit : « Combien de milliers de victimes a fait le bon plaisir du système commercial anglais ! pourquoi n'aurais-je pas le droit de sacrifier aussi quelques victimes à mon système ? »

5. Entretien avec Napoléon, Erfurt, le 2 octobre 1808

— Notes prises par Goethe en 1824 : « [...] Puis il aborda *Werther* qu'il semblait avoir étudié à fond. Après plusieurs remarques pleines de justesse, il désigna certain passage et dit : "Pourquoi avez-vous fait cela ? Ce n'est pas naturel" — et en exposa longuement et très justement les raisons. Je l'écoutai avec plaisir et je lui répondis avec un sourire plein de gaieté : "J'ignore si quelqu'un m'a déjà fait ce reproche, mais je le trouve parfaitement justifié ; j'avoue qu'il est possible de déceler un manquement à la vérité dans ce passage. Cependant, ajoutai-je, il est peut-être possible d'excuser le poète lorsqu'il use d'un artifice qui n'est pas facile à découvrir, afin de produire certains effets qu'il lui aurait été impossible d'atteindre par la voie simple de la nature." L'Empereur sembla satisfait [...]. »

— Journal du chancelier Friedrich von Müller,

---

1. Le *Te Deum* (d'après les paroles *Te Deum laudamus*, « Dieu, nous te louons », du chant de louange) est une cérémonie d'action de grâces souvent célébrée, autrefois, à la suite de victoires militaires.

2 octobre 1808 : « Il affirma avoir lu sept fois *Les Souffrances de Werther*, et pour en donner la preuve, fit une profonde et pénétrante analyse du roman. Mais il lui semblait qu'à certains endroits étaient mêlés les thèmes de l'orgueil blessé et celui de l'amour passionné. "Cela n'est pas naturel et cela affaiblit chez le lecteur l'impression de l'influence extrême que l'amour a eue sur Werther. Pourquoi avez-vous fait cela ?" — Goethe trouva les arguments de l'Empereur exposés avec tant de justesse et de finesse qu'il les compara souvent, par la suite, au jugement d'un habile couturier qui, sur une manche prétendument travaillée sans couture, découvre rapidement la couture soigneusement dissimulée. — Il répondit à l'Empereur que personne ne lui avait encore fait ce reproche ; il devait cependant convenir qu'il était justifié ; mais il était possible sans aucun doute d'excuser un poète lorsqu'il use d'un artifice, qui n'est pas facile à découvrir, afin de produire certains effets qu'il pense ne pas pouvoir atteindre par la voie simple de la nature. »

6. Le célèbre acteur français Talma chez Goethe, le 15 octobre 1808. Lettre de Caroline Sartorius à son frère, 27 octobre 1808

« Les Talma le prièrent avec insistance de venir à Paris et de loger chez eux. La France entière serait jalouse de la chance d'avoir l'auteur de *Werther*. [...] Puis Talma demanda de façon assez indiscrète s'il était vrai, comme on le disait généralement, que le roman était fondé sur une histoire réelle. Inquiète de l'effet de cette question, je tournai mes regards vers Goethe, mais son visage n'indiqua aucune trace de mauvaise humeur. "On m'a souvent posé cette question, répondit-il de façon courtoise. J'ai l'habitude de répondre qu'il y avait deux personnes réunies en une seule ; la première a disparu, mais l'autre a survécu afin d'écrire l'histoire de la première, de même qu'il est dit, dans le livre de Job (1,16) : Seigneur, tous tes moutons et tous tes serviteurs ont été égorgés, et seul j'en ai échappé pour te l'annoncer." Nos applaudissements les plus bruyants accueillirent ce magnifique trait. Sur un ton plus sérieux, il ajouta, en prenant une expression d'une indescriptible profondeur, qu'on n'écrivait pas une chose comme celle-là sans dommages. Jusque-là, il avait parlé français, mais ces dernières paroles furent prononcées en allemand. »

7. Extrait de *Poésie et vérité*, livre 13 (1814)

« L'effet de ce petit livre fut grand, démesuré même, surtout parce qu'il arriva exactement au bon moment. Car, de même qu'une petite mèche suffit pour faire exploser une charge fort puissante, de même la détonation qui se fit entendre dans le public fut-elle si violente parce que la jeunesse avait déjà miné ses propres fondements ; le bouleversement était si grand, parce que chacun fit paraître ses exigences excessives, ses passions insatisfaites et ses souffrances imaginaires. On ne peut pas exiger du public qu'il reçoive intellectuellement un ouvrage intellectuel. En vérité, on ne se préoccupa guère que du contenu, de la matière, comme j'avais déjà pu le constater auprès de mes amis [1] ; et puis ce fut la réapparition du vieux préjugé qui, procédant de la dignité ancienne de l'imprimé, supposait qu'il devait avoir une visée didactique. Mais la véritable narration n'en a aucune. Elle n'approuve pas, ne critique pas ; elle développe les opinions et les actions suivant son ordre, et c'est de cette façon qu'elle éclaire et qu'elle enseigne ».

8. Eckermann, *Conversations avec Goethe dans les dernières années de sa vie*, 2 janvier 1824

« Nous en vînmes à parler de *Werther*. "C'est encore une créature que, tel un pélican, j'ai nourri du sang de mon propre cœur, dit Goethe. On y trouve tant de choses qui viennent du plus profond de moi-même, tant de sentiments et de réflexions que l'on pourrait composer dix volumes de la sorte [...]."

Je demandai si l'effet important que *Werther* avait fait lors de sa parution venait vraiment de l'époque. "Je ne saurais souscrire, dis-je, à cette opinion commune.

---

1. Allusion à la curiosité du public pour les clés biographiques du livre.

Werther a fait époque parce qu'il a paru, non pas parce qu'il a paru à une période précise. On trouve dans toute période tellement de souffrances inexprimées, tellement de lassitude et de mécontentement dissimulé, tant de discorde entre l'individu et le monde, tant de conflits qui opposent sa nature aux lois de l'existence bourgeoise que *Werther* ferait époque même s'il ne devait paraître qu'aujourd'hui.

— Vous avez sans doute raison, répondit Goethe. Voilà pourquoi le livre agit aujourd'hui encore sur un certain âge de la jeunesse. A l'époque, je n'avais d'ailleurs pas besoin de puiser ma mélancolie dans les influences générales du temps ou dans les lectures de tel ou tel auteur anglais. C'étaient des circonstances proches et personnelles qui me tenaient à cœur et occupaient mon esprit ; c'étaient elles qui produisirent l'état d'âme dont sortit *Werther*. J'avais vécu, j'avais aimé et j'avais beaucoup souffert. Voilà ce qu'il en était !

A y regarder de plus près, la période de *Werther* si souvent évoquée n'est pas une étape de la culture universelle. Elle fait partie du cheminement individuel de tous ceux qui, doués d'un sentiment naturel libre, affrontent et doivent accepter les formes contraignantes d'un monde vieilli. Les limites du destin, les obstacles opposés à notre activité, les désirs insatisfaits ne sont pas des imperfections d'une période déterminée, mais celles de tout individu ; ce serait terrible si tout un chacun ne devait pas connaître, au cours de sa vie, une époque pendant laquelle *Werther* lui apparaîtrait comme s'il n'était écrit que pour lui." »

LA RÉCEPTION DE *WERTHER*

Il serait présomptueux de vouloir brosser ne serait-ce qu'une esquisse de la réception des *Souffrances du jeune Werther* dans les quelques pages qui suivent. Parmi les œuvres les plus importantes qui s'inspirèrent du roman de

Goethe, citons cependant *René*, de Chateaubriand (1802), *Oberman*, de Senancour (1804), *Adolphe*, de Benjamin Constant (1816), ou encore, en Italie, *Les Dernières Lettres de Jacopo Ortis*, roman de Ugo di Foscolo (1799). Par la suite, l'intérêt pour *Werther* ne s'est jamais démenti. A la fin du XIXe siècle, l'histoire sert de support au *Werther* de Massenet, représenté en 1892 (livret d'Edouard Blau, de Paul Milliet et de Georges Hartmann) : du roman original, le drame lyrique ne retient guère que la trame sentimentale[1]. Plus tard, *Charlotte à Weimar* (1939), de Thomas Mann, retrace l'histoire de la visite que Charlotte Buff rendit en 1816 à celui qui, quarante-quatre ans plus tôt, n'avait pu s'empêcher de s'éprendre d'elle. Après 1968, la révolte sociale et sexuelle décrite dans le roman du jeune Goethe confère à *Werther* une actualité brûlante, dont témoignent de nombreux articles, mais aussi un roman paru en Allemagne de l'Est en 1973, *Les Nouvelles Souffrances du jeune W... (Die neuen Leiden des jungen W...)*, d'Ulrich Plenzdorf.

Jakob Michael Reinhold Lenz[2] (1751-1792)

Extrait des *Lettres sur la moralité des « Souffrances du jeune Werther »* (1775), seconde lettre

« Vous jugez qu'il s'agit d'une subtile apologie du suicide ? C'est comme si l'on voulait faire de l'*Iliade* d'Homère une incitation à la colère, à la discorde, aux déchirements. Pourquoi cherche-t-on toujours à prêter au poète des intentions morales auxquelles il n'a point songé ? On s'est assez moqué du géomètre français qui, lorsqu'on lui présentait un poème, ne manquait de déclarer :

---

1. On consultera avec profit le numéro 61 de *L'Avant-Scène Opéra*, mars 1984, consacré à *Werther*, de Massenet ; on y trouvera notamment le livret, un commentaire musical suivi de l'opéra, diverses études, une bibliographie et une discographie de l'œuvre. **2.** L'un des principaux auteurs du *Sturm und Drang*, ami de Goethe. Auteur de plusieurs pièces de théâtre (*Les Soldats*, 1776, *Le Précepteur*, 1774), il sombra dans la folie. Son destin a inspiré à G. Büchner l'une des nouvelles les plus fortes de la littérature allemande (*Lenz*, 1835).

“Qu’est-ce que cela prouve ?”, et pourtant on tombe jour après jour dans cette même erreur. Comme si le poète s’installait sur son trépied pour prouver une proposition tirée de la philosophie ! [...] Que l’on puisse froidement s’asseoir et demander quelle est la morale des *Souffrances du jeune Werther*, alors que, le lisant, je ne me connaissais plus, que j’aimais avec Werther, souffrais avec Werther, mourais avec Werther — il m’est impossible de le supporter, même si j’ignorais jusqu’au nom de son auteur. »

Wilhelm von Humboldt[1] (1767-1835)

Extrait d’une lettre à sa fiancée Caroline (30 mai 1789)

« Cet hiver, j’ai lu *Werther* pour la première fois. Un soir, je l’ai trouvé sur la table d’un de mes amis, et je n’ai pu m’arrêter qu’après avoir terminé, le lendemain matin. Oh, Caroline, quel livre ! Ce n’est pas son amour, ni la mélancolie qui en procède, ni son désespoir, ce n’est pas la compassion pour son destin qui me transporte à ce point, mais l’abondance de sentiments et de pensées avec lesquels il saisit tous les objets, ce sont les remarques sur les hommes, sur l’existence, sur le destin, les magnifiques descriptions de la nature, la vérité qui touche le cœur sans détour, et puis l’inimitable exposé, l’excellente description du caractère, jusque dans les plus petits détails, la langue si juste, si simple, si précise, si agréable. »

Mme de Staël (1766-1817)

Extrait de la lettre à Goethe du 29 avril 1800

« La lecture de *Verther* [sic !] a fait époque dans ma vie comme un événement personnel, et ce livre, joint à *La Nouvelle Héloïse*, sont les deux chefs-d’œuvre de la littérature selon moi. »

---

1. Linguiste, philosophe du langage, l’un des grands érudits de l’époque goethéenne. Proche de Goethe, il est connu comme fondateur et inspirateur de l’université de Berlin à partir de 1810.

Extrait de *De la littérature* (1800), I, 17

« Le livre par excellence que possèdent les Allemands, et qu'ils peuvent opposer aux chefs-d'œuvre des autres langues, c'est *Verther*. Comme on l'appelle un roman, beaucoup de gens ne savent pas que c'est un ouvrage. Mais je n'en connais point qui renferme une peinture plus frappante et plus vraie des égarements de l'enthousiasme, une vue plus perçante dans le malheur, dans cet abîme de la nature, où toutes les vérités se découvrent à l'œil qui sait les y chercher.

Le caractère de Verther ne peut être celui du grand nombre des hommes. Il représente dans toute sa force le mal que peut faire un mauvais ordre social à un esprit énergique ; il se rencontre plus souvent en Allemagne que partout ailleurs. On a voulu blâmer l'auteur de *Verther* de supposer au héros de son roman une autre peine que celle de l'amour, de laisser voir dans son âme la vive douleur d'une humiliation, et le ressentiment profond contre l'orgueil des rangs, qui a causé cette humiliation ; c'est, selon moi, l'un des plus beaux traits de génie de l'ouvrage. Goethe voulait peindre un être souffrant par toutes les affections d'une âme tendre et fière ; il voulait peindre ce mélange de maux, qui seul peut conduire un homme au dernier degré du désespoir. Les peines de la nature peuvent laisser encore quelques ressources : il faut que la société jette ses poisons dans la blessure, pour que la raison soit tout à fait altérée, et que la mort devienne un besoin.

Quelle sublime réunion l'on trouve dans Verther, de pensées et de sentiments, d'entraînement et de philosophie ! Il n'y a que Rousseau et Goethe qui aient su peindre la passion réfléchissante, la passion qui se juge elle-même, et se connaît sans pouvoir se dompter. Cet examen de ses propres sensations, fait par celui-là même qu'elles dévorent, refroidirait l'intérêt, si tout autre qu'un homme de génie voulait le tenter. Mais rien n'émeut davantage que ce mélange de douleurs et de méditations, d'observations et de délire, qui représente l'homme malheureux se contemplant par la pensée, et succombant à la douleur, dirigeant son imagination sur lui-même, assez fort pour se regarder souffrir, et néanmoins incapable de porter à son âme aucun secours. »

Extrait de *De l'Allemagne* (1814), II, 28

« Les Allemands comme les Anglais sont très féconds en romans qui peignent la vie domestique. La peinture des mœurs est plus élégante dans les romans anglais ; elle a plus de diversité dans les romans allemands. Il y a en Angleterre, malgré l'indépendance des caractères, une manière d'être générale donnée par la bonne compagnie ; en Allemagne rien à cet égard n'est convenu. Plusieurs de ces romans fondés sur nos sentiments et nos mœurs, et qui tiennent parmi les livres le rang des drames au théâtre, méritent d'être cités, mais ce qui est sans égal et sans pareil, c'est *Werther* : on voit là tout ce que le génie de Goethe pouvait produire quand il était passionné. L'on dit qu'il attache maintenant peu de prix à cet ouvrage de sa jeunesse ; l'effervescence d'imagination, qui lui inspira presque de l'enthousiasme pour le suicide, doit lui paraître maintenant blâmable. Quand on est très jeune, la dégradation de l'être n'ayant en rien commencé, le tombeau ne semble qu'une image poétique, qu'un sommeil environné de figures à genoux qui nous pleurent ; il n'en est plus ainsi même dès le milieu de la vie, et l'on apprend alors pourquoi la religion, cette science de l'âme, a mêlé l'horreur du meurtre à l'attentat contre soi-même.

Goethe néanmoins aurait grand tort de dédaigner l'admirable talent qui se manifeste dans *Werther* ; ce ne sont pas seulement les souffrances de l'amour, mais les maladies de l'imagination dans notre siècle, dont il a su faire le tableau ; ces pensées qui se pressent dans l'esprit sans qu'on puisse les changer en actes de la volonté ; le contraste singulier d'une vie beaucoup plus monotone que celle des Anciens, et d'une existence intérieure beaucoup plus agitée, causent une sorte d'étourdissement semblable à celui qu'on prend sur le bord de l'abîme, et la fatigue même qu'on éprouve après l'avoir longtemps contemplé peut entraîner à s'y précipiter. Goethe a su joindre à cette peinture des inquiétudes de l'âme, si philosophique dans ses résultats, une fiction simple, mais d'un intérêt prodigieux. Si l'on a cru nécessaire dans toutes les sciences de frapper les yeux par les signes extérieurs, n'est-il pas naturel d'intéresser le cœur pour y graver de grandes pensées ? »

Friedrich Schlegel (1772-1829), l'un des principaux représentants du premier romantisme allemand

Entretien sur la poésie (1799)

« Dans *Werther*, l'élimination radicale du hasard dans l'exposé, la façon d'aller droit au but et à l'essentiel, annoncent l'artiste à venir. Il y a, dans ce roman, des détails admirables ; mais l'ensemble me semble rester bien en deçà de la puissance qui, dans *Götz von Berlichingen*[1], nous présente les vaillants chevaliers de l'ancienne Allemagne et qui y pousse jusqu'à l'excès l'absence de forme (ce qui fait que, en partie du moins, elle redevienne forme). Ainsi, même le maniérisme qui subsiste dans l'écriture du *Götz* acquiert un certain charme ; la pièce est bien moins vieillie que *Werther*. Dans le roman, il est une chose cependant qui témoigne d'une jeunesse éternelle, et qui lui permet de se détacher : il s'agit de la vision de la nature, non seulement dans les passages sereins, mais aussi dans les parties passionnées du texte. Elles annoncent *Faust*, et il eût été possible de prédire à partir de ces épanchements poétiques le sérieux de ses recherches ultérieures sur la nature. »

Alphonse de Lamartine (1790-1869)

Extrait d'une lettre à Aymon de Virieu, 9 novembre 1809

« Je viens aussi de lire *Verther* : il m'a fait la *chair de poule*, comme tu dis. Je l'aime pas mal non plus. Il m'a redonné de l'âme, du goût pour le travail, le grec, etc. Il m'a aussi un peu attristé et *assombri*. Mais vive cette tristesse-là ! C'est celle que Montagne [Montaigne] aime tant. »

---

1. Pièce tout à fait échevelée que Goethe publia en 1773, et dont l'intrigue se déroule à la fin du Moyen Age.

Extrait de la « Seconde Préface » des *Méditations poétiques*, publiée à part dès 1834 sous le titre *Des destinées de la poésie*

« Tant que je vivrai, je me souviendrai de certaines heures de l'été que je passais couché sur l'herbe ou dans une clairière des bois, à l'ombre d'un vieux tronc de pommier sauvage, en lisant la *Jérusalem délivrée*, et de tant de soirées d'automne ou d'hiver passées à errer sur les collines, déjà couvertes de brouillard et de givre, avec Ossian ou Werther pour compagnon ; tantôt soulevé par l'enthousiasme intérieur qui me dévorait, courant sur les bruyères comme porté par un esprit qui empêchait mes pieds de toucher le sol ; tantôt assis sur une route grisâtre, le front dans mes mains, écoutant, avec un sentiment qui n'a pas de nom, le souffle aigu et plaintif des bises d'hiver, ou le roulis de lourds nuages qui se brisaient sur les angles de la montagne, ou la voix aérienne de l'alouette, que le vent emportait toute chantante dans son tourbillon, comme ma pensée, plus forte que moi, emportait mon âme. »

Extrait des *Cours familiers de littérature*, t. XXI, 1866

« *Werther*. Je me souviens de l'avoir lu et relu dans ma première jeunesse pendant l'hiver, dans les âpres montagnes de mon pays, et les impressions que ces lectures ont faites sur moi ne se sont jamais ni effacées ni refroidies. La mélancolie des grandes passions s'est inoculée en moi par ce livre. J'ai touché avec lui au fond de l'abîme humain. [...] Il faut avoir dix âmes pour s'emparer ainsi de celle de tout un siècle. »

Etienne Pivert de Senancour (1770-1846)

Extrait d'un article paru dans *L'Abeille*, 1821.

« Et toi, fils intéressant de l'outre-Weser, sensible ami d'une Charlotte insignifiante, tu avais du bon ; mais j'ai plaint tes idées un peu restreintes. Il t'eût suffi d'être roulé par des flots, et emporté dans les gouffres, tu aurais été satisfait, j'en suis sûr, de descendre aux mers de l'Afrique, par les canaux enflammés de l'Etna. Pauvre Werther ! faible courage, faible imagination ! »

Georg Wilhelm Friedrich Hegel (1770-1831)

Extrait des *Leçons sur l'esthétique*, parues de façon posthume entre 1835 et 1838

— « Une disposition particulière de l'âme, un sentiment peuvent constituer une situation qui, saisie et conçue poétiquement et mise en rapport avec des circonstances extérieures, des festivités, des victoires, etc., sollicite des expressions et des configurations plus ou moins développées de sentiments et de représentations. Les *Odes triomphales* de Pindare appartiennent à ce genre de poésies de circonstance, entendues dans leur sens le plus élevé. Goethe aussi a pris pour sujet plusieurs situations lyriques de ce type, et l'on pourrait même, dans une acception plus large, appeler son *Werther* un poème de circonstance car c'est sous le nom de « Werther » que Goethe a converti en œuvre poétique les tourments de son cœur, ses déchirements intérieurs et les événements qui agitent sa propre poitrine ; tout comme, en général, le poète lyrique épanche les sentiments dont son âme est remplie et exprime ce dont il est lui-même oppressé en tant que sujet. Par là même, ce qui ne pesait auparavant qu'à l'intérieur se délie en devenant un objet extérieur dont on s'est libéré, comme on est soulagé par les larmes qui épanchent la douleur. Ainsi qu'il le dit lui-même, Goethe s'est libéré, en composant le *Werther*, de la détresse et de l'oppression interne qu'il décrit[1]. »

— « Werther est un caractère profondément morbide, qui n'a pas la force de dépasser par lui-même l'obstina-

1. Hegel peut s'appuyer sur les passages que Goethe lui-même a consacrés à la composition de *Werther* dans la troisième partie de *Poésie et vérité*, parue en 1814 : « Par cette composition, plus que par n'importe quelle autre, j'avais échappé à l'orage vers lequel j'avais été poussé, de temps à autre, de la façon la plus brutale [...]. Comme après une confession générale, je me sentais libre et heureux, autorisé à vivre une vie nouvelle » (livre 13).

tion de son amour. Ce qui le rend intéressant, c'est la beauté des sentiments qu'il exprime avec tant de passion, c'est la sympathie par laquelle cette âme, à la fois cultivée et faible, s'unit avec la nature. »

Pierre Leroux (1797-1871)

Extrait de *De la poésie de notre époque*, article paru dans la *Revue encyclopédique* (1831)

« Byron dans tous ses ouvrages et dans toute sa vie, Goethe dans *Werther* et *Faust*, Schiller dans les drames de sa jeunesse et dans ses poésies, Chateaubriand dans *René*, Benjamin Constant dans *Adolphe*, Senancour dans *Oberman*, Sainte-Beuve dans *Joseph Delorme*, une innombrable foule d'écrivains anglais et allemands, et toute cette littérature de verve délirante, d'audacieuse impiété et d'affreux désespoir, qui remplit aujourd'hui nos romans, nos drames et tous nos livres : voilà l'école, ou plutôt la famille de poètes que nous appelons *byronienne* ; poésie inspirée par le sentiment vif et profond de la réalité actuelle, c'est-à-dire de l'état d'anarchie, de doute et de désordre où l'esprit humain est aujourd'hui plongé par suite de la destruction de l'ancien ordre social et religieux (l'ordre théologique-féodal), et de la proclamation de principes nouveaux qui doivent engendrer une société nouvelle. »

Considérations sur Werther *et en général sur la poésie de notre époque*, texte qui servit de préface à sa traduction des *Souffrances du jeune Werther*, à partir de la seconde édition (1839)

« Ce qui a manqué aux artistes de notre époque, ce qui a manqué à Goethe, à Byron et à tant d'autres, c'est de joindre au sentiment de la nature un sentiment également vif des destinées de l'humanité. Rousseau, l'initiateur de ce mouvement ; Rousseau qui fit sortir l'art des maisons et des palais pour l'introduire sur une plus grande scène [...] ; Rousseau, dis-je, avait en même temps à un degré supérieur l'idée générale, l'idée philosophique, l'idée sociale. Soit qu'il peigne son homme originel dans la forêt primitive, soit qu'il rêve l'amour au bord du Léman, la nature est un observatoire d'où il pense à l'humanité. [...] Goethe a le défaut de son pays. Sa poésie donc, privée de l'espérance qui s'applique à l'humanité tout entière, tourne à l'individualité et à l'égoïsme. La nature n'est pas pour lui cette retraite où l'âme travaille pour l'humanité. C'est à contempler la nature pour elle-même que l'âme s'applique. [...] On sent déjà dans Goethe écrivant *Werther* le Goethe qui se montra plus tard[1].

Mais si une large sympathie pour les destinées générales de l'humanité ne se montre pas dans ce livre, ce n'est du moins qu'une lacune ; rien d'hostile aux tendances les plus généreuses que l'esprit humain ait conçues n'y perce jamais. Seulement il faut avouer que le sentiment de l'humanité y est fort peu développé, et que le sentiment de l'égalité ne s'y montre pas sous l'aspect révolutionnaire.

Quant à de la sensibilité pour les malheurs individuels des hommes et à ce qu'on nomme de la philanthropie, le cœur de Werther en est plein par moments. Mais ce n'est pas là le sentiment de l'humanité collective ; ce n'est pas un attachement sérieux et raisonné aux destinées de l'humanité, une sollicitude inquiète et active en même temps pour tous les hommes en général : c'est de la sensibilité, ce n'est pas de la charité. Ce n'est pas un dogme conçu par la raison, ni rien qui ressemble à un pareil dogme : c'est une émotion, une passion plus ou moins fugitive. [...]

Werther sent l'amour ; mais en même temps qu'il sent l'amour, il n'en sent que plus faiblement encore l'humanité. Où donc trouverait-il une ancre forte et solide contre les orages de son amour individuel ? L'amour de l'humanité à un haut degré et dans un sens large lui faisant défaut, et l'amour individuel se trouvant lui manquer aussi, en apparence par le simple effet d'un hasard, mais en réalité par l'imperfection des choses d'ici-bas, il tombe

---

1. A cette époque, le Goethe des dernières années est souvent décrit comme un homme froid, insensible, drapé dans sa dignité.

sous l'empire exclusif de ce sentiment d'artiste qu'il a pour la nature. Il devient, faut-il le dire ? la proie du monde extérieur. Enlevé de terre et sans racines, il est livré aux vents comme les nuages. Le soleil, dans son cours, le gouverne ; sa vie dépend de ses rayons : suivant le mois de l'année et le temps qu'il fait, il erre en furieux dans le ciel ou dans l'enfer. »

Charles Augustin Sainte-Beuve (1804-1869)

Extrait d'un article sur *Werther*, dans la *Revue contemporaine*, juin 1855

« Ce n'est pas le désespoir, c'est plutôt l'ivresse bouillonnante et la joie qui président à la conception de *Werther* ; c'est le génie de la force et de la jeunesse, l'aspiration, douloureuse sans doute et conquérante, vers l'inconnu et vers l'infini. Tout ce qui est sorti de cette source élevée et débordante est sincère, et a jailli de l'imagination et de la pensée de Goethe. Voilà le vrai du livre et son cachet immortel ; le reste, désespoir final, coup de pistolet et suicide, y a été ajouté par lui après coup pour le roman et pour la circonstance : c'est ce qui ressemble le moins à Goethe, et qui se rapporte à l'aventure de ce pauvre Jerusalem[1], le côté faux, commun, digne d'un amoureux d'Ossian, non plus d'un lecteur d'Homère. »

Gustave Flaubert (1821-1880)

Extrait de *L'Education sentimentale* (1869)

Entrevue de Frédéric et de Mme Arnoux, vingt ans après, qui est racontée dans le célèbre avant-dernier chapitre du roman. Au cours de la conversation, Mme Arnoux dit : « Quelquefois, vos paroles me reviennent

---

1. Le suicide de Karl Wilhelm Jerusalem, le 30 octobre 1772, à Wetzlar, bouleversa profondément Goethe (cf. sur ce point la Chronologie). Cet événement est l'une des sources directes du roman qu'il écrivit un an et demi plus tard.

comme un écho lointain, comme le son d'une cloche apporté par le vent ; et il me semble que vous êtes là, quand je lis des passages d'amour dans les livres. — Tout ce qu'on y blâme d'exagéré, vous me l'avez fait ressentir, dit Frédéric. Je comprends les Werther que ne dégoûtent pas les tartines de Charlotte. »

André Gide (1869-1951)

Journal, 23 novembre 1940

« J'achève de relire *Werther*, non sans irritation. J'avais oublié qu'il mettait tant de temps à mourir. Cela n'en finit pas, et l'on voudrait enfin le pousser par les épaules. A quatre ou cinq reprises, ce que l'on espérait son dernier soupir est suivi d'un plus ultime encore... Les départs frangés m'exaspèrent. »

Roland Barthes (1915-1980)

Extrait de *Fragments d'un discours amoureux* (1977), livre tout entier nourri, nous dit l'auteur, par la « lecture régulière » de *Werther*

« Dans *Werther*, à un certain moment, deux économies sont opposées. D'un côté, il y a le jeune amoureux qui prodigue sans compter son temps, ses facultés, sa fortune ; de l'autre, il y a le philistin (le fonctionnaire) qui lui fait la leçon : “Distribuez votre temps... Calculez bien votre fortune, etc.” D'un côté, il y a l'amoureux Werther qui dépense chaque jour son amour, sans esprit de réserve et de compensation, et, de l'autre, il y a le mari Albert, qui ménage son bien, son bonheur. D'un côté, une économie bourgeoise de la réplétion, de l'autre, une économie perverse de la dispersion, du gaspillage, de la *fureur* (*furor wertherinus*). »

— « Peu avant de tomber amoureux, Werther rencontre un jeune valet qui lui raconte sa passion pour une veuve : “L'image de cette fidélité, de cette tendresse, me poursuit partout, et, comme brûlé moi-même de ce feu, je languis, je me consume." Après quoi il ne reste plus à Werther qu'à tomber amoureux, à son tour, de Charlotte. Et Charlotte elle-même lui sera désignée avant qu'il la voie ; dans la voiture qui les emmène au bal, une amie obligeante lui dit combien Lotte est belle. Le corps *qui va être aimé* est, à l'avance, cerné, manié par l'objectif, soumis à une sorte d'effet zoom, qui le rapproche, le grossit et amène le sujet à y coller le nez : n'est-il pas l'objet *scintillant* qu'une main habile fait miroiter devant moi et qui va m'hypnotiser, me capturer ? Cette "contagion affective", cette induction, part des autres, du langage, des livres, des amis : aucun amour n'est originel. »

Julien Gracq (né en 1910)

Extrait de *En lisant, en écrivant* (1980)

« *Werther*. L'efficacité du livre, tout comme le naturel plein de charme où il nous maintient d'un bout à l'autre, tient pour beaucoup à l'atmosphère de bonhomie si *gemütlich* de Noëls en famille, de bals blancs et de tartines de quatre heures où se développe cette passion en vase clos, si éloignée de tout ce qui peut ressembler à un ensorcellement fatal. Point d'autre objet de dilection ici que l'*aînée de la famille*, en laquelle se distille et se concentre le meilleur de ce qui peut fleurir de décence, de gaîté, de prudence, de bienveillance, d'autorité modeste, dans une douce et naïve maison bourgeoise allemande (c'est de sa mère même qu'elle a reçu son fiancé : ainsi se referme hermétiquement autour de Charlotte sa maison-coquillage). L'exclusivisme de la passion ne vient pas se heurter, comme dans le trio classique des drames d'amour, au seul lien trop convenu du mariage, mais à quelque chose qui de naissance nous apparaît ici comme infiniment plus enraciné et plus profond : les crampons, les griffes, les suçoirs, les adhérences par lesquelles la plante humaine en grandissant s'accroche de toutes parts à ses supports naturels. Ce n'est pas seulement, pour que Werther fût comblé, le seul lien des fiançailles avec Albert qu'il faudrait rompre : c'est toute une touffe inextricable de nature sociale qui se trouverait avec le rapt de Charlotte déracinée et arrachée, et telle que rien de ces liens tranchés ne pourrait plus refleurir. Car ce dont Werther est amoureux, ce n'est pas d'une figure féminine idéale et isolée, c'est de Charlotte-au-foyer, éclairée, étayée, étoffée par tout le réseau naturel des liens de naissance et d'habitudes. Ce qui le désespère en elle, ce n'est pas l'être de fuite féminin et insaisissable (Goethe prend bien soin de ne le faire apparaître jamais), c'est le fragment de création indivise qu'on ne peut isoler, qu'on ne peut s'approprier : non pas la tyrannie des règles sociales rebelles aux exigences de la passion : mais la seule loi de nature. Et c'est par là que le panthéisme naturaliste à peine dissimulé qui fait le climat du livre donne un retentissement, une profondeur admirable à ce fait divers bourgeois d'une petite campagne.

CHRONOLOGIE

1749 (28 août) Naissance de Johann Wolfgang Goethe, à Francfort, ville libre d'Empire, dans une famille aisée. Son père, Johann Caspar Goethe (1710-1782), docteur en droit, portait le titre de conseiller impérial. Sa mère, Catharina Elisabeth Textor (1731-1808), était la fille du maire Johann Wolfgang Textor.
Le jeune Goethe bénéficie d'une éducation très complète : latin, grec, français, dessin, italien, anglais, hébreu.

1765 Goethe part pour Leipzig, la plus grande des universités allemandes, afin de commencer des études de droit. Il suit également des leçons de philosophie, de théologie, de médecine et prend des cours de dessin auprès du graveur Friedrich Adam Œser.
Premières œuvres littéraires.

1768 Goethe revient à Francfort, à la suite d'une hémoptysie. Longue convalescence.
Influence de Susanna Katharina von Klettenberg, piétiste.

1770 (avril) Goethe reprend ses études à Strasbourg. Cours de médecine, de chirurgie et d'histoire. Il obtiendra sa licence en droit en août 1771.
Il fait la connaissance de Johann Gottfried Herder (1744-1803). Rencontre importante qui approfondit son approche de la poésie « populaire » : lecture d'Homère, d'Ossian, de Shakespeare. Liaison amoureuse avec Friederike Brion, fille du pasteur de Sesenheim.

1771 Rentré à Francfort où il s'installe comme avocat, il rédige la première version de *Götz de Berlichingen* (qu'il envoie à Herder). Goethe se sent à l'étroit dans sa ville natale qu'il décrit comme un « sale trou ». Les cercles poétiques de Darmstadt qu'il fréquente (notamment Sophie de La Roche, auteur de l'*Histoire de mademoiselle de Sternheim*, roman par lettres publié en 1771) le surnomment « le voyageur » (*der Wanderer*)[1].

1772 (mai-septembre) Goethe est à la Cour de justice impériale de Wetzlar. Cette instance établie pour régler les conflits opposant les différents États du Saint-Empire attirait dans la petite ville (elle comptait environ 4 000 habitants) une importante proportion de juristes, de diplomates et de hauts fonctionnaires. La noblesse y était surreprésentée. Durant son séjour à Wetzlar, Goethe se prend de passion pour la fille cadette du bailli Heinrich Adam Buff, Charlotte (née en 1753), qui lui fournira le modèle de la Charlotte de *Werther*. Depuis l'âge de quinze ans, Charlotte Buff se considérait comme fiancée à Christian Kestner, greffier auprès d'une des cours de justice. Depuis le décès de sa mère en mars 1771, qui avait laissé douze enfants, elle tenait lieu de mère de famille dans la maison du bailli.

Voici une partie du portrait que Kestner fait de Goethe : « Violent dans tous ses affects, il a cependant souvent une grande maîtrise de lui-même. Ses pensées sont nobles ; libre de tout préjugé, il agit à sa guise sans se soucier des opinions des autres, de la mode ou des convenances. Il hait la contrainte.

Il aime les enfants, et sait très bien s'occuper d'eux. Il est bizarre ; il y a divers aspects, dans son comportement ou dans son apparence, qui pourraient paraître désagréables. Mais auprès des enfants, des femmes et de beaucoup d'autres, il jouit d'une certaine popularité[2]. »

Le 11 septembre, Goethe quitte précipitamment Wetzlar sans avoir pris congé de Kestner et de Charlotte, le lendemain d'un entretien sur la possibilité de retrouvailles après la mort. Le 4 avril 1773 a lieu le

---

1. Cf. *Werther*, lettre du 16 juin 1772, p. 128. **2.** Cité dans Kurt Rothmann, *Erläuterungen und Dokumente : Johann Wolfgang Goethe, Die Leiden des jungen Werther*, Stuttgart, Reclam, 1987, p. 83.

mariage de Charlotte Buff et de Christian Kestner. Malgré ces parallélismes avec la trame de *Werther*, il convient de ne pas confondre Goethe avec le jeune protagoniste de son roman, Kestner avec Albert et Charlotte Buff avec Charlotte.

Goethe passe à Coblence où réside Sophie de La Roche. Il n'est pas insensible aux charmes de sa fille Maximiliane, jeune fille de seize ans, aux yeux noirs (comme la figure romanesque de Charlotte). Goethe la revoit à Francfort en 1774, juste avant la rédaction de *Werther* : elle vient d'épouser le commerçant Peter Anton Brentano, de vingt et un an son aîné, un homme fort jaloux qui prend, dit-on, ombrage des assiduités que Goethe témoigne à sa jeune femme.

1772 (30 octobre) Suicide, à Wetzlar, de Karl Wilhelm Jerusalem, âgé de 25 ans, l'un des amis de Kestner et de Goethe. Kestner envoie un récit circonstancié de ce drame à Goethe et donne trois raisons qui ont pu conduire le jeune homme à se suicider : le mépris de la bonne société, un supérieur désagréable, l'amour sans espoir pour la femme d'un secrétaire de légation. Pour son *Werther*, notamment pour les dernières pages de son roman, Goethe se servira de la relation de Kestner ; certains détails, certaines phrases seront repris presque sans modification, notamment le billet que Jerusalem envoya à Kestner pour lui emprunter ses pistolets (« Puis-je vous demander, monsieur, de me prêter vos pistolets pour un voyage que je me propose de faire ? J. »). L'évocation d'*Emilia Galotti*, de même que la dernière phrase du roman (« Aucun ecclésiastique ne l'accompagna »), se trouve également dans le récit de Kestner.

1773 Parution de *Götz de Berlichingen* (dans sa version définitive). Rédaction d'un nombre important de poèmes parmi les plus célèbres des poèmes de jeunesse de Goethe (*Ganymed, Prometheus, Mahomets Gesang*, etc.).

1774 (février-avril) Rédaction des *Souffrances du jeune Werther* qui paraissent en septembre. Succès et scandale. Rédaction d'une pièce de théâtre, *Clavigo*. Goethe rencontre Lavater et le poète Klopstock.

1775 Fiançailles, en avril, de Goethe avec Lili Schönemann. Voyage en Suisse avec les comtes Stolberg. Rupture des fiançailles à l'automne. Goethe quitte définitivement Francfort et s'installe à Weimar, sur l'invitation du jeune duc de Saxe-Weimar-Eisenach, Charles-Auguste. Il se lie d'amitié avec Christoph Martin Wieland, l'un des auteurs les plus importants du XVIIIe siècle allemand, et avec Charlotte von Stein qui fait partie de la cour de Weimar. En 1776, Goethe sera nommé membre du conseil secret du duc, la plus haute instance gouvernementale du petit Etat. Herder s'installera à Weimar en 1776.

1776-1786 Goethe est très absorbé par ses fonctions administratives et politiques. Il commence diverses œuvres (première version, en prose, d'*Iphigénie en Tauride*, rédaction de la *Mission théâtrale de Wilhelm Meister*, première version des *Années d'apprentissage de Wilhelm Meister*) et se livre à des recherches scientifiques approfondies (études de minéralogie, de botanique, d'anatomie).

1786-1788 Voyage en Italie. D'octobre 1786 à février 1787 et entre le mois de juin 1787 et celui d'avril 1788, Goethe réside à Rome. Visite de la région de Naples, de Pompéi et d'Herculanum, voyage en Sicile.

Il achève *Iphigénie* (publié en 1787) et *Egmont* (publié en 1788), puis, après son retour à Weimar, les *Elégies romaines*, poèmes jugés assez libres à leur parution en 1795, *Torquato Tasso* (publié en 1790) et *Faust. Un fragment* (1790).

1788 Goethe vit avec Christiane Vulpius, qu'il épousera en 1806. Le 25 décembre 1789 naîtra Auguste, leur fils aîné. Quatre autres enfants du couple mourront en bas âge.

1790 Intuition de la théorie des couleurs à laquelle il travaillera jusqu'en 1810, et même au-delà. Second voyage en Italie, dont procèdent les *Epigrammes vénitiennes*.

1792 (août-octobre) Goethe participe à la campagne des troupes alliées en France, dans la suite du duc Charles-

Auguste. Il assiste à la bataille de Valmy. Défaite des troupes alliées.

1794 (juillet) Rencontre décisive de Goethe et de Friedrich Schiller. Début d'une amitié littéraire qui durera jusqu'à la mort de Schiller en 1805. Goethe collabore activement à la revue que Schiller lance en 1795, *Les Heures* (elle cessera de paraître en 1798). Importante correspondance.

1796 Goethe et Schiller font paraître des épigrammes satiriques, les *Xénies*, destinées à combattre leurs ennemis littéraires. Publication des *Années d'apprentissage de Wilhelm Meister*, le second roman de Goethe, et de l'épopée *Hermann et Dorothée*. Les relations entre Goethe et Herder commencent à se refroidir.

1798 La Métamorphose des plantes, l'un des grands poèmes scientifiques de Goethe. Afin de promouvoir un renouveau des arts plastiques, il lance la revue *Les Propylées* : l'écho public reste modeste, et le dernier numéro paraîtra en 1800. Parallèlement, Goethe organise à Weimar des concours artistiques.

1804 Mme de Staël et Benjamin Constant séjournent à Weimar.

1805 Goethe fait paraître un ouvrage collectif *Winckelmann et son siècle*, hommage à l'auteur de l'*Histoire de l'art dans l'Antiquité* mort en 1768. Mort de Schiller.

1806 Faust I. Goethe épouse Christiane Vulpius (19 octobre).

1808 (2 octobre) Goethe est reçu en audience par Napoléon. Il reçoit l'ordre de la Légion d'honneur le 14 octobre.

1809 Les Affinités électives, troisième roman de Goethe.

1810 Publication de la *Théorie des couleurs*.

1811 Parution de la première partie de *Poésie et vérité*, première œuvre autobiographique de Goethe. Les quatre autres parties de cette œuvre paraîtront respectivement en 1812, 1813 et 1830.

1816 (6 juin) Mort de Christiane, son épouse.

1817-1819 Publication des deux premières parties du *Voyage en Italie*. *Le Divan occidental-oriental* : fruit d'une étroite collaboration sentimentale et poétique avec Marianne von Willemer et de la lecture attentive que Goethe fit du poète persan Hafiz (dans la traduction de Joseph von Hammer). Goethe fait paraître des cahiers intitulés *Sur la science de la nature* (six cahiers regroupés en deux volumes qui paraissent en 1817 et 1824).

1821 Première partie des *Années de voyage de Wilhelm Meister.*

1822 La Campagne de France, 1792.

1823 Elégie de Marienbad, dernier grand poème d'amour et de renoncement de Goethe qui s'était épris, à Marienbad, de la jeune Ulrike de Levetzow. L'écrivain réunira deux autres poèmes à cette élégie pour former une *Trilogie de la passion* ; le premier des trois poèmes, intitulé *A Werther*, a été écrit pour le cinquantenaire de la publication de son œuvre de jeunesse.

1823-1832 Goethe travaille simultanément à l'achèvement de ses divers écrits autobiographiques (la dernière partie du *Voyage en Italie* paraît en 1829, la quatrième partie de *Poésie et vérité* est achevée en 1831 ; Goethe publie en 1828 sa correspondance avec Schiller), des *Années de voyage* (publication de la seconde partie en 1829), et notamment en 1825-1826, puis à partir de 1829, de *Faust II.* La mort de Charles-Auguste, duc de Saxe-Weimar, en 1828, et celle de son propre fils Auguste, en octobre 1830 à Rome, l'affectent beaucoup.
A partir du mois de septembre 1823, le jeune Johann Peter Eckermann servira à Goethe de secrétaire, notamment en vue de l'édition de ses *Œuvres complètes.*

1831 (22 juillet) Achèvement de *Faust II.* Goethe fait mettre le manuscrit sous scellés.

1832 (26 mars) Mort de Goethe.

BIBLIOGRAPHIE INDICATIVE

PRINCIPALES ÉDITIONS MODERNES ALLEMANDES ET FRANÇAISES

Die Leiden des jungen Werther, texte présenté et annoté par Erich Trunz, *Goethes Werke*, t. VI, Munich, Beck, 1981 (dite *Hamburger Ausgabe*).

Die Leiden des jungen Werthers, texte présenté et annoté par Waltraud Wiethölter, in Johann Wolfgang Goethe, *Sämtliche Werke*, t. I/8, Francfort, Deutscher Klassiker Verlag, 1994 (dite *Frankfurter Ausgabe*).

Les Souffrances du jeune Werther, traduction et notes par Bernard Groethuysen, in Goethe, *Romans*, Bibliothèque de la Pléiade, Paris, Gallimard, 1954 (cette « traduction » a été reprise pour les collections Folio et Folio bilingue)[1].

Les Souffrances du jeune Werther, traduction et préface par Joseph-François Angelloz, Paris, Garnier-Flammarion, 1968.

Les Passions du jeune Werther, présentation, traduction et notes de Philippe Forget, Paris, Imprimerie nationale, 1994.

OUVRAGES ET ARTICLES

ALEWYN Richard, « Klopstock ! », in *Euphorion* 73 (1979), p. 357-364.

1. Sur cette édition, cf. la Note sur la présente traduction, p. 34.

BALDENSPERGER Fernand, *Goethe en France*, Paris, Hachette, 1904.

CHEVREL Yves, « Le mythe de Werther dans la littérature européenne : une expérience des limites ? », *Proceedings of the XIIth Congress of the International Comparative Literature Association*, Munich, 1990, t. IV, p. 337-344.

DUNCAN Bruce, « "*Emilia Galotti* lag auf seinem Pulte aufgeschlagen" : Werther as (Mis-)Reader », in *Goethe Yearbook* 1 (1982), p. 42-50.

FORGET Philippe, « Aus der Seele geschrie(b)en ? Zur Problematik des "Schreibens" (Ecriture) in Goethes "Werther" », in Philippe Forget (éd.), *Text und Interpretation*, Munich, Fink, p. 130-180.

HAVERKAMP Anselm, « Illusion und Empathie. Die Struktur der "teilnehmenden Lektüre" in den "Leiden Werthers" », in Eberhard Lämmert (éd.), *Erzählforschung. Ein Symposium*, Stuttgart, 1982, p. 243-268.

HERRMANN Hans Peter (éd.), *Goethes « Werther ». Kritik und Forschung*, Darmstadt, Wissenschaftliche Buchgesellschaft, 1994 (contient notamment des textes de Th. Fontane, de Th. Mann, de G. Lukacs, ainsi que quelques-unes des contributions les plus importantes de la recherche sur *Werther*).

MEYER-KALKUS Reinhart, « Werthers Krankheit zum Tode. Pathologie und Familie in der Empfindsamkeit », in Friedrich A. Kittler et Horst Turk (éd.), *Urszenen. Literaturwissenschaft als Diskursanalyse und Diskurskritik*, Francfort, 1977, p. 76-138.

PÜTZ Peter, « Werthers Leiden an der Literatur », in William J. Lillyman (éd.), *Goethe's Narrative Fiction. The Irvine Goethe Symposium*, Berlin, New York, 1983, p. 55-68.

REUTER Hans Heinrich, « Der gekreuzigte Prometheus : Goethes Roman "Die Leiden des jungen Werthers" », in *Goethe-Jahrbuch* 89 (1972), p. 86-115.

ROUSSET Jean, « Une forme littéraire : le roman par lettres », in Jean Rousset, *Forme et signification*, Paris, 1962, p. 65-108.

ROTHMANN Kurt, *Erläuterungen und Dokumente : Johann Wolfgang Goethe, Die Leiden des jungen Werther*, Stuttgart, Reclam, 1987 (utile surtout pour les documents biographiques et pour la réception du roman de Goethe).

SCHERPE Klaus R., *Werther und Wertherwirkung. Zum Syndrom bürgerlicher Gesellschaftsordnung im 18. Jahrhundert*, Wiesbaden, 1970.

VAGET Hans Rudolf, « "Die Leiden des jungen Werthers" (1774) », in Paul Michael Lützeler et James E. Mc Leod, *Interpretationen. Goethes Erzählwerk*, Stuttgart, Reclam, 1985, p. 37-72.

VOISINE Jacques, « L'influence de *La Nouvelle Héloïse* sur la génération de *Werther* », *Etudes germaniques*, 1950, p. 120-133.

WANIEK Erdmann, « "Werther" lesen und Werther als Leser », in *Goethe Yearbook* 1 (1982), p. 51-92.

Table des illustrations

Table

DOSSIER

Composition réalisée par NORD COMPO

Achevé d'imprimer en novembre 2010 en Espagne par
LITOGRAFIA ROSÉS
Dépôt légal 1re publication : avril 1999
Édition 10 : novembre 2010
LIBRAIRIE GÉNÉRALE FRANÇAISE – 31, rue de Fleurus – 75278 Paris Cedex 06

30/9640/1